U0901662

漳州作家丛书

陈燕松／主编

岁月的背影

苏水梅／著

中国华侨出版社
·北京·

图书在版编目（CIP）数据

漳州作家丛书 / 陈燕松主编 .—北京：中国华侨出版社，2018. 10

ISBN 978-7-5113-7767-8

Ⅰ . ①漳… Ⅱ . ①陈… Ⅲ . ①中国文学—当代文学—作品综合集 Ⅳ . ① I217.1

中国版本图书馆 CIP 数据核字（2018）第 216910 号

漳州作家丛书：岁月的背影

主　　编 / 陈燕松
著　　者 / 苏水梅
责任编辑 / 文　心
责任校对 / 孙　丽
经　　销 / 新华书店
开　　本 / 670 毫米 ×960 毫米　1/16　印张 /324　字数 /4281 千字
印　　刷 / 三河市华润印刷有限公司
版　　次 / 2018 年 11 月第 1 版　2020 年 2 月第 2 次印刷
书　　号 / ISBN 978-7-5113-7767-8
定　　价 / 980.00 元（全 24 册）

中国华侨出版社　北京市朝阳区西坝河东里 77 号楼底商 5 号　邮编：100028
法律顾问：陈鹰律师事务所
编辑部：（010）64443056　　64443979
发行部：（010）64443051　　传真：（010）64439708
网　址：www.oveaschin.com
E-mail：oveaschin@sina.com

《漳州作家丛书》总序

漳州是中国历史文化名城，历史悠久，文化深厚。在文化的星空，群星璀璨，先后涌现出黄道周、林语堂、许地山、杨骚等文化名人，令我们引以为傲。

四十年改革开放，四十年风雨兼程。漳州土地，生机盎然，文学创作也迎来繁荣发展的春天。应是春风吹拂，应是文脉相承，一支包括了老、中、青三代作家的队伍正在悄然形成。2004 年，漳州市委宣传部、漳州市文联编辑出版了第一套《漳州作家丛书》，有十二人，十二本。时隔十多年，在祖国改革开放四十周年的今天，漳州市委宣传部、漳州市文联再次编辑出版第二套《漳州作家丛书》，展现活跃在省内外文坛的二十四位当代作家的创作风采。十二到二十四，这不仅是作家作品数量的增加，更是漳州文学创作水平质的飞跃。

《漳州作家丛书》的出版，旨在展现漳州作家的创作成果和创造实力。以期让更多的人，通过这套丛书，了解漳州，关注漳州，热爱漳州。同时，我们也希望，通过这套丛书的出版，能够激发漳州作家深入生活，体验人生，潜心于文学创作，用更好的作品回馈家乡，回馈人民，回馈时代。

《漳州作家丛书》编委会

2018 年 10 月 1 日

目／录

第一辑　岁月与感悟

第二辑　足迹与笔迹

第三辑　温情与暖意

第一辑　岁月与感悟

清风树影中的侨村

有一个叫侨村的地方，周遭路人如织车马喧嚣，它却是隐匿于闹市的世外桃源——就像一个僻静清幽的小村落，让人身临真正的闲适，让人惊异而回味其中。

侨村的中心是那口溜圆的西姑池。当初这里只是环城内河与县后街之间的一片荒地。1956 年，就在这口叫西姑池的大池塘周围错落有致地建了 46 幢归侨别墅群，借鉴了东南亚、欧美等地建筑的特点，风格独特而又气派内敛。在那个时代，可说是当地政府的一个“大手笔”。池沿的那一圈树，还有别墅群中的那一棵棵树，从点缀、衬托到对侨村的某种掩藏，半个多世纪里一刻也没有停止生长。别墅的面貌已然古旧，透过郁郁葱葱的绿影，侧耳寻听抛置身后的那些街道与周遭那一幢幢高楼的闹腾，你的一颗心便在那一瞬间突然恬适了下来——这么说你就算走进闽南这座古城里可以呢喃品茗的侨村了。在来不及思辨的恍惚间，侨村如同一道摆放在时光里的谜语，它隐于闹市而独善其身，人走入其中，浮躁的生活便被阻隔在外了。

要么两地往来，要么长住国外，别墅主人留守的极少，这就有了侨村很长一段时光的空寂。西姑池畔的青苔在静静地泛绿，清风在日影疏漏的过道上穿梭，偶尔涉足的市民，他的脚步注定要被这里的情景勾连住。在此间似乎每一芽初萌的草叶，每一茎轻颤的芳蕾，差不多都能触动你心中的喜悦、鼓荡你善感的心房。漫步侨村，你能感受到岁月的那一丝丝温存。慢慢地，茶桌、椅子、遮阳伞、茶具被悄悄摆上，围绕西姑池及散落在别墅间的茶座多了起来。西姑池水雾漫荡，风到处树影婆娑，人们在此闲坐，或品茗或小酌或垂钓。记忆里日渐模糊的话语，于此间幡然复活：知己间怀旧的私房话，后生与妹子的打闹逗趣，小情人在泡茶嗑瓜子时的窃窃私语……所有这些，都被青翠的叶片记录在案、被古色古香的老别墅收入怀中……

当你走过市区香港路的青石板街，走进侨村别墅群的某一院落，目染这些古色古香的老建筑，你会发现这座侨村曾经的闲适从未走远。

经历风雨的老别墅，肯定不只是奔波疲惫的累积。透过那一扇古老的窗，定格的可能就是恒久的思念。竹篱柴扉，台阶转角处的廊柱，难说就不是另一种明亮、清澈与敞开。在时光岁月的深处，如果说侨村的热夏是照着西姑池水影的清凉，那么色彩缤纷的秋日就一定有个招惹你千万次回眸的黄昏。在闽南话古汉语的音韵下，在各种美食蒸腾的香气中，说不定庸常与世俗的外壳里，也有一股动听的音乐在流淌。

夜的侨村是另一个模样。老别墅躲进树丛中。不管是满天星斗的西姑池，还是明月高挂的西姑池，灯光经枝叶的许可照到水面上，波光点点茶座上的夜晚显得幽静而魅惑，轻拂的是散漫怀旧的清风。也许某一个角落是喧哗的，但侨村以静制动，给了一座城市的另一种期盼。

这就是漳州城里清风树影中的侨村。

不能忘却的小村庄

已不再年少的我遍求四方，太多时候希冀可以一劳永逸，岁月蹉跎中，直奔主题地拂去岁月的尘垢，直面未见涂饰的心灵。三十年前，一列火车停靠在一个很普通的站台——漳平新桥镇一个叫麦园的小村庄，我的二姑丈拖家带口抵达一户陈姓人的家，住进了村子里那座掩映于青山绿水之间的普通民房里。

我的二姑丈只上到小学五年级就因家境贫寒辍学了，但他硬是咬着牙一边打工一边自学，取得了“工程师”资格，当起了包工头。再后来，三姑姑和小姑姑两家都投奔二姑父去了。三姑姑一家在麦园开了小饭馆，小姑姑是个出色的裁缝，依山傍水的麦园村便成了我儿时的天堂，吃穿不愁，快乐无忧。

如果说孤独是有颜色的，我想一定跟黄昏的颜色差不多。二十年前，铁路线上穿行的绿皮火车，只有慢车才会在那个小站停靠。当年，从老家出发，要坐上七八个小时才能到达麦园。那些年的夏天，一放暑假，奶奶就会带上我和妹妹，坐着绿皮火车去姑姑家，火车的车窗外总有满眼的绿，浅绿、碧绿、深绿、墨绿，层层叠叠。正是山花烂漫时，车窗是个流动的画框，山坡像是一块巨大的毯子上缀上了诗意的白。记得我们每次到达那个小站的时间都是在太阳快下山的时候，二姑丈的房东是铁路线上的护路工人，我们叫他“陈伯”，却称呼他的妻子“陈嫂”，几乎所有认识她的人都这样叫“陈嫂”。她是个很和善的人，平日里养鸡、喂鸭、养猪、种菜，忙忙碌碌，我很少看见她停下来休息。

陈家的三个孩子两男一女，女孩和我同岁。陈嫂一家总是用极大的热情欢迎我们的到来。我们一去，她家的院子里就会有大大小小十几个孩子。一到吃饭时间，就热闹非凡，姑姑总是要煮几大锅饭，一大桌子菜，陈嫂也总是煮很多的菜，吃饭的时候，陈嫂总会端上几盘菜放到姑姑家的饭桌上，梅菜扣肉、酿豆腐或者蕨菜炒肉丝什么的。

十多岁的年纪充满了转瞬即逝的热情和厌倦，脑子里全是大而空洞的想法，既简单又真挚，还免不了有些浅薄。陈家的大儿子上大学去了，陈家的二儿子也就理所当然地成了孩子王。他带着我们一群孩子走东家，逛西家。一群孩子跟着他上蹿下跳，上树掏鸟窝，下水捞鱼虾，中午的太阳晒烫我们年轻的脸。回家后，头顶的风扇缓慢地转动着，带出一阵一阵炎热的风。他飞快地把陈嫂泡在井水里的仙草取出来，放进一个透明的玻璃碗里，用小刀横横竖竖胡乱地切上许多刀，加了凉开水和少许蜜，搅动几下，他总是把调制好的第一碗仙草冻递给我，这也许是一个 16 岁的男孩能为另一个 12 岁的女孩做的最好最难忘的事情了。他从来不在乎近旁弟弟、妹妹们急切的目光。我总是接过来，然后又把碗里的仙草匀给最小的表弟和表妹。多年后，那些看起来巨大无比的幸福或者痛苦，记忆或者忘却，功业或者遗憾，无一例外地隐藏在某些细小的情节背后，有些记忆一旦进入经度与纬度的坐标，一旦置于高空俯视下的目光，就会在阳光下消弭无形，在寂静之间毫无踪迹。

茉莉花静静地在陈家门外的空地上绽放，散发出淡淡的香味。日子从指间悄悄划过，很快又到离开的时间了。我是很害怕坐那像蜗牛一样慢的绿皮火车的。车上总是有股难闻的气味，令我头昏眼花，七八小时的车程于我而言是煎熬。在麦园的很多夜晚，我都会做同样的梦，梦见自己睡着了，奶奶把我抱上火车，我醒来时，已经到家了。但梦终究是梦，半梦半醒之间，有一种陌生的情感在我心里滋长，就好像陈家院子外的野花野草随处生长。

夏天的午后，风雨稍歇，水淋淋的石板闪一片薄光，树上的枝叶东仰西伏筋疲力尽，地上有零落的花瓣，草叶挂着亮晶晶的水珠，连草丛里的蛛网也挂上了三两光点。离别的时间将近，我们再次朝山里进发，很快来到一眼泉水边，弟弟、妹妹们在浅水里嬉戏，我找了一块大石头坐下，像一个捉迷藏的孩子沉湎在童话世界里。不知道他什么时候靠近了，递给我一只鲜润欲滴的野果，很认真地说："长大了，我要去开火车，我要把火车开得很稳，绝不让你晕车。"一枚嫩青的叶子垂在我的腮边，我转过脸去，看清水微波。

我们在水边坐了很久，时间矫情得忘乎所以，透过近旁梧桐树的枝丫可以看见一点点橙红的晚霞。

如今的我并不孤独，每天忙完工作，就是喜欢一个人待着，读点书，尝试写点文字，安慰自己，安慰时间里的空白，证明那些往事并不如烟。隔着玻璃望着街角，许多年过去，我发现自己对那个村庄的印象始终诡异地停在那一刻，苍凉里面有一点温暖。

漳州三卤

卤面

漳州很多地方有吃卤面的习惯。在我的家乡，谁家要是有喜事，卤面是少不了的。喜宴都是中午和晚上到点的时间 10 桌 8 桌一起开吃。可是，客人来的时间不一样，早来的，就会在酒席开始之前先吃一碗卤面。这种情况下吃的卤面大多是很讲究的，面是圆的，而且是加了碱的，卤汤里有金针菇，香菇，三层肉，鱿鱼丝，蛋花，贡丸等，那个味道真叫鲜。吃的时候，把面放进碗里，把卤汤浇上去，最好加点香菜，加点胡椒粉，美味极了。

卤料

无论冬夏，在傍晚的街头小巷，都可以看见卖卤料的小摊，当然，也有很多固定的店面。街头路边的卤料摊生意大多很好。单看琳琅满目的料，你就会口水直流。卤大肠，卤猪耳朵，卤翠笋，卤豆干，卤蛋，卤花生，卤猪肺……一溜排开去，晶莹油亮，看得你眼睛发亮，胃口大开。现在的人都讲究方便，买点卤料，晚上回家对付两碗稀饭，或者喝点啤酒，那日子，真叫好。卖卤料的多是快乐的一对夫妻，男人忙着夹，切，称重；女人有条不紊忙着加调料，打包，收钱找零。我常常看见，忙碌且幸福的脸庞，不由得生出来许多羡慕。

卤死

在漳州，因为卤面，卤料太流行了，所以漳州话里，也生发出“很卤”、“卤死了”这样的词，表明不清爽，事情繁杂，烦。其意义要结合意境来理解，非常丰富。你想想，卤面需要勾芡，而勾芡后的汤就有好多东西交杂在一起，错综复杂的事情也不过如此。所以，也就不难想象，“卤死了”是怎么一回事。在漳州，办喜事的时候，新娘子是不可以吃卤面的，原因也就可想而知了。

真情连连看

踮起脚尖的幸福

今天赖床了，起来的时间接近九点，太阳老高了。起床后发现停水了，用泡茶的水马马虎虎洗漱后，就赖在电脑前。一年之中，不管上班还是不上班，一般很少睡得很迟。听说这是苦命人的通病。其实如果没什么事情，赖床还是不错的选择。一般的人都喜欢冬天里在被窝里窝着，可能因为气温越来越低了。

前天清晨去参加升旗仪式，同事和我一样穿着毛线衣，到了学校，停车子时，她瑟瑟发抖说好冷。我说好容易才盼来点冬天的迹象，冷一点好。真正温度降下来，其实人挺难受的。这也许是我们常常听见人们说喜欢“秋高气爽”、“四季如春”的原因吧。

去年的冬天，前些年的冬天都是大衣，围巾，高领的衣服，恨不能把自己裹成一个大大的粽子。记得宝宝出生在寒冷的冬日里。寒风呼呼，夜里寒风更是凛冽。我们把宝宝裹得严严实实，我们常常抱着她，一边给她哼唱小曲，一边要不停跺脚。今年的冬天，到宝宝生日了，还穿短袖。前两天虽然下雨，但还是闷热得不行。真所谓“天不按节气，人不按规矩”。

今年的冬天，宝宝生日前得了个新玩具，蛮漂亮的一个布娃娃，会用中英文讲故事，念儿歌，读《弟子规》很厉害。宝宝喜欢得不得了，只是爱不释手了几天，把那只叫作“莎拉”的娃娃，抱到我的房间，说让莎拉和我一起睡。我偶尔会把莎拉拥在怀里，很温暖。到晚上睡觉的时间，我给它支个小桌子在床边。宝宝昨天晚上写完作业，拿着她的语文书，跑到我的房间说要教莎拉念新的课文。我也奶声奶气地对莎拉说："听妈妈话。"宝宝马上更正："你才是莎拉的妈妈，我是莎拉的姐姐。"然后，她一边背课文一边把莎拉的帽子，外衣，袜子全取下来，一本正经叮嘱着："莎拉，你可以去睡觉了。"早上醒来，莎拉睡在床边，宝宝已经去学校了。想想，也许这就是幸福生活吧。

人不能太贪心。

发现自己写东西，说话都喜欢东拉西扯，明明写了个题目扔那儿了，然后说话的内容离题十万八千里。

这几天发现没有一首歌能真正吸引我了，于是回来听戴佩妮的《光着我的脚丫子》，可能是老了，太流行的新歌都听不懂。

《光着我的脚丫子》里有一句歌词："然后两个人，缓缓地踮起脚尖……我要踩着你的脚丫子轻轻地跳舞……"

很多年前有过一段文字，"踮起脚尖，我亲不到你的额头"。因为那段不算太浪漫的文字，还引起了一段有意思的故事。那时，有几个朋友没事总写些无病呻吟的文字。朋友单位都是些能言善辩的高手，我们常常聚在他们的大办公室里，一边喝茶一边讨论。那天朋友提议，把我的《踮起脚尖我亲不到你的额头》打印出来，然后润色，修改一下。打印命令一下，朋友的一个同事刚走到打印机旁，看见题目，那位前语文老师呵呵笑起来说，我只看见题目，我可什么都没看见。我们一群大人都哈哈大笑起来。想想，当年自己的确是有点煽情，又太咋咋呼呼，往事如烟。好多日子过去了。踮起脚尖，你会做什么？

小的时候，可能为了高处的一块糖或者一样心爱的点心，小小的身子会踮起高高的脚尖，可能还会搬来椅子帮忙。大一点的时候，踮起脚尖，只做最浪漫的事情，只是，现在怎么看都觉得踮起脚尖是奢侈的。记得刚搬新家的时候，宝宝还小，上楼梯，踮起脚尖还够不到路灯的开关。偶尔她调皮还要我抱着她去摁开关。那时，手里还总是大包小包。累得不行了，就恨自己怎么就没买有电梯的房子。如今，年龄渐长，希望自己慢慢老去，也渐渐失去了可以踮起脚尖的日子。

老去，于我而言，是十分奢侈的一件事情。母亲去世的时候只有45岁。我常常羡慕别人家的老人可以活到白发苍苍。等到哪天老到可以老态龙钟的样子，才相信：简单就是觉得冷的时候找个温暖，幸福就是简单到只是可以踮起脚尖。

月光下的玲子

念书的时候，玲子是宿舍里的“老大”，寝室的成员来自两个班级，宿舍里“藏龙卧虎”，有学生会部长、副部长，有班干部、宿舍长，玲子无官无职，国字脸、身材魁梧，在宿舍里说话是最有分量的。

玲子姓张，写毕业留言时，美丽的凤凰花探进宿舍的窗子，玲子很深沉地说：“我的家在蟑螂镇蟑螂村蟑螂窝，姐妹们，别忘了去找我和我们家的脏兮兮哦！”我们本被离别拉扯得很绵长的忧伤遭遇她的幽默，都捂着肚子哈哈大笑起来。“脏兮兮”是玲子的侄女，本名“张汐”，小姑娘是我们宿舍的名人，晚上熄灯后我们卧聊时常会提到的名字。

那年，玲子所在的县毕业分配是按照积分高低让学生挑选学校的。我们班主任很民主，让我们自评、互评，由我负责做最后的统计工作。我把同学们召集在一起，说明了情况，提醒大家注意“倾斜”，玲子毕业时的积分是班级第二。在学校临别的前一夜，已经睡下的玲子一骨碌从我的上铺下来，把一张崭新的一角钱撕成两半，一半夹在我的影集里，一半收在她的毕业留言册，“我要永远记得你的仗义！”玲子说这话的时候，月光透进屋子来。

香港回归那天，我们乘车去了玲子的“蟑螂村”，玲子带我们去她任教的学校里玩。正值暑假，学校里很安静，校园里有几棵石榴树，果子又大又红，玲子摘了一个，掰开，递给我。我们一边吃一边在校园里漫步。看见教室里的脚踏风琴，我们想起那个严厉的音乐老师，入学不久后给我们上五线谱课的情景。20世纪90年代，从各县市招的初中毕业生，乐理知识实在少得可怜，偏偏那个音乐老师是个弹钢琴的高手，在省里乃至全国都很有名气，还参与教材的编写，当然，这些我们都是后来才知道的。老师对着一群“听雷的鸭子”，气不打一处来，“你们这些人，怎么考上师范的？怎么通过面试的？我讲得口渴得很了，你们还是听不懂！”全班的同学都低着头，玲子不急不缓地说了句“老师，窗外在下雨！”玲子听完对往事的描述后，迅速把一口石榴籽吐出，质疑事情的真实性，她信誓旦旦地说，一定是我编的，倘若真有此事，她音乐指不定要挂科的。

玲子让人感动的，当然不只她的幽默，她还是很多人肚子里的蛔虫。我要结婚那会儿，打电话给她，我只说了句“要和我结婚的人你认识”。她就能直接说出先生的名字。先生是我隔壁班的同学，我宿舍的5名女生就是他班上的，据说先生把这一消息告诉他同学时，很多人都觉得出乎意料。玲子要结婚的时候，我们几个舍友陪她去买东西。先生调侃说，那个那么“威武”的人终于也“推销”出去了。玲子的先生是公务员，结婚不久后，玲子生了个儿子。玲子曾打电话给我，唠叨她和她的台湾叔公打麻将又输给老人家多少钱，本打算赢一些，给儿子买奶粉的，没想“舍了孩子，却套不着狼”。我们知道玲子的叔公很疼她，可是在麻将桌上，他们是锱铢必较的。

和玲子在一起，偶尔你会觉得：零星的对话，可有可无。认识玲子快二十年了，前几天她打电话给我，说肚子有点不舒服，窝在沙发上给我打电话。放下电话，我突然觉得玲子就是一片酩酊的月光，让人总是会想起她。

我家的三国时代

先生属龙，我和宝宝属马，搬新家的时候，我们特地请了位书法家写了幅字“龙马精神”挂在家中。宝宝刚会说话的时候，人家问她，你爸爸比较爱你，还是妈妈比较爱你？宝宝总是说，爸爸比较爱我，妈妈也比较爱我。逗得问的人直乐。宝宝随爸爸姓，名字的前一个字是我的姓，很多人看见她的名字总问我，宝宝随你姓？宝宝若在旁边听见，总是一脸严肃地抢答：“我先姓爸爸，然后姓妈妈。”乳臭未干的宝宝用稚嫩的声音没有语法地脱口而出。如今，我们常遇见需要表决的时候，宝宝就成了最关键的人物，我和她老爸总是不遗余力地拉拢她。比如，周末去超市或者去先生的同事家，看今日说法或者看天天饮食。（我们家的电视可以回播的）当然宝宝有时候也需要说服我们其中的一个，不过她每次几乎都是还没出招，我就没有招架之力了。

暑假里，宝宝看三国，问我什么是“分久必合，合久必分”。我冲她做了个鬼脸，耐心地给宝宝讲解起来：就好比你和你爸爸，有时候团结一致，就是分久必合，有时候起内讧，就是合久必分。宝宝显然对我的回答不是很满意。跑去问她老爸，先生说，哪有这样的历史老师？真不是误人子弟，简直是误自己的子弟。然后，他唤宝宝到电脑前，给她看电视剧《三国》。宝宝乐呵呵看开了。过了几天，我问宝宝，三国里，你最喜欢谁呀？宝宝不假思索地回答，当然喜欢吕布。然后她像爆豆子似的说了一堆理由。我又问，三分天下，你认为你最喜欢哪个领导人？宝宝又像个学者似的侃侃而谈：我觉得我们家老爸像曹操，老妈像刘备，我像孙权。我有点吃惊，鼓励她往下说。宝宝清了清喉咙，老妈最爱哭，很像刘备，我是孙权，因为你们俩谁都想和我好，老爸当然最像曹操了呀……

仔细一想，三分天下的情形，在我们家倒是常常上演。瞧，宝宝在书桌前写作业，我捧着小说斜躺着在床上读。离开学只剩两天了，她还有两篇作文没写，先是把她的一堆小泥人放到书桌上，说要看着泥人才会写。我安静地读我的小说，井水不犯河水。不一会儿，女儿把一堆铅笔放到床头柜，命令我帮她把铅笔削尖。转笔刀就在旁边，我抬头看了一眼，没有理她。没想到急性子的宝宝噼噼啪啪把台灯关了，还振振有词抗议：你命令我做什么事情，我就得马上做，我命令你削铅笔，你就不做！我正看书，抬头看见她眼泪在眼眶里打转，有点不舍。于是，呼唤先生，先生从客厅赶来，问明原因，当了和事佬，边转转笔刀边说："你们两匹马，在一起就斗！"宝宝听了破涕为笑。

又一日，我在备课，次日的新课是"法国的大革命"，说来也巧，宝宝凑过来就问，妈妈你知道拿破仑是谁吗？我心想，这不是正中下怀吗？我本是个天生的健忘之徒，这么多年也练就了一身照本宣科的过硬基本功，我张口就来，"拿破仑是法国著名的——"宝宝不由分说地打断我的说话，"拿破仑是吉娅邻居家的一条小狗的名字！"我有点吃惊，接过宝宝递过来的一本书《小狗钱钱》，书的作者是德国的博多•舍费尔，"轻松享有成功与富裕"的字眼吸引我的眼球，我翻看一下封底，博多•舍费尔是欧洲著名的投资家、演说家、畅销书作家。这是一本适合小朋友读也适合大人阅读的教人理财的书。《小狗钱钱》和另外的几本书是宝宝上个周末去问小朋友借的。让我没有想到的是，她看完书后会问我"你知道拿破仑是谁吗？"一开始我还以为，宝宝问历史老师这个问题，有点"鲁班门前耍大斧"的嫌疑，看来是我错了。

这样的事情常常发生，宝宝喜欢阅读，尤其是漫画书和一些脑筋急转弯之类的。看书的过程中，倘若有什么新鲜的、有趣的、一知半解的或者不理解的，她总会急着找到我，我总是尽量回答她一个又一个的问题。

如今的我很少去思考，要怎么怎么严格要求孩子，要充满耐心晓之以理，动之以情。之前，宝宝学过珠心算、学过小提琴、学过舞蹈，我们也曾信心满满，要高标准、严要求，要培养她的高度责任心的居安思危的品质，要她学这个，学那个，练就十八般武艺。后来发现孩子的童年不能没有欢乐，不能因为逼着她学这个学那个，让她觉得很不快乐，把我们也弄得不快乐。到最后，我们的原则只剩一条：开心就好。

屋顶那片绿

卿是我的旧同事，说话的声音像泛着啤酒的泡沫。她初中毕业后，回到小山村当上了一名代课老师，我去报到那年，卿在小学校里教书已经有三个年头了。她做事认真，兢兢业业，所带的班级成绩优异，到年终评“优秀教育工作者”的时候，卿的票数总是最多，当年我总是很郁闷，一个代课老师，拿那么多奖有什么用?

山上的教书生活是清苦的。那时我们住校，一个星期回一次家。学校给我们备好了锅碗瓢盆，下课后我们总要挽起衣袖叮叮当当半天才能吃上饭。卿的家离学校步行需要七八分钟，偶尔消极怠工不想做饭了，卿会邀上我们一大群住校的老师去她家蹭饭。卿的妈妈是个很和善的人，每次我们去，她都会煮一大锅的饭，再煮一大锅的面条。我们总是吃得很开心。当年还流行卡啦 OK，吃完饭的我们就在卿家的客厅里开始咿咿呀呀地唱。唱累了，出了卿家的门返回学校，夜清得像洗过一样，不过罩了层黑色的纱，在酣畅淋漓的我们三年的“背井离乡”的边远山区的生活里，卿总是带给我们温暖。

学校有两排房子，青的砖，灰的瓦，操场上的草随季节，青了，黄了，天空是生动而凝重的表情，大家陆陆续续恋爱了。由于山上有我们几个风华正茂的年轻女教师，橘红色的阳光渐渐挪移到山的那边时，就有摩托车突突突突地从山下赶来，我们的日子就变得丰富而曼妙起来。卿的追求者是同村的一个男孩，男孩和我是中学同学。可以说我们大家都不看好卿的选择。选择了他就注定一辈子住在大山里。卿只是淡淡地笑，她的目光没有丝毫摇摆。多年后，内心沉淀着怀旧的情愫，卿婚后的日子的确如预料中的一样艰涩而清贫。

春天到了，树木已经泛青，我携先生和女儿去重游故地。卿和他的先生在村子里建新居。房子不大，只建了一层，房子进行了简单的装修。房子前有个小空地，芥菜、芹菜、葱、花菜，一畦畦菜绿意盎然，诗意般地存在。平淡如歌的往事，风一样迎面吹拂过来。女儿欢呼雀跃要去给菜浇水。卿的先生提了一桶水，折了一支长长的芦苇，小姑娘开始乐呵呵地玩起来。我们落座喝茶，卿和先生一副举案齐眉、相敬如宾的样子，完全是一个妻子的神色，内敛或者关切，看似单薄，却柔韧无比。卿的儿子和我家小姑娘同岁，以前见过面，玩得不错，如今都长大了，正处于“异性相斥”阶段。小姑娘玩了一会儿，跑进屋来哼哼唧唧，没有好玩的了。卿的先生说，我带你到楼上去看植物，叔叔楼顶上有个小小植物园。小姑娘开心地跟着他上楼了。卿让我也上去看看。

我们上到二楼，哇，大大小小高高低低的，应该有近百株，都是仙人掌之类的植物。有的刺小，圆滚滚的；有的叶片很大，形态各异。小姑娘看得很开心。卿说，这些都是由一盆种在一个破旧的铁锅里的仙人掌衍生出来的。可以看出卿的先生就地取材，种植物的器物五花八门，有油瓶子、矿泉水瓶子、牛奶瓶子、破脸盆、泡面盒子、泡沫箱子，不禁唏嘘，只一盆仙人掌，是如何“开枝散叶”弄出这琳琅满目的满屋顶的绿。卿的先生对小姑娘说：“喜欢哪一盆，就直接带回家，叔叔以后会把整个屋顶都种满”。

参观完卿家屋顶的那一片绿，我将手中一杯渐凉未凉的茶，豪迈地一饮而尽，我饮掉的是一个美丽的刹那，屋顶的那些仙人掌在我心里安营，驻扎；我饮掉的是一个美丽的永恒，那个知心的爱人，固执地只做一件事。很多日子后，我才慢慢悟出，其实一个人身体里藏着很多的暖，只要你不灰心，不绝望，无论外面的世界如何残酷与冷漠，你都可以用自己或彼此的坚持，相互取暖。

我的亲人哟

不肯沉默的父亲

我进屋时，听到很大的收音机的声音，是父亲最爱听的交通频道。客厅里没有人，我疾步进到父亲的卧室，他睡得正香。我返回客厅拿了高压锅去水池边洗，这是父亲每天早上做稀饭用的。水“哗啦哗啦”，先生凑到身旁，笑嘻嘻地说：“你和你老爸还真是像，睡觉的时候老爱把音量开得很大，你要把他叫醒，不然他都不知道我们回来了。”我答：“晚点叫他，估计刚睡，或者我收拾完，他就醒过来了。”先生讪笑道：“把收音机关了，他就醒了。”

真的，等我又回到父亲的屋里，他醒了。父亲说：“你回来了。”然后他和往常一样，絮絮叨叨，没完没了。我说：“今天开新车回来，先生像个孩子，喜欢买个车，问人借了10万。”父亲说：“借1万，不要紧，你不知道，男人都喜欢车。”我赶紧转移话题。我知道在父亲眼里，1万和10万是没有太大的区别的。我用热水泡了毛巾，让父亲洗脸，父亲说他要喝茶。我让父亲把衣服换下来，我好拿去洗。父亲说：“我看看你的车，拢无你有本事买车，我没给你看一下。”我知道他心里高兴。

父亲说卧室的灯不亮了。我让先生去妹妹店里拿节能灯泡，我去八叔公家借梯子。农村的房子不比城里的，站在椅子上是绝对不够高的。双胞胎小侄子在龙眼树下玩耍，还有小叔叔的儿子，梯子旁拴着一条狗，我不敢靠近，我唤三个“小小男子汉”帮我抬梯子。三个男孩倒是乐呵呵地帮我把梯子抬到父亲的屋子。坐在客厅里的父亲笑眯眯地赞叹:“你不知道那三个孩子有多皮，也就你能叫得动，当老师的就是当老师的，一群孩子被你领导得团团转。”我不知道他这话是褒扬多一点，还是鞭策多一点。真是没办法。父亲总是这样，有一句没一句地说着，他似乎总也不肯沉默，哪怕只是一小会儿。

我打了热水给父亲洗脸，他说昨天刚理完发，快过年了。父亲说指甲又长了，我递给他指甲钳，让父亲先自己剪手指甲。他依旧只是念叨着。忙完后，我帮父亲剪指甲，我问父亲:“不会剪得太里面了吧?”父亲呵呵地笑:“剪得太里面，疼了——我就会叫了!”父亲永远这样。我有点哭笑不得。我又打了一盆热水给父亲烫脚。父亲的腿不方便，他越来越孤单了。曾经，我总是埋怨：去看父亲之前，心里总是很难受，心理压力很大;看完父亲回来，心里也总是很难受。最近似乎好很多了。我知道我该怎么做了——尽量缩短看望父亲的间隔时间，尽量在父亲那停留的时间长一点，做我能做到的所有事情。只是无论我怎么做，他的唠叨似乎一点没有消减的迹象。

父亲自己买了两斤茶叶，但他嘴里仍不停交代下次去看他时，要记得带茶叶。他年轻的时候好烟好酒，终日沉湎，到了晚年，烟不抽了，酒也戒了，也就好这茶。爷爷是泉州人，父亲年轻的时候喜欢喝铁观音，最近喝的茶很多，红茶、白芽奇兰、绿茶、茉莉花茶……前次回家，我发现父亲把我带去的大红袍和铁观音各半加在一块儿泡，他说这样好喝。

父亲家门外是一眼望不到边的绿，绿到天边，绿到门前，父亲那急促的一顿顿的语调与干涩苍老的声音，时常回荡在耳边。我知道，父亲越来越像小孩子了。因为，我早就已经不是小孩子了。

三妈

三妈是我女儿好朋友的妈妈。

女儿的这个好朋友是我的邻居，楼上楼下住很长时间了，才知道她和我家那口子还是一个系统的。女儿不知道什么时候和她混熟了，开口闭口都是“我的好朋友”。一来二去，女儿的好朋友也成了我的好朋友。好朋友多次和我说起她的那个叫三妈的妈妈。久而久之，这个年已七旬的“资深美女”就在我脑海里安营扎寨了。

三妈在她小女儿搬新居不久，来过一次小女儿家。三妈穿着艳丽，有一次让我撞见母女，还以为是姐妹俩哩。过后三妈去上海旅游，带回几包蚕豆。好朋友登门说，吃不完，送给我们一些。再后来，晚饭后和先生散步，遇到行色匆匆的好朋友，站在路旁简单聊了几句。好朋友说，她妈妈组织二十几个老年人到市里去参加“夕阳红广场舞大赛”，出了车祸，现在老人在医院里输液，所幸没什么大碍。由于雇的是一辆没有营运资质的车子，司机态度很坏，医药费理赔起来很麻烦。躺在床上的三妈反倒好，她一再交代，有医保呢，可千万别为难人家。

隔日我下楼的时候，遇见好朋友。她说：她妈妈实在让人生气。自己躺在医院打点滴，还老念叨着别为难那个开车的。说她就是受了点皮外伤，检查什么的费用也不要叫人家出了，反正有医保，花不了多少钱。好朋友最后模仿她妈妈的语气说：“你这孩子就别上班了，到医院来照顾我吧，比赛算是泡汤了，一时半会儿也跳不了舞了，孤单得很呢！”

看来这三妈当真是个“内紧外松”的老人家。

三妈出院后依然是不消停的。吵着说郊区新开了家养老院，她想去当义工，她会拉手风琴，可以义务教养老院里的老人拉手风琴。我听好朋友说，养老院是私办，环境还不错，只是每月需交1000元。三妈找院长说情。说她能走会跳的，少收点吧。况且她还可以天天拉琴给老人们解闷，辅导学生学琴也可以不收费的。最后的结果是院长同意每月收 800 元。好朋友的妈妈很不爽，住了 20 天，就气嘟嘟地收拾行李，也不等好朋友去接她，就提着大包小包地坐公交车回家了。

三妈上公交车，亮了“老人证”。售票员上上下下仔细打量着她，表示不相信。三妈说：“我当真 71 岁呐，不信我拿身份证给你瞧瞧！”好朋友说她妈妈说话像台湾人，那天穿一件浅蓝色的连衣裙，就算年轻人也没有她的做派。

端午节后的一个傍晚，好朋友串门来了。我泡了茶，一边喝一边唠叨家常。好朋友说她最近挺烦恼的，她妈妈老是吵着说要去小女儿家住。可公公年事已高，先生在外地上班，帮得上忙的时候很少。她白天要上班，下了班要伺候老人，忙着洗衣、做饭、拖地，忙死了，可她妈妈还是不依不饶说，小女儿搬新房子了，她也挺想住它个一年半载的。

好朋友还对我这样抱怨过她的妈妈，说她还有两个姐姐，都嫁外地，她妈妈留守老家的老房子。老人家的退休金不少，却是个潇洒的“月光族”。有时做女儿的会提醒她：钱要省着点花，要懂得“积谷防饥”的道理。奈何三妈一点也不买三个女儿的账：“我年轻的时候，没有漂亮衣服穿，浪费了多少大好时光呐。现在多好呀，瞧我这好身材、我这好身体，不穿好点哪说得过去！”有一天，好朋友刚刚到单位，女同事就告诉她：“我早上买菜看见你妈妈了，今天穿了一件很漂亮的裙子。”好朋友临下班前接到母亲电话，让她回娘家吃饭。好朋友一进门，她妈妈原地转了两圈，连忙显摆新衣服，问她“好看吗”？好朋友心想，原来同事说的不是前天她看到的那套波里米亚风格的长裙，而是一件黑色的真丝裙。只是此刻从屋子里出来的母亲说：“你再看看这件，搭我的白色裤子，一定很好看。这件上衣很便宜，才一百块多点。”

好朋友忍不住说：“要我说那件裙子肯定不便宜！”

“划算啊，砍价打了 2.3 折，才 600 多块！”

好朋友哭笑不得，吃完饭就给两个姐姐都打了电话。

第二天中午，好朋友又接到妈妈唤她回家吃饭的电话。

好朋友看见餐桌上的仍然是汤面。她妈妈拿起筷子，在大碗里不停挑着面条，就是没见她往嘴里送。好朋友冷眼旁观，故意装傻。三妈放下筷子说:“趁我现在能跑能跳的，不买几件漂亮衣服能行吗？等哪一天我要是病了，哐当一声倒下了，卧床不起了，我起码还有漂亮衣服可以穿呐，让你们三个女儿去给我买衣服，我不放心呐，你们那是什么眼光，行不通的！”那天临走时，当女儿的只好悄悄地往母亲的钱包里塞了 500 块钱。

好朋友说了一大堆，接着苦涩着脸感叹说：也不知道这是什么年头，日子好像是倒过来过了。

草木情缘

茉莉花

茉莉，木犀科，喜温暖湿润和阳光充足的环境，叶色翠绿，花朵颜色洁白，香气浓郁。

小的时候，我家门口的小溪对面有一大片茉莉花园，属农场所有，据说有 67 亩之多。洁白的茉莉花陪伴我整个的童年，满世界的花香把飞翔的愿望拉得很长，溪水如月亮般皎洁，悠扬的笛声飘得比季节还远。那儿有最淡雅的清香，最纤细的柔弱，那些像电影一样轮转的画面，被藏在心间。

每年 5 月，柔软的大地上，茉莉花一批一批挂蕾，一批一批绽放，一股幽香韵味深长地蔓延开去……瞧，一朵白色的花骨朵儿，紧紧聚拢，躲在叶里仓皇地张望，它穿着绿色的鞋子，裹着洁白的轻纱，散发出的芬芳，沁人心脾。

白色的茉莉花，含苞待放时是最佳的采摘时期，花苞太小，颜色略显嫩黄，慢慢长大，花苞颜色变白，采下来的花苞被送到工厂，可以做香料或者茉莉花茶。采摘茉莉花的工钱每斤 3 角，孩童时代的零花钱，大多来源于此。每天中午饭过后，拧个小桶或者小篮子，三五个小伙伴就出发去小溪边，茉莉花园里早已聚集了许多妇女和小孩，随便选个地方就可以采摘，高高低低的茉莉花，一畦一畦像整齐的士兵等待我们检阅。母亲在做完农活或者家务的闲暇之余，也加入采摘的行列。到了傍晚，农场的人集中在一个小亭子里收集茉莉花，一一称过。采摘茉莉花的过程是辛苦的，但当日结算工钱的“日日见财”的吸引力却是不可小觑的。太阳热辣辣地炙烤着大地，人被烤得几乎要哧哧作响；若遇上下雨天，淋成落汤鸡的情况也是常有的。茉莉的香，是留不住的，就像总是不小心会把心事说出去一样，倘若延误了最佳采摘时机，第二天，整朵花开了，就只能眼睁睁看着它开败，凋落的，是不是算“化作春泥更护花”？

调皮的哥哥，偶尔也来凑热闹，只是他没有太大的耐性，把茉莉花园当成运动场，横冲直撞，走东边，串西边，乐此不疲。农场的工人看见了便大呼小叫起来，哥哥并不买账，被斥责得不开心了，就会恶作剧地把已经采下放进小桶里的一小堆茉莉花当成小船，放进小溪里，让一个个洁白的“小精灵”随波逐流。我看见了，不敢吱声，便把这件事情保存起来，把它藏进了无人知晓的洞穴里，这个铁一样的秘密只有我和哥哥知道，它坚硬地横亘在我的身体里，直到后来我明白：人在生活中，有时会不由自主地像被裹进琥珀里，动弹不得。

暑假里的酷热并不能消减我们对工钱的渴望，20 世纪 80 年代末，上小学的我们常常需要通过各种途径来增加家里的收入。奶奶是极疼爱我们的，每天都围着灶台转，养鸡、喂鸭、养猪、种菜，一刻不得闲。奶奶总是心疼我们在太阳下采摘茉莉花很辛苦，担心我们中暑，时常煮些“仙草”，让爷爷送到田头给我们吃。记忆中，煮“仙草”的过程是十分繁杂的，不像今天市场上可以买到现成的仙草粉，煮开、过滤即可，奶奶煮“仙草”的原料是姑丈从漳平买回来的，浸泡了一整晚的仙草，经过几次的熬煮、过滤，大热的夏天，奶奶总是在灶台边不停地忙碌，今天想来，茉莉花园里的仙草味道，清凉爽口、味道甜美，那些辛苦，那浑身的汗臭味似乎都掩盖在淡淡的茉莉花香味里，那些日子就特别得值得回味。

三角梅

八岁那年，三姑姑带着我回了趟老家。据说父亲的生父是位中医，除了给人看病抓药，还能掐会算。父亲成了我爷爷奶奶的养子后，他生母的病奇迹般地好了。伯父家有两层小楼，门前种了一大片的三角梅。我在别处看见过红的、浅紫的三角梅，粉的、金黄的以及藕色的三角梅，还真是不常见。伯母是个极其和善的人，给我们做了一桌子好吃的，让我无论如何多住些日子。

记得当时我很想家，偷偷哭了鼻子。第二天，堂哥从河里捡来了一些石头。细心地把它们磨光滑，做成棋子模样，每个小朋友人手五个。因为有了这些棋子，我们在伯父家的三角梅丛中度过了许多美好的时光。

我们将五粒小石子，从手心里全都抛起，立刻翻转手背来接，接住几粒，便是收获几斤，孩子们的手背是凸起的，大都不会全部接住，三斤，四斤，五斤都算是丰收，一人丰收之后，把五粒小石子交给第二个人，由他照样游戏且收获，游戏可以是两个人，三个人，四个人。预先议定二十斤，三十斤为胜。

第一次抛时摸取一粒，第二次抛时要摸取两粒，第三次抛时要摸取三粒。在这时候，撒子及撮子都要考虑。撒子时不可撒得太疏，也不可撒得太密。太疏了，同时摸两粒三粒不易摸得到手；太密了，摸时容易带动旁边的粒子，撮子时须考虑其余几个子的位置，为了使其余几个子分布合理，比如，一粒做一堆，两粒做一堆，三粒做一堆，然后，摸时可以很便利。倘若没有事先撒好，玩时就容易失败。少摸一粒，多摸一粒，或者带动了旁边的粒子，就前功尽弃了。小伙伴们玩的时候，个个精神抖擞，个个汗流满面。最开心的莫过于：堂哥会采几朵三角梅作为胜利者的奖励。

毕业那年，我被分配到离家十多公里的一所山区学校教书。周日下午打包好行李坐车去学校，周五下午下课后返回家中。金秋十月，学校上上下下都忙于准备迎接市里检查组的莅临。学校的大门边，是一个花圃，那天，我们哼着小曲，迈着流水般的小碎步准备出校门时，老园丁正在拾掇一盆三角梅。我愉快地冲退休十多年的老教师挥了挥手。满头白发的老校长递给我两截树枝，“小苏，你的名字里有梅，我送你两棵三角梅回家种。”我的脸上堆满了笑，乐呵呵地接过那两截干树枝，心想：能种活吗？

坐在面包车上，我忍不住嘀咕了几句，几个同事纷纷笑我那少得可怜的生物学知识。嫁接懂不懂，发芽懂不懂，养料懂不懂？我一路上仔细地摩挲着那两截三角梅，“只要不插反了，三角梅就一定会茁壮成长的！”同事的话还在耳畔回响，我的思绪早已飞回童年玩石子的快乐时光里了。

母亲帮我把两截三角梅种在院子外面的围墙边上。我是个无可救药的健忘之徒。后来，我并没有仔细去观察三角梅什么时候长出嫩芽，什么时候开枝散叶，什么时候枝繁叶茂，三角梅又是什么时候开出第一朵花，第二朵花……

后来，哥哥娶了嫂子，嫂子在围墙外种了一些瓜果。夕阳西下时，母亲时常给那些植物浇水。什么也没有发生的时候，你无法看见透明的时间流逝。时间是我们的生命，是一些看不见的生长和死亡，看不见的敞开和关闭，看不见的擦肩而过和蓦然回首。我无力地倚在院子外，身边突然的嘀嗒巨响——一颗水珠从瓜叶轰然滚落。母亲的突然离世，让我觉得一切恍如隔世。如今，娘家院子外一棵三角梅孤零零地挺立，有一种宁静和沉思，似乎正张开双耳监听世间所有的动静。

我带回的两棵三角梅什么时候少了一棵？我一遍一遍地问自己。天地间静寂无声，只有四面八方淅淅沥沥的微雨，隐在岁月的深处，无边无际又无休无止。

百合

铺天盖地的绿，连绵不断的雨，引起了我对青春和美的回忆和反省。我们驱车抵达15年前工作过的小村庄，已是傍晚时分。朋友特地从电脑中搜索到《野百合也有春天》，把音乐的播放模式设置成“单曲循环”。

时间滴漏在淅淅沥沥的雨声里了吗？一张被岁月精雕细刻出无数细纹的脸，我们对着镜子微笑，情不自禁用心灵为这张脸拍照，如此形成的影像是任何相机都完成不了的。

百合的美，常是诗人墨客和歌者吟咏的对象，它有“百年好合”的美好寓意，一般人对它喜爱有加。纯白盛开的喇叭状的花朵，仿佛在吹奏音乐一样。在寂静的山谷里，不被摧折，与众不同地散发出一股清纯高雅的气息。

想起那枝百合，内心有一种幽微的疼惜。那个晴朗的傍晚，落日的余晖把翠绿的竹叶涂抹上一层金黄。吃过晚饭后，我们沿着小路散步，然后在竹林旁的大石头上坐下来。远处，山坡上开满了野百合，在白与白之间，山风使他们被清凉的香气包围了。山谷里风中的野百合昂扬，生机盎然的姿势，契合他们那无忧无虑的生活。男孩跳下石头，说：“我去给你摘一朵。”“我看算了吧，路不好走。”很久之前的事了，却像近在股掌的心情。

后来，他递给我一枝百合，含苞欲放的花蕾，白色中透着淡绿，他的眼泛着清澈的光，水一样的纯净。我的心无比轻盈，下定决心要用百合的白，用百合的香，演奏轻盈的曲子，用一生的时间，陶醉。后来，我无数次回望山谷，搜寻沐浴着阳光随风摇曳的百合，那娇柔的花瓣，优美的形态，宛如一个个亭亭玉立的仙女翩翩起舞，高贵典雅，婀娜多姿。那些含苞待放的花骨朵儿羞羞答答低着头，仿佛是一位害羞的少女，掩面而笑……

爱情的丰美与残酷，都必须亲身领取，而不到伤到最彻底，谁都以为，自己可以是例外。

又是一个细雨霏霏的下午，所有的场景惊人的相似，他依旧跳跃着去采摘一枝百合，只是接过百合后，我急速地把它放在旁边的大石头上，眼睛看着远处，喃喃低语。显然，他很快从破碎的枝节里听出了眉目。男孩骑着摩托车突突突突地往工作单位赶。倾盆大雨，泥沙俱下，山洪挡住了男孩前行的路，他把摩托车扛过那段被冲毁的山路，淋成落汤鸡，返回家中，包在衣服里的百合花，花瓣已经蔫黄，但淡淡的芳香依然充盈了整个狭小的房间。感情就像瓢泼的大雨，顺流而下，起起落落，别具肺肠，像是抚弦的手指，艰难地前进，无望地滑落。

倘若当年的通信可以像今天这样发达，也许一切误会可以消弭，可是，谁知道呢?

在时光中辗转反侧，经历了诸多人情冷暖和世态炎凉，才渐渐明白:自己还站在当年的石头边，百合花香还未散去，光阴风化成四散的粉末，它们凝固成珍珠，虽然在贝壳里疼痛了很久，却终会在时间的深处，绽放出温柔的光芒。

岁月茶之味

一

妹妹打电话告诉我，父亲摔了一跤。我手握听筒，心一下子揪紧。妹妹接着说父亲没有什么大碍，悬着的心放下。前几天我们才去看过行动不便的父亲。放下电话，我一脸惨淡地回到饭桌前。动完青光眼手术的婆婆刚出院两天，这个周六的早晨，我们紧张而忙碌。先生并不同意我自己搭车先回娘家去。他说先看完他妈妈，再去看我爸爸，事情总要一件一件做。我用沉默表示同意，低头继续扒拉那碗饭。他用温润的语调，平衡我脑海里无数的纠结，果断而坚决。

下车后，我三步并作两步进客厅，父亲佝偻着背，寂寞无聊地绞着手，这是父亲习惯性的动作。年幼的时候，父亲给我们讲故事，也总是做着这样的动作。记不清有多少回，年幼的我仰着头、托着下巴听父亲用他的大嗓门讲一些有趣的事。那些言语溃散为我回忆中的碎片，历经几十年的漫长，在时间里慢慢漏失。今天想来，对父亲的依赖却短促得如同我翻书页时划出的一条弧线。父亲已经衰老。他一生的坚强无畏似乎荡然无存，甚至一下子衰弱得像一个害怕孤独的孩子。

“你怎么又回来了？”父亲并没有留给我回答的时间，“找找指甲钳在哪里，我的指甲太长了。”他手里的茶杯抖了一抖，水面上便起了一丝金黄的小波澜，一时间，一股歉疚从我心底浮起，仿佛压抑了很久的情绪开始流淌，像是冰封已久的水，被春天的暖意搅动。“你们前天去你表哥家吃饭了吗？后来几点回家？”水龙头的水哗哗地响，我没有回答父亲的问题，拿了水壶烧开水，又取脸盆打了一盆水，蹲在父亲身边，开始给他剪指甲。父亲的手上结了厚厚的茧，手和脚的指甲里都积了黑黑的污垢。

“你那么闲，自己可以剪。”指甲钳发出尖利的咔嚓声，压不住我的语气里透出的不耐烦。

“我老了，不会剪。腰弯不下。”他回答的声音很低很苍凉，似乎有几分自嘲的意味，也带着面对不得不面对的一切时的那种无奈。

我忽然懂得：这就是父亲。

父亲出生于20世纪50年代末，这几十年来，他太习惯依赖了。小的时候，他的养父母我的爷爷奶奶溺爱他，不单是视如己出，含在嘴里怕化了，捧在手里怕飞了，是疼爱到骨子里的那种疼；结婚后，母亲对他百依百顺，对父亲的暴躁照单全收，从来没有怨言；母亲走后，姑姑、伯伯、叔叔们对他关怀备至。父亲年轻的时候，终日沉湎于烟酒，几乎没正儿八经做过什么事情。在我们的眼中，他对家的贡献少得可怜。偏偏父亲又是天生的坏脾气，逮着谁使唤谁，看见谁吼谁。我把父亲的脚泡进一盆温水里，打上厚厚的肥皂，使劲地搓。水一子变黑了。帮父亲洗完脚，我洗了手。把父亲泡茶的桌子清理一下，从包里拿出茶叶，水开了，我提起壶泡好，斟了一杯给父亲。他端起茶杯，呷了一口，啧啧称赞。

我看见父亲脸上露出久违的笑容。

二

我一个人走着。山的一头是茶园的位置，我的情感属于碧绿的海洋。村头缕缕炊烟正飘起，隐隐闻到烟火的味道。地上有树，树上有鸟；塘里有水，水里有鱼。蝴蝶是金黄色的，它是带翅膀的诗，是飞翔的灵魂和美的化身，时起时落自足地舞出人类最原始的语言，安详的姿态定格成茶乡独特的风景。每一排屋檐下都有一排滴滴答答的积水窗，盛满了造访者无处安放的目光。我在暮霭里扶正一缕炊烟，孤寂中感觉充实，略带些怀想的淡愁，忽又忆起故人故事。

18 年前，燕子、阿美和我有过一场关于“人间烟火”的激烈争论。当年，马上面临毕业的我们对爱情的态度有着不同的看法。燕子和阿美说我倔强的样子像十头牛也拉不回来。看我一副“不食人间烟火”的样子，她们对我毕业后的境遇担心不已，似乎我的惨淡人生已经是板上钉钉的事。我则一直对燕子和阿美的俗气很不以为然。

事情往往就像大多数的水果，表面和内在的颜色是不一致的，鲜艳之下，也许是一种苍白。燕子远嫁美国，和我们久久地失去联络；阿美则嫁给一个和她同村的青年，他们后来成立了茶叶公司。据说，当初阿美曾郑重其事地告诉人家，一定要做自己的摇钱树，因为只有摇钱树，才能够天长地久地满足她爱花钱的嗜好。阿美是一个物质的女人，多年的时光也印证了她的美好愿望不只是“完美图景”。她家的茶山果真给她提供了大房子，好车子和大把的钞票。每逢假期，阿美会带她天仙般的女儿走东家串西家，要是一阵子看不见她了，那她肯定是携老公孩子去哪儿旅游去了。人们说，促成一场婚姻，爱情不是唯一的因素。维持一场婚姻，仅有共同的志趣爱好，也许是不够的。

燕子再次坐在我面前时，已是多年后的秋天。她的生活遭遇巨变，心情比秋意更加萧瑟。她觉得人间是痛苦的，带着一身情伤，回到故乡。华灯初上，满眼霓虹，夜下的城市光怪陆离，我挪动脚步往江滨走，温和的灯光像极了目光，问候我的造访。我走进一家茶馆，首先迎上来的是氤氲的乐曲。燕子热情地招呼我落座，红木桌子上，茶具、盘、壶、盏、夹、筒等一应俱全。我们一边等水开，一边闲聊。燕子熟练地为我放茶、醒茶、冲水、浸泡、斟茶，优雅大方，一气呵成。

灯光柔和，音乐舒缓，没有一丝喧嚣，弥漫的全是温润的静谧，纯粹的茶香，弥漫整个空间。我一言不发，看着这个风情的女人，明白时间是刽子手，会杀掉女人身上很多灵动的东西，而被摧残之后的风情，有的变成了渣子，有的则与时间化干戈为玉帛，生生不息地转化成了另一个魂灵，穿越了时间和空间，逼仄而来。

端起一杯茶，我突然明白：燕子要避开嘲弄的目光、拒绝哀怜的眼神。燕子一口气说了很多话，都是关于阿美的，我知道她企图借助这种遇合倾诉，同时也宣告个人的衰老，在我看来，怀旧总是高尚的，因为无利可图。燕子的脸孔，平和得像土地的颜色，她说她的他，是树根底下滋生出的另一棵树。她是追随他的一朵花，打扮暗淡的日子，无怨无悔为他养儿育女。燕子还说花有一天会谢，终还是要归于泥土，爱情会以惯有的姿容接收所有的日子。多年后的燕子，话语中充满了诗意。她说她此行回来，就不走了。

我们想起了阿美老家的那条河，想起了漫山遍野的茶树，想起当年的芬芳的风，夏夜里的茶香。岁月是流动的，像块黑色的绸缎，看得出细细密密的纹理。显然，燕子、阿美和我，都回不到过去了。

三

燕子约我去见阿美。

我才发现阿美真是泡在她的茶世界里怡然自得。阿美说：“茶，是闽南人的一道门面。不管是家底殷实的，或是清苦的，茶是居家必备的。若有客人来访，敲门推窗，最先呈上来的肯定是一杯热气腾腾、香气盈盈的茶。”我们三个年届不惑的女人，“推杯换盏”相谈甚欢，仿佛回到了往日的旧时光里。酒足饭饱之后，阿美又往我车后备厢里放了几斤茶叶，说是孝敬我老爸的。许多细节，想来之所以有味道，便在于那点隐隐约约的温暖，譬如某人身上的成熟的味道，或者滴滴答答的时光里的眷恋。阿美和燕子，都替我想着老爸。

平日里阅读、写作，用文字来记录生活中的一些滋味。退回书斋里，我无法做到像一只茧子，把自己束缚起来。希望岁月里的味道，永远封存在心里。希望那些慷慨激越的自以为是和打量世界的眼光，保持着原有的姿势，直到老去。

日子在任性里，总是留有余地，容我们孤独，容我们休息，也容我们满心欢喜。那夜，我又做了很多的梦。醒来时，竟分不清何处是梦何处真实。先生在客厅里泡茶，香气四溢。

那些和医院有关的细节

春节的长假之后，除了迎来送往，你还记住了什么？

相对于很多忙乱的家庭主妇，我奉行一切从简的原则，迅速地结束那些洗洗刷刷的工作。我从来都是个会忙里偷闲的人，小年过完，我基本忙完该忙的事务，于是窝在沙发里，看起了长长的电视剧。我选中了根据桐华的小说《被时光掩埋的秘密》改编的《最美的时光》。那些闲闲的下午，我对着电视机泪流满面，忽略自己脆弱的双眼，事实上，我无法控制住自己。一个人容易哭得毫无顾忌，夺眶而出的泪水，似乎在替代感同身受的倾诉，和深藏在内心的失落的伤痛。窗外的梧桐叶子被遥远的、柔和的阳光照耀着，青绿而透明，在风里轻轻摇摆。我起身给自己续了一杯水，水汽氤氲，往事扑面而来。

奶奶最后一次住院时，我已经师范毕业走上了三尺讲台。那是个周五的傍晚，我从寄宿的学校坐车前往医院探望。一进门，隔壁床的阿姨问我是奶奶的外孙女吗？她说我奶奶真是好福气，生了个那么孝顺的女儿！我诧异地问奶奶，姑姑从外地赶回来了吗？奶奶笑眯眯地说，她的病友是下午刚住进来的。把我的母亲误认为是奶奶的女儿了。

奶奶身体一直不好。当年，母亲走街串巷做点小生意贴补家用。母亲白天忙里忙外，夜里在医院里照顾奶奶。那天，母亲早早把柿子卖完，煲了汤，骑着她的“红嘉陵”，到市医院照顾奶奶。

不久后，奶奶出院了。奶奶从医院回家后的那个周六的晚上，我从学校刚回到家，她就把我叫到她身边。那天，奶奶看起来很精神。她打开用手帕包着的一条项链，说："医院门口买的。"几年后，我在市镇的小商品市场门口，看见过奶奶讲述的卖项链的小摊。金色的长链条是成捆的，有各式各样的款式，长度可以自己选，想要手链就剪断做成手链。奶奶给我选的是项链的长度。

我那年 18 岁。

奶奶说，没钱给你买真的项链。医院门口卖的这个项链，崭新崭新的，金灿灿的，我戴上，一定好看。

那是一双慈爱的眼睛。

多年后，我坐在城市的灯光里，用千足金的光芒给自己疗伤。奶奶送我的金项链已无迹可寻。天生马大哈的我，时常因为失去最珍贵的东西而懊悔万分。电脑前，苍白的灯光，跳动的光标，我心里的声音从遥远的岁月深处传来，做一次灵魂的修复。

《2002 年的第一场雪》是一首曾经唱遍大街小巷的歌，这也是一首我们一家人多年来一直很喜欢的歌。2002 年，在南国的冬天，我在医院里生下了宝宝。都说一个女人只有当了妈妈以后，才算完成人生一次完美的蜕变，或者叫一个华丽的转身。记得当年的冬天特别的寒冷。母亲已经去世。婆婆年纪大，加上会晕车，我们也就没有让她去医院。我和先生在宝宝出生前一天到市区办理住院手续。手续办完才早上十点多，我和先生说去外面吃饭吧。吃完午饭，还顺便逛了几家商店，回到医院时，当班的护士表演了"狮吼功"。我们被狠狠地训了一顿，医生开了一些检查的单子，我们跑得人影都看不见。到傍晚的时候，我看着隔壁床的产妇疼得哭爹喊娘的，心里就犯嘀咕，挺着"大西瓜"一副轻松自在的做派，在病房里走来走去。夜里 3 点，宝宝开始在肚子里狠狠踢我，时间一分一秒地流逝着，我怀着对孩子的期待，咬紧牙忍着潮水般的阵痛。天大亮时，我被推进产房，先生的姐姐和嫂子，都还没有赶到医院。我自己躺在产床上，先生被隔在门外，无法进去安慰我。我望着苍白的天花板，孤独无助。过了几分钟，我听见熟悉的声音：“老婆，疼吗？别怕，我一直在外面，老婆，加油！”。原来是先生绕到走廊外面，对着窗口，往产房里喊话。

多年后，一个滂沱的雨天，我们和朋友们坐在老家天井的石桌旁品茗。我说起那日的场景，并一再强调他平日里从不喊我老婆。先生沉默如那张他坐着的石凳。灯光里，我看见他一如既往的闲适，像清水中的一条鱼。

那是一个有阳光的早晨，我去市医院看望了阳光无味的父亲。我和阳光无味是通过新浪博客认识的，他比我长 10 岁。大约半年前，我听文友说他要出一本散文集子。我心里也痒痒，于是给他发了纸条，询问关于出书的一些情况。端午节后，我听说他的父亲生病了，挺严重的。我还听说阳光无味的父亲是一位退休多年的小学校长，老人家并不知道自己的病情，家人暂时瞒着。

周六的早晨，我上了公共汽车，才打通了阳光无味的电话，说去看看你父亲。阳光无味在医院门口等我，他一眼认出了我。在博客上，我们看过彼此的照片，我也几乎同时认出了他。我们没有寒暄，他引我朝电梯走去。我把一袋样刊递给他，金灿灿的阳光照在他略显疲惫的脸上。

病房里，我问候了几句。接着便和阳光无味有一搭没一搭地说着文友的近况。一刻钟后，我起身告辞，阳光无味执意送我下楼。他说，刚知道父亲生病的时候，觉得天都要塌了，这些日子好多了，只能接受这残酷的事实。我不知道怎么安慰他。

下了电梯，我说不用送了，我去姐姐家。阳光无味却坚持要送我，他说他妹妹和母亲照顾着，没有关系。我想，此时他最需要的，也许是和人说说话吧，就同意了。

“你父亲是过了古稀之年才生病，我父亲是常年生病。我特别能体会你现在的心情，你一定要坚强，别让你父亲看出破绽，既然要瞒着他。”阳光无味点了点头。

我能感觉到：这个外表腼腆的男人，内心藏着的苦闷与温情，他对他的父亲有着无限的眷念之情和依赖。

去年的夏天，依旧是个有阳光的日子，我去医院看望伯父。病房里，洁白的墙，洁白的窗帘，筼筜湖上吹来习习的凉风。大堂哥和小堂哥守在病床前，床头柜上有个收音机在哼哼唧唧地响着。我站在床边唤了声：“伯伯”，伯父点了点头，他的脸色看起来赭黄，精神状态还不错。小堂哥挪了把椅子让我坐。

我坐下来和两位哥哥聊了些亲人的事情。去医院之前，小姑姑告诉过我，哥哥、嫂子们不让伯父和伯母知道病情已经很严重。到达厦门中山医院之前，我做了充分的思想准备，故意装出一脸的轻松。

我承认：我看着伯父质朴、温和甚至单纯的脸，内心排山倒海，半年前，我的伯母生病，也是在中山医院的这座楼的这个楼层。不同的是，伯母的病很快就好起来了，伯父却没有那么幸运。我想，此时，伯父的心里一定也希望快点好起来，而围在他身边的晚辈们，心里何尝不是五味杂陈，有对父亲养育之恩的感激，有无力回天的无奈，有对那些过往里的细微情思。

小时候，我看见大人们围在一起其乐融融的，那是乡村生活中很温情的场景。看望完伯父后的第二个周末，我回家看望父亲。父亲和伯父没有血缘关系，父亲是我爷爷的养子，伯母是我爷爷的养女，伯父算是入赘到我们家的。只是三个堂哥仍随伯父姓。那天，为父亲收拾完房间后，我们准备离开父亲家，父亲让我去给他买剃须刀的刀片。买完后，我步行两百米走过那段坑坑洼洼的小路返回那个我住了二十多年的家。我再次进屋时，行动不便的父亲用很洪亮的声音质问我：“你伯伯生病了，你知道吗？你嫂子昨天来嘀咕了一句，也没说清楚是什么病，真是要急死我是不是？”我只能对父亲坦言，伯父的病不乐观，三个堂哥不让人说，要瞒着伯父和伯母。

我像个逃犯一样逃离了父亲的屋子，先生把车停在路口等我，我鼻子一酸，眼泪簌簌往下掉。先生看见哭泣的我，一边开车门一边问，“刚才还好好的，怎么了，这又？”

听见他的话，我变本加厉，哭得泣不成声。此时，也许最不需要的就是言语了，那个厚实的肩膀成了所有委屈的出口。

雨水不知疲倦地造访，我坐在靠窗的一张床上，享受属于我的阅读时光，凉风习习吹进来。

也许，有些事情本身，就是诗。

都 2014 了，我一直在别人的故事里汲取力量，结论是：哭过以后，要学会坚强！

求安慰

一早坐班车上班，听见车上有人在讨论“拜尪公”。闽南人“拜拜”的对象有观音、关公、土地公等。其中有人对于民间信仰颇为不屑，认为这个世界，尪公并不能保佑你，信什么都不如信自己。谈话一下子接不去了。车里陷入一片沉默。我把头转向窗外，脑子开始转起来。有那么一段时间，网上流行一句话，“求安慰”。在这个纷纷扰扰的世界，芸芸众生越来越觉得生活的压力大，人们在遇到这样那样不如意的时候，总希望能得到安慰。这安慰除了来自信仰，还可以是别人的安慰。

想起十年前，我在大学进修时听过的一堂课。一位老师讲述他从外地刚调到漳州上班时的故事，引得满堂哄笑。老师说刚到大学里，漳州本地的同事很热情，邀请他到家里去做客。他去了，门一开，看见正对面就是人大的案台，观世音菩萨安详地端坐。老师心里想，漳州的同事还真不简单，居然能把“观世音菩萨”请到家里来。第二天，又有同事请他到家里喝茶。又去了，同事一开门，“不得了，这家更不简单！不单把观世音菩萨请来了，还把关公也请来了，边上还有一尊不知是什么神仙。”我们当时哄笑的原因，并不全是因为老师夸张的语气。老师从北国来，博学多闻，怎么可能不知道闽南习俗和闽南文化。老师后来说，其实人家拜拜，就是求得心里得到一点安慰。

那么，谁能真正安慰你呢？如果生命必然要遭遇离散与凋零，我们到底该如何做，才能让它完美无缺？这些年，走过许多路，遇过一些人，一些事，知道什么是生命的起伏与坎坷，贫穷与无奈后，便开始学着放慢人生的脚步，腾出一些时间给自己思考与感恩。我们很多时候，甚至不去细想，别人的安慰到底对我们有多大的意义。时常一个人独处时，莫名其妙陷入一种无边无际的孤独里，而大多数人一般不会让这样的境况持续太久。我通常的做法是把自己放倒在床上，拿起手机翻通讯录，给朋友打电话。很多有过类似遭遇的人，立马猜出结果了。电话簿从头翻到尾，又从尾翻到头，你竟然想不好电话要打给谁。不是有句歌词这么唱"电话再甜美，传真再安慰，也不足以应付不能拥抱你的遥远。"

爱上阅读，一有时间便读。梁漱溟先生认为人类面临的三个问题分别是：人和物之间的问题、人和人之间的问题以及人和自己内心之间的问题，而且他认为这三个问题顺序错不得。在文字里寻到安慰，真的，不管在什么情况之下，幸福都是一种秘密。

喜欢阅读，因为它丰裕了我的生活。有一天，读一段文字，潸然泪下。"我之所以写下这些，是因为我看到了母亲在逐渐苏醒的过程中，在她的理智与思维，逻辑都尚未健全的状态下，所表现出来的人性中那种最本真、最纯粹，绝无矫饰伪装的童心和善。母亲在健康时曾经给予我的所有理性的教诲，都在她意识模糊而昏沉的那些日子里，得到了最诚实的印证。"母亲去世的这十多年中，我时常落入难以自拔的困境中，莫名其妙歇斯底里地哀伤，疯狂地想要寻求安慰。那逝去的像流水，像云烟，多少的盛宴，聚了又散，散了又聚，多少人和事在其中，没有一样是留得住的。当时光精确到数字的时候，我们恍然惊觉，原本以为可以大把挥霍的生活，竟然少得令人心跳加速，它犹如一把锋利的尖刀，划开你的肌肤，让你疼痛。

感谢时间给了我疼痛感，它提高了我感知幸福的能力。也感谢无涯的时间里，求得的那些"安慰"。

节日的重要性

在尘世间行走久了，心灵总会蒙上灰尘。人难免对周边环境感觉疲倦，是那种泥沙俱下的庸常时日化奔腾为停滞，仿佛被某种东西锈住了。在“信息爆炸”的时代里，节日对于终日忙碌的人们而言，是重要的。

2016 了，许多人迫不及待地翻着日历，春节、元宵节、情人节分别分布在二月的上、中、下旬，比较正常。商家们长长地舒了一口气。这些日子要是“扎堆”了，还真是不好办。记得前两年，元宵节和情人节在同一天，可把好些人都忙坏了。

先说春节吧。小的时候，听爷爷说，他从泉州老家来到这个小村子时 18 岁。爷爷在八个兄弟中排行第五，他带着最小的弟弟和兄长家的两个侄儿来到漳州谋生。经过二十多年的努力，爷爷和八叔公兄弟二人合建了一座“回”字形的房子。中间有天井，天井里有一口水井，住在院子里的几十号人日常活动大多在天井里。过年了，姑姑们拖家带口地都回到老房子里。奶奶和八婶婆忙碌着包五香、做各种咸的、甜的“粿”。我是乖乖女，帮着表叔裁纸写春联，堂哥负责把去年的春联撕下来。奶奶的要求特别严格，需打了清水把门板上的旧春联擦洗干净。姑父在外地做生意，年底回家时总是带许多香菇、笋干回来。那笋干要在大桶里泡上几个日夜，才能切开。记得那时，太阳总是照在天井里。我在感叹着太多情绪的同时，又忽然觉出还有一种说不出的东西在记忆深处涌动。在物质匮乏的那些漫长岁月里，“过年”是孩子们无比盼望的一件事情！如今，吃的、穿的，什么都不缺，却时常听见身边的人感叹过年越来越没有“年味儿”了。

元宵节，自然离不开猜灯谜、吃元宵。在闽南，元宵节有吃“海蛎线面”的习惯。有句很顺口的俗语，我把它直接翻译成普通话：“偶啊米线叨，好人来相交，坏人去别人叨”，第一个“叨”是指煮线面汤之前，海蛎需要加点地瓜粉，拌一下，这样海蛎下到汤里煮的时候，不缩水，口感好；第二个“叨”指“家”，好人和你做了朋友，坏人去了别人家。大概有“新的一年顺顺利利”的美好寓意。通常是元宵节过完，就表示年过完了。所以闽南还有句老话“十五过，安心做康魁”。大抵都是从小年以后开始忙碌，忙着过年，除夕，大年初一，初二，春节的喜气洋洋和懒散惬意轮番登场，充斥人们的长假。到了正月初八很多人就上班了，正月初九拜天公，过了正月初十，很多小朋友、大朋友开始盘算还有多少作业没有写完，还有哪哪哪没去，还有谁谁谁没有见。一眨眼，正月就过完了。

至于情人节，那是西方人的节日，曾经被无数的饮食男女视为“非折腾”不能过的一个节日。好在，近年来人们在一点点回归，如果拉长镜头看中国的传统节日，有阳光碎满屋檐，有对人之灵魂的养护和对人生意义的延属，瓷实而温暖。怀旧是人一生浪漫的开始，是乡愁生命意识敏感而强烈的表现。我们欣喜地看到：中国人几乎一夜之间都开始怀旧了。

现如今节日的重要性还体现在——不停地拍照，让手机这一成不变的仪器承担现场速记。手机的快门声音是逼真的金属咬合声，咔嚓咔嚓……之后便是微信朋友圈里“晒”。浓浓的年味唤不回，久别的重复唤不回，情意绵绵的依赖也唤不回，但是当你看见一个个祥和的过年场景时，心里总会涌上满满的感动。

那筐荔枝红

母校位于锦山脚下，当年的我们特别喜欢春天的锦山。漫山遍野的翠绿、鹅黄、粉红、墨绿、雪白。我们无数次爬锦山，走读的男同学时常帮女同学把被子抱到山上，被子在太阳底下暴晒后，有一股好闻的味道；体育课，我们绕着锦山脚下的小路跑一圈。春天的脚步是轻盈、舒缓、曼妙的；出了校门口，走几百米有一条小河，河岸柳林含烟，花儿在风中翩然洒脱地舞蹈，一幅春天的画卷被春风徐徐展开，透出久违的清韵，旷达与飘逸，还有不尽的淡雅与从容。

锦山后面的小山坳里，你母亲种下了十几棵的荔枝树。夏天到，荔枝树的枝头挂满了青青的荔枝。不久后，荔枝成熟了。你在那个午后来到我家，自行车后面那筐荔枝红通通的。你说，荔枝树从没有喷洒过农药，长得不够大，不够好，人家不会收你家的荔枝。你还说，“日啖荔枝三百棵，不辞常做岭南人。”

那日你额上的汗水簌簌落下，那日的我们，年轻而且单纯。

周末，我们朝山里出发，你家的荔枝树下种了一圈菠萝，你随手摘了一个，用小刀把菠萝粗糙的外皮去掉，递给我。我们朝山的更远处进发，你说带我去看竹子。竹林里有一潭清泉，我们坐在大石头上，赤着脚，打水仗。小山坳里有座土地公庙，庙很小，小得只能放下一个香炉，你要我双手合十。后来，我们坐在庙门前的草地上，闭上眼，时间一点点流淌。

爱情沉睡了，一直睡在最深的心底，似光阴凝成一枚琥珀，安放在生命最柔弱的角落。那年，你大学毕业，你告诉我你要去另外一座城市。那座城市没有山，没有小山坳。我使劲点点头，然后又拼命摇摇头。泪水从眼眶决堤。我真的不想放弃。

那些再也回不去的旧时光，刻在灵魂的深处，用一生又怎能忘记？落花一样的往事，飘散在旧光阴里。一回头，发现许多的细节，疼痛的、伤感的、温暖的，还在那里。无论你走出多远，它永远都在，蓦然回首我们才明白，旧时光的美，便是我们经历过、失去过、疼痛过的最好的报答。

荔枝花开了，荔枝又挂满了枝头。

我们再也没有一起爬过那座山，我闭上眼，仍然看见天高、云淡，雨绵绵。细腻柔婉的春雨过后，几朵白云点缀着蔚蓝的天空，密密匝匝的花草探出尖尖的脑袋……一场春雨一场暖。那座山的小山坳里的荔枝，绿了，红了。你说女人爱上一个男人会变蠢。我说，而男人不知道如何安慰一个女人，也很蠢的。

我把外衣挂在阳台吹风，那衣服上淡淡的烟草味道，我依旧没有忘记你抽烟的姿态。我记得：你总拿火柴点了一根烟，然后放在两片嘴唇之间，深情地吸了一口，徐徐吐出烟圈，好像跟一根烟恋爱一样。我知道：爱上一种味道是不容易改变的，即使因为贪求新鲜去试另一种味道。始终还是觉得原来那种味道最好，最适合自己。你不会再为了我奔走，让自己额上满是汗水，你不再为了我说许多的理由，只为让我吃荔枝时心安理得。

原来我们只能剩下回忆。爱情的长度不是用日计算的，如果结局是分手，一起多久都是毫无意义的。你结婚那个日子，本来是要种一棵荔枝树的。我担心，荔枝树会长荔枝，长红通通的荔枝。后来我为你种了一棵榕树，我想这种树属于你，更适合你。知道你过得好，我很开心，很放心。只是，偶尔，会想起那筐荔枝红。张爱玲说：我想表达出爱情的百转千回，完全幻灭了之后也还有点什么东西在它的心底，与生命的黄昏，有泪可落，握紧旧时光的星星余晖，用来温暖余生，总是好的。

人对于同一件事物的敏感度是会逐渐下降的，终于就不再敏感了。爱情也是一样，曾经以为不能够失去某人，然而，时日渐远，便渐渐能够忍受失去。逝去的时光像是蝉翼般轻薄脆弱，也许是一阵从天边忽然袭来的微风，就可以让它变得灰飞烟灭，再也寻不到散落在空气中的那些刻骨铭心。

外公的葡萄

外公去世那年我七岁，上小学二年级。下午放学时，有人告诉我，外公去世了。我背着书包去外公家，母亲和姨妈已经哭成一团。看见母亲哭，我也跟着呜呜哭了起来。估计我当时哭得挺起劲，旁边有个妇人说，这孩子真是不容易呀，她外公好像也没怎么疼她，现在她外公死了，竟然哭得这么伤心。三十年后，我仍然清晰记得那个妇人的话语。

是的，外公给我的印象是模糊的。除了他去世那个傍晚我曾哭得梨花带雨的细节外，我再也想不起任何细节了。外公于 1987 年去世，他应该是民国时期的帅哥，不然怎么会一下子娶了两个老婆呢？我的外婆是大老婆，人高马大，宽脸，说话声音很大，为外公生了一男两女，舅舅最年长，比我姨妈大九岁，姨妈又比我母亲大九岁；外公的二老婆我们从小唤她“二奶奶”，我不知道这称呼是什么意思。二奶奶说话轻声细语，像绸布一样流畅，生养了四男一女。这样外公一共八个小孩。

我生活了二十多年的那个村子里的人，大多是从泉州南安和安溪搬过来的。我爷爷家八个男孩，爷爷和八叔公年少的时候就来到漳州，小的时候，我有这样一种感觉，整个村子里的人有一大多半是亲戚。只是，父亲这边的亲戚走动得多，和大舅舅、姨妈家的表哥、表姐玩耍的时间多些。至于二奶奶家的那些亲戚，对我来说是陌生的。

这世上的哪一桩情感不是千疮百孔？在我幼小的心灵里，外公是偏爱二奶奶的，外婆心眼极好，但是管不住自己的嘴，谁家的事情都要掺和，担心东家没米下锅，担心西家母鸡跑丢了，牵挂这个忧愁那个，往往是吃力不讨好。特别是二奶奶家的孩子，那是她应该担心的吗？小小的我，总是为和蔼可亲又爱多管闲事的外婆打抱不平。

长大了，那些过往渐渐从我的生活中淡出。我以为我不会再想起那些事。

有一天，我的微信通讯录里，出现了好友申请。“姐，表弟孙新光”我有些纳闷，十多年没见了，他找我做什么？他怎么知道我的微信号的。犹豫了片刻，最后我还是点了“通过验证”。

表弟告诉我，他找了我很长一段时间。他说希望我能送他三本书，并且能签一下名。我们在微信聊了彼此近况。我问表弟，从哪里听说我出了书。表弟说是她堂姐告诉他的，说我书里还写到了外公种的葡萄。

我吃了不小的一惊。

散文集的叫《葡萄藤结出了葡萄》，其中的一篇写外婆的文章原来的题目是《外婆》。一年前给出版社书稿的前一天，我在春天的河田，参观完宗祠一条街后，和文友漫步在乡间小道上，看见一户农家的院墙上爬满了葡萄藤，葡萄藤上结出了许许多多的嫩绿的小葡萄，回家后，我就把写外婆的文章改名为《葡萄藤结出了葡萄》并把它作为书名。不少朋友说这是个充满诗意的名字，也有不少人说这个名字太长，而且有点酸。三十多年前，我是个不足月就出生的婴孩，谁都以为我活不下来，是外婆不忍心弃我于不顾，悉心照料了三天三夜，我才像普通的婴儿一样，哭出声音，会吃奶……

外公的院子里的确种了不少的葡萄。表弟的话引起了我的回忆，我隐约记得，外公的天井里有一些花草、青苔和那些绿绿的葡萄。

时间是个有趣的过程，你永远不知道它会怎样改变你。曾经不喜欢的酒、不喜欢的食物、不喜欢的人或者不喜欢的书，后来有一天，却喜欢上了。冥冥之中，是不是有某种巧合。我的血液里流着外公的血，不管多少年过去，不管我对他多么陌生，沉睡在记忆深处的东西有一天终会苏醒。我们迷失在慢性自杀般的孤立中，对我们的出生地越来越陌生，切断了与过去的所有联系，被迫生活在忙忙碌碌的现实中，像尘埃一样。陀思妥耶夫斯基曾说过：“第一要真诚，其次要善良，最后还要我们永不相忘。”生活是一场探索，更是一场浪漫。让我们回到故乡，再次爱上某个人，某件事，某个地方，灵魂的噪声只有在爱的故土上才能得到过滤、平息。

表弟来家喝茶，我送了四本书给他。他回去后，把我新书的照片发在微信朋友圈里，并用了一串的感叹号。这些细节我一直记得，无法割断的亲情，这个世界再怎么喧嚣、浮躁、变迁，还是会有无可替代的身躯和简洁纯洁的爱存在。

竹筒储蓄罐

我的叔叔是竹山的护林工人，除了竹笋，叔叔还时常能收获点野兔、野鸡什么的。叔叔每次有意外的收获就会找父亲喝上几杯。多年前父亲身体很好，一天要喝两顿酒。父亲要是早点懂得爱惜身体就好了。叔叔时常给我们带一些竹子做的小玩意，能让我们欢呼雀跃的当然要数“竹筒储钱罐”了。叔叔随意选取编制竹器剩下的边角料，用锯子把竹子两头多余部分锯掉，竹子是空心的，一节竹子两边的节眼都留着，在竹筒上面锯开一个小缺口，三下五除二,一个竹筒储钱罐就做成了。拿到竹筒储钱罐时，孩子往往欢呼雀跃。和我们住一个院子的伯伯家的堂哥和堂妹，自然也和我们一样，人人拥有自己的一家“小银行”，我们把伍分、贰分和壹分的硬币放进储钱罐里，硬币从小口小心翼翼地放进去，“哐当”的声音清脆悦耳、沁人心脾。

周末的闲暇时光里，我们各自把心爱的储钱罐，从某个隐蔽的角落里取出，用稚嫩的手，掂量着重量，再互相估计对方的储蓄成果。遗憾的是：我的竹筒里总是很可怜地躺着几个零星的硬币。20 世纪 80 年代，零花钱于我而言，太奢侈了。哥哥的储钱罐似乎会重一些，哥哥是爷爷最宠爱的孩子，过年他总能得到比我们多很多的压岁钱。母亲是做小生意的，也时常会给在中学念书的哥哥多一些零花钱。夏天的午后，哥哥常常要我和妹妹把储钱罐拿出来，摆在一起，比比谁的更重。可是过不了多久，哥哥就会把他那个竹罐子的肚子破开，奶奶用来切菜的刀，时常要肩负这样的重任，所以哥哥时常会把家里的菜刀弄得面目全非。

奶奶的唠叨声还在耳畔，哥哥随即又对叔叔死缠烂打，要叔叔给他再做竹制储钱罐。这样的情形一次次上演，很多时候，我总在想，为什么大人们对哥哥那么宽容？难道就因为他是个天生的“捣蛋鬼”？

只有一次是例外。那年，我一分之差上师范学校的统招线，若要上师范需交一笔不小的学费。母亲四处奔走，回家后一脸的疲倦和无奈，父亲坐在角落里，不住燃烧的香烟烟头和目光一起闪烁，一言不发。我心里却有恶作剧的窃喜，交不起钱，我正好可以上高中，考大学。辍学在家的哥哥，从屋里拿出一本大大的笔记本，哗啦啦一甩，笔记本里掉出来一些花花绿绿的钞票。接着，哥哥又把一个很沉的竹罐“啪”地摔在我面前。

那是一个落日的黄昏，夕阳显得非常明亮，像一个巨大的灯笼，一直在西天的边上，迟迟不肯坠落。

又见桃花开

三月的福州，三坊七巷春意盎然。“那年我的青春，被风轻轻吹走。”多年后，我回来，在安民巷八闽书院倾听着，低头看草，抬头望天，青草的味道，花朵的味道，泥土的味道，还有文学的味道，花朵风情万种地颤动，让人莫名其妙地伤感。我用心去闻这座城市的各种气味，用心去触摸这个城市的温度，一切都和我想象的不太一样。2000年，我和闺蜜到福州玩，那也是我第一次抵达省城。在榕城读大学的他到车站接我们。他当年并没有住在集体宿舍里。后来我们才知道，那是他女朋友在大学里租住的房子。当然，那个她后来成了他的太太。国庆节，她回老家，他留在福州。第二天，他带我们去了森林公园看桃花。

十年后的春天，他出差到福州，得知我在八闽书院学习，在电话里说要来看我。抵达省城已是傍晚，正好是饭点，我们去吃饭。生病的我胃口不好，急着找一家能吃到稀饭的店，走了一圈，好不容易找到一家，进门后才发现没有座位。他说换一家吧。找到一家做清淡粤菜的馆子。时光如流水，他依然青春有活力。我们一边吃一边聊老同学的近况，拿纸巾擦嘴的时候，我突然想起：“去年今日此门中，人面桃花相映红”，便吃吃地笑，他有些纳闷，问我笑什么，我说：“想起一起看过的桃花！”。

“南国有佳人，容华若桃花。”多年后，仍清晰记得他说话时的表情，他的很多观点深深影响着我——人更应该注重的是过程，一个人眼里的风景，往往美不过两个人在一起的感觉。人就是这么奇怪！走出饭店，遇见一株开花的桃树，霓虹灯把西湖公园附近的街道照得烟火味道很浓。他说："福州，这几年变化很大，很多路，都快认不出来了。"我们沿着街道散步，我看见一个水果摊，各种新鲜的水果整整齐齐地码在架子上、箱子里，让人看了很有购买欲望。特别是门沿上两大盆黄澄澄的菠萝。那一圈圈像士兵一样整齐排列的金灿灿的菠萝发出诱人的香味。"这是老家的菠萝吗？""应该是！"青春是一场梦，对镜时，韶华已远。人生仓促走过，逝去的时光无法再现，岁月如指尖的流沙，一点一滴悄然滑过，带走我们似水的年华，留给我们的只有回忆。从福州回来后，我写下这样的句子：

入井私奔的桃花/让幽深的水遭遇了爱情/并和这个世界进行一场缓慢的谈判/生活的银幕如同砖墙/爬满青苔/积上尘埃/拥有动人心魄的裂缝/甚至坍塌

愁绪如同柳絮/轻盈/弥漫堆积/青春秀丽的双眼/追求善的影像/身着的衣衫宛若鲜艳的火焰/小河对岸/我满足于动/他满足于看/鲜花盛开的枝蔓/为的是观看/对我却是永远……

岁月的背影

集美阿姑

厦门，有美丽的海岸线，碧蓝的大海，有蔚蓝的天空，飘浮的白云。因为地缘上的关系，我对这座闻名遐迩的城市并不陌生。当然，我对厦门的喜欢，更多的还是因为我的集美阿姑。小的时候，无数次听集美阿姑用泛着啤酒泡沫般的绵软的声音说："集美集美，集天下之美。"每次去集美，都要坐很长时间的车，一看到厦门海堤，我就知道集美阿姑家快到了。

我的集美阿姑是爷爷二哥家的小女儿。20 世纪三四十年代，爷爷的父亲无法养活家里的 8 个儿子和 3 个女儿，让排行老五的爷爷带着我的八叔公到漳州谋生，我的二伯公则带着六叔公到了集美。我懂事的时候，集美阿姑就已经嫁进陈家，挑着卖小吃食的担子走街串巷。

我上小学时，集美阿姑常常陪二伯公到漳州来看我们。阿姑来家的日子，是我们欢呼雀跃的节日。她总是用扁担挑着大包小包的东西来。有吃的，有穿的，还有用的，有一回，集美阿姑给了我一盒五颜六色的彩笔，可把我乐坏了，高兴得几个晚上睡不着觉。当然，我们一群小伙伴们最爱吃的是集美阿姑给我们做的烧麦，一个个小巧玲珑，入口绵软、细腻香甜，我和哥哥、妹妹们总是嘴里吃着一个，手里握着一个，生怕被别人抢光了。看着我们狼吞虎咽的样子，集美阿姑总是乐淘淘地说："慢点吃，多着呢，够你们吃的！"

吃完烧麦后，集美阿姑总是会询问我们的学习成绩。平日里她挑着烧麦担子奔走于集美和位于厦门岛内的厦门大学之间。“大学生们也爱吃阿姑做的烧麦！”阿姑一边用手拈起了表弟鼻子上的一颗米粒一边说，“你们谁要是考上了厦门大学，就能天天吃上阿姑的烧麦了呀！”我们这一群孩子，还真有被阿姑的烧麦“牵引”着，考上了厦门大学的。她就是我的堂姐妍。

可是，妍去厦门上大学的那段日子里，我们很少看见她的笑脸。一个有月亮的夜晚，妍坐在大埕的谷堆旁边问我：“你喜欢集美阿姑吗？”我瞪着大大的眼睛，使劲地点点头。妍把头转向干涸的水沟，喃喃地说：“我不喜欢集美阿姑！她太寒酸了。”那夜，妍又说了什么，我一个字也没有记住。后来，大学毕业的妍去了另外一座城市工作，她也许不知道，她上大学的很多费用都是集美阿姑资助的。

我读了师范，没能去美丽的鹭岛天天吃阿姑亲手做的烧麦。当然，后来的阿姑也不挑担子走街串巷了。我隐约听父亲说，姑父离开了集美阿姑。当我追问原因时，父亲没有多说，只是嘱咐我要用功念书，长大后我渐渐明白：一个没有孩子的家庭是不完整的。姑父有他的选择，狠心撇下集美阿姑和年迈的双亲，北上投奔七叔公的儿子去了。阿姑，在家侍奉二老，端茶送药，无微不至，一直到送走二老。

2005 年初夏，我到集美参加教学研讨会。漫步在美丽的集美学村，玉兰树幽幽的馨香扑面而来，我想去看看我的集美阿姑。会议结束后，我辗转找到了姑父的电话，从北国回到集美的姑父，回来处理房屋出租等事宜。我站在阿姑的遗像前深深地鞠了三个躬，眼泪簌簌往下掉。我的集美阿姑，这一辈子，心里装的全是别人！

墙上的咖啡

最近，关于“墙上的咖啡”在网络上引起不少人的关注。故事是这样的：在洛杉矶威尼斯海滩一家很有名的咖啡厅内，有一面很特别的墙。这面墙反映小镇居民的慷慨和对别人的关爱。一个穷人，衣着和这家咖啡厅的档次和氛围极不协调，但是，他坐下来，看看墙上，然后说："墙上的一杯咖啡。"服务生以惯有的姿态恭敬地给他端上咖啡。那个人喝完咖啡没有结账就走了，服务生从墙上揭下一张纸，扔进了纸篓，你也许对这样的场景感到新奇和不解。那位服务生，他在为那个穷人服务时一直面带笑容。而那位穷人进到咖啡厅时无须不顾尊严，讨要一杯咖啡。他只需要看墙上。墙上的纸片写着"一杯咖啡"，这家著名的咖啡厅，服务生常常会接待一个人，他（她）点了两杯咖啡，一杯端上来，另一杯"贴"在墙上。

人们享受美好东西的时候，是不是会想到别人。有些人也喜欢这样的东西，却无力支付，譬如咖啡。咖啡并不是生活的必需品，在威尼斯海滩那家咖啡厅里，那些对穷人的尊重的小小细节让人感动。在闽南，人们常把一时半会儿办不到的事情称为"画在墙上"。关于咖啡的感动，除了文字，多少还因为内心的力量。

好朋友妮，眉清目朗。两年前，我们在省城一起参加"鲁迅文学院福建中青年作家班"的学习，我们对读书班的那些日子深深眷念，那是一段简朴、和煦、紧凑，属于文学而受益良多的日子。和妮认识的日子不长，却因为共同的爱好而有了说不完的话题。妮之前告诉我，位于闹市区的一家咖啡厅，装修风格很有"文艺"，咖啡厅里有许多书，可以三两朋友一起去，也可以一个人去享受寂静的阅读时光。捧一本书，消费一个下午的散淡，想着就挺美。妮几次二番地说，我们都很心动，前阵子，她们几个人去了，据说当中有人触发了灵感，产生的美文，已经变成铅字。与一次美丽的约会失之交臂，我心里耿耿于怀。

初夏一个玲珑的午后，妮带着我"小资"了一回。

我对咖啡了解不多，妮很善解人意，帮我点好拿铁，还有"研磨时光"的新品，芒果奶酪。

上班日，咖啡厅里就我们两个客人。二楼临窗的角落里，我们谈论近况。“我花了十八年的时间才和你坐在一起喝咖啡。”想起自己之前写过的一段文字，不禁走神。我想起那段繁花似锦的爱恋，那个曾在年少记忆里痕迹浓重的人，不过是一件标本，鲜亮倒是鲜亮，但终归是远去了的。

妮从书架上抽出一本书，翻动着：“红尘，说穿了就是一堆灰尘，吸多了，人就会得病，而且难康复。每一件东西，在居高临下的注视里，都像一件穿了许多年的农人的棉袄，只是轻轻一扯，便瞬间出现尴尬破损的内里。”妮似乎看出我的心事，一边端起咖啡杯，她的手很好看、细长，像娟秀的元曲小令。在某个瞬间，这样的文字不太像安慰，有薄荷般的隽永。

静静坐在咖啡厅一角，望着窗外的热闹，雨突然造访。“西蒙·波伏娃说，‘吸引男人是一门艺术，守住男人就是一个差事了，毫无乐趣可言。’她的心尖锐地疼痛起来，万分疲惫的时候，咖啡也不解乏，她端起咖啡呷了一口，又轻轻地把杯子放下。坐在她对面的是她的好朋友，也是一个很好的倾听者。”这是我新近发表的小说里关于咖啡的情节。我脑子里冒出另一个小说里的经典句子：“老情人。咖啡。无语。”文友的小说画面感很强，年久日深的研思磨砺出的功力，我们都望尘莫及……谈论最近读的书，写的文章，见到的人以及收获，林林总总，漫无目的，天南海北，时不时端起咖啡，品一口，放下，那样的时光，我们的灵魂安静、舒展。

很多日子过去的这个疲倦的夜，我想念妮如春风扶水的声音，想起她那张俊美的脸，很柔顺，很内敛。

管不住嘴也迈不开腿

把水煮开，然后把线面扔进锅里，用筷子拨弄几下，过个一两分钟把线面捞出来。这是我会做的食物中最拿手的了。很多人一见这样的描述，不笑掉大牙，至少应该嗤之以鼻的。其实除了这个，我自认为还有几样菜拿得出手：比如，土豆炖猪蹄，先将土豆去皮，切成大块，猪蹄需用开水烫过，去腥味，然后在锅里加少许油和白糖翻炒，等猪蹄颜色有点焦黄再放进高压锅，再将切好的土豆块放入锅中，加半瓶啤酒，少许盐，煮熟即可。据说当年我的堂哥能追到我那“白富美”的堂嫂，全凭这道菜的功劳。当然，这是题外话。我曾试着做过几次，均成功，香气浓郁，猪蹄绵软，土豆爽滑可口；再比如油煎茄子，先将茄子切成片，在凉水里洗过，大油将茄子煎熟，出锅前加入蒜末，点少许酱油；再比如爆炒空心菜，先把油下锅加热，空心菜下去翻两下，起锅前加入蒜末和调味料。我想我还是打住不往下说了，因为我的确是心虚，俗话说“言多必失”，说多了难免露出马脚，细心的人一定看见我言语中的破绽，这分明是三脚猫功夫，生活中的我的确不善于烹饪。说烹饪其实太抬举我了，我的家人说我就会“白水煮”。这么多年来，我的确只是做到把东西煮熟，几乎不讲究“色香味”。有那么一天，我的女儿坐在餐桌前大发感慨：“我容易吗？我？！这么多年一直吃的就是这么难以下咽的菜，而且我还能长得这么强壮，真是不容易呀！”坐在她对面的我，真的恨不能有一条地缝钻进去。又有一天，当我听说有一种做菜的方法叫“白灼”，我还好不激动了一阵子呢。也许这么多年来，我女儿能长得强壮的原因，是由于我的“不善烹饪”，从另外一个角度看，我比较好地保留了食物的营养成分，谁说不是呢？我常常这样安慰自己，也在家人面前“强词夺理”过无数回，只是几乎总是因关于营养的阐述“站不住脚”，而被批评得灰头土脸。

有时候，我感到孤独。因为不会做菜，而常生出许多的自卑感，无论到哪里吃饭，只要不需要我下厨，我均能一边吃一边啧啧称赞，“这菜真好吃！嗯好吃！”日子久了，这也成了我的缺点。家人常用嘲讽的语气说：“只要不是她做的，就说好吃。”

偶尔会有吃大餐的机会，三五好友聚会，同事朋友结婚或者乔迁，我常常“管不住自己的嘴”，放开肚皮吃，因此体重也随时间的推移稳中有升，加上平日里慵懒，“迈不开腿”，也就对自己的身材彻底失去了信心。当终于下定决心要“破罐子破摔”时，却又因总是在买衣服的时候面临尴尬而时时提醒自己必须要痛改前非。

人到中年，想得就多，晚上睡下思绪如杂草，想得最多的就是，我明天不那么贪吃了，坐到餐桌前，我一定要控制自己的食量，只吃七八分饱，明天我一定做一个努力勤勉的人，晚饭后散步，每周坚持户外活动，绝不让自己的体重再往上长！但是，到了第二天，所有的“信誓旦旦”都付之东流，昨天晚上想的什么，又都记不住了。在餐桌前依旧大快朵颐，忙完的时候，依然窝在沙发上，或者“钉”在书桌前，纹丝不动。

多想优雅地活着——喝下午茶，和三两个谈得来的朋友海阔天空地聊。可是做不到。一到下班时间，直奔家里，洗衣服、洗碗，打扫卫生，忙得团团转。等忙完家务，累得只剩一副皮囊。往床上一躺，想休息一会儿，在灯下读些书，时常一迷糊就睡着了。

都说人到中年，需要对自己的生活进行反省和关照。可我这一反省，发现我“管不住嘴也迈不开腿”，一个人待着的时候孤独，因为许多的无奈和心酸，有人说，孤独是对着种种诱惑时与上苍进行诚挚的交流。夜深人静的时候，我是孤独的，但心里又是满足的。

第二辑　足迹与笔迹

访白水“继鳌堂”

龙海市白水镇金鳌村背面是玳瑁山东南山麓尖峰山，村中七座小山包，按照北斗七星的位置依次排列，形成七星落地的天然胜境。风景秀美的金鳌村有“继鳌堂”，建于20世纪30年代，现在已被开辟成一个“乡村廉政文化”主题公园。我在离“继鳌堂”不到一公里的中学教了八年书，竟不曾仔细寻访它。据说这处占地1000多平方米的住处，是在抗日战争爆发后，旅新华侨杨南离先生，卖掉厦门的别墅回老家建造的。杨家现还有不少后人居住在老宅里，这里曾发生过“冬瓜煮冬瓜”巧退敌探的趣事。带着对杨氏家族的好奇心，我决定利用周日看望婆婆的机会，去探个究竟。车子从龙海东园出口下了高速公路，过白水大桥往南走大约一公里就到了。公路两旁的绿色果蔬青翠欲滴，我满心愉悦沿途欣赏，无比惬意。

先生说他上小学时，教他们的杨老师就住在“继鳌堂”里。杨老师曾介绍过：“房主人杨南离自小在白水营亲戚的药店里当学徒，后来跟随亲戚到南洋从事‘水批’生意——就是为华侨接受汇款或代为护送侨眷出国，后自己经营。因为他讲究信义，深得华侨的信任，生意蒸蒸日上。1921年杨南离回国发展，是因为东南亚一带受到战争带来的巨大创伤，经济不景气，海外华侨的收入受损严重。”

说话间，车子停在“继鳌堂”院子外。

院门上的对联古朴遒劲，给人幽深空阔的感觉，院门是四扇木门，漆成白色，中间两扇上有铜扣，出门时，从外面挂一把锁就可以锁住。

它有着打开院门时触目可及的田园美景，同时又有着关上院门时的幽静和孤独中的安宁，隔着门内门外两重迥异的天地。

院内的大埕红砖铺就，一棵榕树长在西边的墙角，那么茂盛苍翠，榕树的叶子在晨光中舒展着。几个大缸倒扣在院墙内，不知主人把它们洗净晾干后，是不是要用它们来腌制果蔬。正前方是一棵柏树，歪着身子立在那儿，树叶中却透露出阳刚之气，许是去年的台风过境，使它成了现在的样子。一把竹梯子横在角落里，不远处是被晒得发蔫的一簸箕梅子。几条长方形的条石兀自躺在墙角，这样的条石是以前乡间常见之物，在广阔天地间错落分布，它们通常铺就在巷道或者房前屋后，代表着村庄和房屋的渊源深厚和翔实岁月的回声。此时在“继鳌堂”的围墙里，条石安静于一隅，在我看来竟然透着一种艺术的感觉。小时候，记忆最深的就是和伙伴们满地追逐、摔跤、捏泥人，累了，条石便是孩子们的椅子或者床。当一个人在城市中滞留太久，郁积过多的人返回乡村时，总难免对一些已经或正在消失的乡间事物絮絮叨叨，尤其是一些在童年中刻下印记的物事，总会勾起一种关于美好与欲罢不能的回忆。

“继鳌堂”的整体建筑呈“同”字形布局，由门厅、中天井、正厅、左右护厝等组成。正中央是杨氏家庙，供奉祖上牌位。正屋是“四知堂”，所谓“天知、神知、我知、子知”。出自东汉名士杨震的“四知堂”的堂号，成为杨氏后人的堂号，后人谨遵先人遗训，清清白白做官、堂堂正正做人、勤勤恳恳做事。家庙两侧各有两排房舍，朝内的一排为家眷居所。左边为“善养斋”，取《孟子》“我善养吾浩然之气”；右边为“可乐居”，取《左传·襄公三十一年》“德行可象，声气可乐”。“继鳌堂”的后人显然是明白了人生境界的基本内容，所以摆脱约束，回归自然，享受悠闲。

古厝外表风格朴素，装饰手段及技法多样化，以木雕、石雕、砖雕为主。图案设计精到，技法娴熟，其内容和形式无不表现朴素而独到的美学意趣和理想愿景。正大门门扇上的木雕艺术最为精湛。木雕工匠利用剔花、镂刻、圆雕、透雕等技艺手段，刻画出珍奇异兽、奇花异草，采用借喻、谐音、隐喻等修饰手法，表现出祈求人丁兴旺、家族和睦、福禄寿喜的愿望。“继鳌堂”内水塔、浴室和现代化厕所等设施一应俱全，这种仿自南洋的生活设施远胜于当时周边的传统民居。

“继鳌堂”人才辈出，据史料记载，20世纪三四十年代，这里走出了4个中共地下党员，其中杨南离的二儿子杨新容、四儿子杨新友都曾成立中共地下党组织并担任负责人。“继鳌堂”作为中共地下党支部的据点和交通站，多次为地下党组织的活动和人员过境、伤病员的看护提供经费、场所和掩护。在战火纷飞的年代，先后有包括彭冲在内的上千名地下党、进步青年和华侨通过这里转移到乌山革命根据地及粤东革命根据地，为闽南和粤东的革命做出了不小的贡献。

“你是客人，来来来，先喝一碗冬瓜汤，清凉又解毒。”先生模仿郑冬瓜当年的口气，我莞尔一笑，先生显然是因为家乡人的英勇智慧而自豪，这句暗语他不止对我讲过一次。“南国营商躬行信义方能满载而归荣故里，离乡雅操手续完全始得同胞洽望贺新基。”读完对联，我们转到老屋后面的山坡上。冬至已过，这儿的植物依旧生机盎然。一棵杨桃树挂满了金黄的果子，我忍不住摘了一个，跑到一个金色的盆子前，拧开水龙头，冲洗。放进嘴里咬一口，甜丝丝的。先生走过来低声说：“这盆是让人‘金盆洗手’的，你竟然敢偷人家的杨桃吃！”一个中年妇女正好从鹅卵石小路走过，听见了先生的话，她用闽南语说：“没关系，吃吧，又不是什么稀罕东西！”

我在小山坡上驻足，目光越过高高的屋脊，眺望远山，山把内心的那个小我挤得无处可藏。“继鳌堂”告诉我什么是当下，什么是感恩，什么是宽容，什么是释怀。我看见一棵小苗顶破了土层，露出嫩黄的小脑袋，在土地上面，在暖风中晃动着，它在张望中专注于生命的过程，我知道它听到了人间的一些响声。

大明湖的残荷

初冬的大明湖上，最难忘是那一池残荷。

多年前，我在一本书上读到一句话，“我花了十八年的时间才和你坐在一起喝咖啡。”那时，思绪像被一张理不清的网裹住了。十多载光阴倏然而逝，敲下这一行文字时，恍若隔世。

1995 年愚人节那天，你送我一副水粉画。16 开的画纸上，三朵荷花藏身漫天青碧之中，一朵含苞待放，一朵半开半合，一朵开得正盛。未开的荷花像一个大桃子正闭着眼睛睡觉，半开的荷花犹如手里捧着珍珠在和白云说着悄悄话，全开的荷花像小姑娘穿的小短裙，随着微风翩翩起舞。荷花图旁有一行字：“新花尚怯晚波寒”。不久后，老版电视剧《还珠格格》热播。“你还记得大明湖畔的夏雨荷吗？”剧中这句经典的台词，一时间成为莘莘学子最为喜欢的口头禅。“蒲草嫩如丝，磐石是不是无转移？你还记得大明湖畔的夏雨荷吗？”世纪之交的那个炎热的午后，我把两句电视剧的台词写在了你送我的荷花图上。在前往济南的前一夜，我翻箱倒柜找到那本尘封已久的相册，找到那张荷花图。

我以为我会很悲伤，但却没有。

大明湖素有“泉城明珠”之誉，沿湖北岸远眺，南山苍翠，环列似屏，碧波之上，小舟荡波。漫步河畔，处处花繁树茂，点点亭台楼阁掩映于浓荫之间。

大明湖中有四十余亩荷池，一片残荷令我驻足不前。曾经光彩夺目的花容已不在，那些枯老的枝叶，惨淡零落。在与残荷对视的刹那，我触摸到那些枯枝败叶灵魂中不愿轻易放弃的孤傲。想和你在一起，哪怕是世界即将消失，我也会坚持到世界黯淡下来的那一刻，为你执一盏小灯，埋葬了苍白的誓言。我的等待不曾改变，告别时的匆忙，来不及挥手。尘封的记忆里找不回丢失的美好，哪怕只拾起一段与你有关的往事。管它是苦还是酸。久久地凝望着微风摇曳中的残荷，残败与再生之间究竟相隔多远？突然间有一种感动在心中弥漫开来，我行将老去的生命，是否会如残荷般昂扬与从容，我生命中最后的守望，是否也会有一种别样的壮美。这世间或许有很多的美丽，我们无法时时体会，无法刻刻参透。

“四面荷花三面柳，一城山色半城湖。”大明湖畔的我移动着步子。人确实有时候会处于“物我两忘”的境地，青春的美丽在于无所顾忌，积蓄沉淀后的生命，更加值得珍惜。荷残了，并不意味着生命的终结，残的荷承载着生命的重负，正孕育着下一个新的开始。荷，用一生聚集起来的信念穿越着生命的湖水，在守望中演绎着的是不死的传说。

夕阳西照，我愿如残荷一般驻留在湖中，化作晚霞中最后一抹美丽的记忆。

大唐松洲书院

福建，秦设闽中郡，汉初设闽越国。汉武帝出兵将闽地人口尽迁去江淮一带，闽地遂墟，此后的开发遭受巨大打击，偌大的闽中地区只一个冶县，只有极少数人躲藏山林，继续生活、繁殖。福建的开发到三国时虽有进展，但经两晋、南北朝至隋、唐初，仍为蛮荒地带。唐武后垂拱二年（686），岭南行军总管陈元光，获准在泉州（治所在今福州）与潮州之间增置一州，定名漳州。自此福建由七闽变为八闽。

“书院者，育才兴学之地也”。中国的书院历史源远流长，在文化、教育等诸多领域都占有重要地位。陈元光认为要治理漳州这片土地，“其本则在创州县，其要则在兴庠序”，建州伊始，他就在职官中设专司教育的“文学”官员，并倡导兴办书院。

唐万岁通天元年（696），16 岁的陈珦举明经科，授翰林承旨直学士。12 年后，龙溪县令席宏给远在长安的漳州刺史陈元光的儿子、主管教育的州文学陈珦修书一封，聘请他主持乡校。陈珦以“疏乞归养”的借口回到他年少成长的地方，创办书院，并亲自到书院主持讲授。据漳州司马欧阳秬为陈珦作墓志铭载：“景龙二年，龙溪县尹席宏隆礼聘立乡校，府君辟书院于松洲。”《中国教育史》载书院“其始于唐代丽正书院”。其开办时间在唐玄宗开元六年（718），据此推算，松洲书院比最早的丽正书院还要早 10 年。

松洲书院位于漳州北郊浦南镇松洲村威惠庙内，书院笼罩在夏日的火热中，只见一道不高的墙，正中门上悬挂“威惠庙”的牌匾，大门上的三个大字容易让人误以为进错了院堂。走进中门，一些从时光深处走来的细节依然缭绕在梁宇之间。文化站站长引我们去左边的屋宇下看“大力士”。一抬头，一种沉积在时光中的气息扑面而来，木雕的“大力士”栩栩如生，它的肩膀扛住了一道梁。岁月的磨砺并没有让精致的木雕黯然失色，精巧的花式屋檐弥散出民间百姓的装饰智慧与生活情趣，他们将自己的审美情趣发挥到了极致。站长告诉我们：“松洲书院在贞元迁州后，前落改为崇祀陈元光及其部将的威惠庙，后进仍为书院讲学处，这种‘庙堂兼书院’的特点，历经宋、元、明、清各朝重修，均仍保持‘前庙后校’的风貌。”几位老人在对面的屋宇下玩桥牌，墙角几张杌凳空荡荡地对着岁月，木质的叫不出名的三角形的架子质地温润，线条优美诗意，飘溢出岁月的芳香，一片青翠的绿意沿长方形的空地铺陈，让人领悟到强健生命力的美妙。

唐景龙二年（708），对于陈珦而言，是一次转向。这位博学笃志的青年要寻找的东西就在眼前，像地平线无比清晰，似乎又有些遥远。书院占地面积约 15 亩，内设有书舍、厅堂、跑马场，既可教学，又可习武，颇具规模。陈珦不辞辛劳在书院主持讲授约三年时间。随着学校的创办，文教渐兴，诗赋唱和，开启了风雅新声，知书达理的人越来越多。漳州各地相继选送优秀的良家子弟来此精修经书，为每年 11 月的尚书省选拔做准备。几年之后，学院已成气候，傲岸的学子风范吸引了全州乃至四方有识之士，从此这个“蛮獠”之地渐渐向云蒸霞蔚的中原文化看齐。陈珦以书院的文化品格把各级官员身上存在的文化品格激发出来，让他们以文化人的身份来参与书院的事业，又凭借着权力给予实质性的帮助。

饱学多识的陈珦第二次到松洲书院讲学已是 26 年后的事了。陈珦开引古义，教化民众，移风易俗。书院与风水相接，与名师相称，在超逸之中追求着社会的知名度和号召力。景云二年（711），父亲征讨“叛乱”阵亡，陈珦哀毁顿绝，葬父大峙原，筑庐舍在墓左守制。朝廷认为漳州地处海隅多事故，命他在丧制中起用，代理州刺史职务，他恳切辞让。次年，三年丧制期满，陈珦承袭封爵，接任漳州刺史。后来，陈珦率领军队，连夜奔袭少数民族地区，斩其首领蓝奉高，并降服其部众。又以原屯军设州治处多瘴气，又地近潮州，多“寇乱”，接受地方耆老的建议，迁州治、县治到梁山北面的李澳川，即今漳浦县城。并在城西西宸岭首建威惠庙，祀其父陈元光。陈珦任漳州刺史二十多年，剪除顽固势力，训导教诲士民，政绩显著。

历史上一切比较明智的统治者都会重视教育，他们办起教育来既有行政权力又有经济实力，当然会像模像样。汉代的太学，唐代的宏文馆、崇文馆、国子学等都是官学。书院与官学、私学一起构成中国古代教育的主体。历史的钟摆在1300年前开始在闽南这个书院里摆动，教育的千年韧劲弘扬一个民族的精神，一个个石兽柱基，让人忍不住琢磨它们如何将这个庭院的力量支持了那么久长的岁月。松洲书院无疑为开漳之后的文化昌盛，做出了贡献。

松洲书院历代重修。书院的格局是典型的三进式。院里散落着精美的唐代石雕，石狮、石鼓、石柱、石砚台、石椅等。中殿须弥座上供奉的是“开漳圣王”陈元光塑像，须弥座走龙等浮雕造型古朴，尚存“宝右戊午（1258）朝王会造”镌字。下镌有“朝王会”会首名单。门前的水井至今依然保存着良好的排水功能，井沿上的八个大字清晰可辨。中殿后斑驳的墙上，依稀可辨一幅古画，上有“西厢记”文字。后殿是修缮一新的松州书院，石柱上挂着一块木匾“大唐松洲书院”，两排课桌椅整齐排列着，右边墙上挂“芗城实验小学五里沙文学社活动基地”的牌子。

这样一座存世一千多年的书院遗址至今依然古朴苍雄，令人感慨不已。那些象征富贵、吉祥的花卉和动物，那些巧妙、复杂的几何图案，在阳光下，投落到地板上的影子，恍若朦胧迷离的诗句。

高登：耿直进谏怀抱忠义

九百多年前，他拥有了一个响亮的名字“高登”。倘以现代人的眼光看这个名字，也是不错的。姓高名登，登高而能高瞻远瞩，正所谓“站得高看得远”！可以猜想高登的父亲是个读书人，和很多中国父母一样“望子成龙”对儿子充满殷殷期望。令人遗憾的是在高登11岁那年，这位父亲去世了。好在，高登是个聪明过人的孩子，读书时“每日能背诵好几千言”,20岁入太学。高登有一个号叫“东溪”。笔者第一次听说“高东溪”是在半年前，漳州广播电台《享听漳州》栏目做了一期《朱门高弟陈北溪》的节目。内容谈及林宗臣送了一本《近思录》给陈淳，陈淳正是因为读了朱熹和吕祖谦合作的《近思录》，才下定决心尽弃旧学而服膺朱学。“这位漳浦的林宗臣就是在朝廷上敢于犯颜直谏的高东溪的学生。高登就是高东溪！”漳浦的文友严姐的话从电话的那头传来，让我觉着一种结结实实的踏实和稳妥。

北宋似乎老是在打败仗，南宋又那么窝囊。但是，如果往细了想，那些强大的、战场上成功的敌人而今安在哉！伟大的、持续成功的文明，一定不仅只是拥有强的、动的向度。宋代文化在中国文化史上有着承上启下、继往开来的地位。国学大师王国维认为：“天水一朝人智之活动与文化之多方面，前之汉唐，后之元明，皆所不逮也。”史学大家陈寅恪亦推崇宋代文化是中国传统文化的巅峰。宋代的军事虚弱和经济繁荣形成鲜明的对比，这总是让人伤感又奇怪，其实并不难理解，只要你刨除宋是一个“完整意义的朝代”的概念，把它当成一个代表中国文化嫡系的割据政权，而不是中华帝制时代常见的大一统帝国，宋代就又显出它的可爱之处。高登是宋代历史上可圈可点的一个人，他总是关心世事，始终抗言直论，丝毫不隐讳。他身上有一股道德的力量，非人力所能扼制，这股力量强而有力地在他身上运行，直到他生命终结。他勇敢作为，富有赤心为民的精神，他无所畏惧，像一阵清风！高登去世后，朝廷追认恢复他迪功郎的官阶，绍熙元年（1190）朱熹知漳时为高登的祠堂题记，并上奏朝廷请求为他记叙功德，予以表彰，追赠承务郎。成化年间，漳浦举人吴震呈请建立专祠，朝廷下诏，在漳浦县城建高东溪祠。

2016 年 7 月的最后一天，北回归线以北的阳光明亮而耀眼，我在摄影家魏聚华和漳浦绥安中学林俊荣老师的带领下，来到了位于漳浦县绥安镇的高东溪祠。甫一下车，林老师指着祠前面的三棵树说，“先看看这合抱树吧！”只见两棵年轻的榕树抱着一棵老樟树，枝繁叶茂，很有气势的一片翠绿。樟树上有一块铁牌，标明这棵树已经一百五十多岁了。“这是漳浦县目前十分罕见的合抱树。樟树有一阵子几乎枯死，不知什么时候，长出了榕树，后来又都长得枝繁叶茂了！”祠坐北向南，占地 500 平方米，原以门楼，门厅，正堂三落组成，康熙二十九年（1690），提督学政高曰聪曾捐俸重建，乾隆二十二年（1757）高姓后裔又集资重修。至民国时，门厅已倾圮。到 20 世纪中叶，前门废，现在看到的是 20 世纪 90 年代高姓后裔再次集资重修后的模样。现存的正堂，建筑面积 160 平方米，宽 12.9 米，深 1 米。面阔三间，进深三柱，夯土墙，悬山顶。台梁式九檩五架梁加前后廊，复盆式石柱础，正面无实墙，后进明间塑高东溪全身坐像，上悬横匾“浩气长存”、“百世师”、“忠孝两全”、“宇宙完人”等。柱联为朱熹所撰“获鹿感鱼千秋称孝子，朋东仇桧万古识忠臣。”相传高登带着母亲坐船在，一时找不到食物给母亲吃，正在发愁之际，有一条白鱼跳到船上。又有一次高登回家乡，住在县城，他的母亲说想吃鹿肉，当天夜里就有一只老虎衔来鹿肉放在门前。这些当然是传说，千百年来却被漳浦的老百姓津津乐道，可见人们对高登的喜爱之情。漳浦古代曾树立“忠、孝、廉、节”四位贤人作为楷模，其中的“孝”就是专指高登。祠内还有“植纪扶伦大节梁峰并峙，起顽立懦清风鹿水同流”、“摘佞锄奸在昔紫阳为作记，竭忠尽孝至今青史尚流芳”等对联，前廊左侧有明礼部左侍郎徐溥撰《重建东溪先生高公祠记》残碑。高东溪祠的东面有一座文庙，四周是一大片空地，不远处是鳞次栉比的商品房。“这里已经全部划入保护范围，不久的将来，这里将会绿树成荫，鸟语花香。”我站在松软的泥土上，想象这里将来的样子，但有太多的事物遮蔽了我的视线，那些像城市偶像一样的标志性建筑，那些横陈在蓝天下的巨大的广告牌，那些仿佛在世界之巅的脚手架……还有因种种原因未曾搬离这块土地而住在祠里的两位老人。我们的到来似乎并没有影响他们的情绪，偌大的风扇呼呼响着，门前的几簇荒草，被太阳暴晒得枯萎，灰白，如同祠内两位老者头顶上稀疏的白发。

我又看了一眼合抱树，她在经历了无数风雨后活了下来，活成了一道风景。我带着复杂的感情，离开了高东溪祠。

“青山有幸埋忠骨，白铁无辜铸佞臣。”人们熟悉这副对联，也熟悉那段历史。岳飞是南宋初抗击金兵的主要将领，被秦桧等人以“莫须有”的罪名陷害至死。漳浦百姓对岳飞和高登成为儿女亲家津津乐道，俗话说“物以类聚，人以群分”，这实在是漳州历史上的一段佳话。

我们经历许多辛苦，终于来到位于车仔村的高东溪墓。墓是高氏后裔集资重修，2008 年 11 月竣工。墓南向，深 36 米，宽 24 米，墓墩作圆柱形，花岗石构筑，墓碑刻“宋孝士理学东溪高先生暨配夫人亦纯陈氏太君之墓，闽粤裔孙同立”，墓围“凤”形，两侧立清代石碑“高溪高先生墓”、漳浦县文物保护单位碑、重修高东溪墓碑等。墓前铺石通道，通道西折至西南角设台阶。墓四周建石围栏，正面挡土墙下为半月形水池，西侧为石挡土墙。

高登为什么是漳州历史上颇具影响的人物，下边的这些事也许可以窥得一鳞半爪。

宣和五年（1123），金兵进犯汴京，高登和陈东等人跪拜宫前，上奏章请求诛杀蔡京、童贯等奸臣。高登希望皇帝向天下百姓认错。这位皇帝不是别人，正是创立“瘦金体”、擅长婉约词的宋徽宗。当朝臣再次通过和谈决议时，高登和陈东再次抱着奏章，拜伏宫殿之下，当时军民聚集了几万人，京都提督王时雍派出卫兵，欲尽杀之，高登等人挺立不动。宣和七年（1125）十二月，金兵大举入侵，钦宗被迫即位。钦宗颇有振作之意，高登上书说：陛下刚刚即位，百姓都踮着脚跟，等待改变旧法，推行新政。令人遗憾的是高登五次上奏章，都不见批复。

宋绍兴二年（1132），高登由于太过率直，被逐出任下州学官，后又任广州府富川县主簿兼贺州县学。有一天他和太守因资金运用发生了分歧。太守说：“买马和培养学生哪一种急切？”高登说：“买马固然急切，然而学校是培养礼义的地方，礼义荒废松弛了，士绅大夫和役夫走卒有什么不同呢？”太守说：“你敢违抗长官吗？”高登说：“天下用来维持安定的，只有法和礼而已。如果想把这两个都抛弃，还有什么说的呢？”又有一次太守想要徇私情，赦免监狱里的一个杀人犯，借口说：“这样可以积一点阴德。”高登说：“阴德能存心去积吗？杀了人可以免死，怎么对死者交代？”因为高登的坚持，杀人犯被判了死罪。高登任职期满，百姓请求他留任，却得不到批准。百姓们共同集资，赠钱五十万，并报告太守说：“高先生贫困，无法养家，希望太守劝他收下这些钱。”高登推辞，后来他让人用这些钱买书，收藏在县学内。高登回到广东，正遇上新兴县大饥荒。高登积极施行救济，救活百姓上万人。有官员举荐他，高登上万言奏章，写序言、《蔽主》、《蠹国》六篇针对时局的议论。阐述天下百姓未能得到安宁，是因为有残害百姓的官吏在。皇上看完奏章，认为他写得好，批转中书省。秦桧因憎恨文章讥讽自己，压了下来。高登被任命为静江府古县令，赴任路过潮州。太守汪藻请他参加编写《徽宗实录》，高登执意推辞。有人劝他说，可以借此机会升官。高登说：“人各有固定的缘分，不能强求。”到静江府后，府帅问他如何治理古县，高登说："只要忠诚守信，就可以在野蛮落后的部落推行，只怕真诚不够罢了。"古县有一富户叫秦琥，人称"秦大虫"，凭借威势在乡下妄断是非。秦琥表面上合作，倡议建县学。高登为他悔改恶行感到高兴，补他管理县学的职务。后来秦琥趁机嘱托他走关节，高登拒绝了。秦琥大怒，中伤高登，正遇上有人状告秦琥侵吞县学钱财，高登当面指斥他，秦琥仍肆意妄为。高登喝令秦琥退出公堂，并报告太守，依法处置秦琥。后秦琥愤愤而死，百姓无不拍手称快。

有善阿谀奉承的人想要为秦桧的父亲立祠。高登断然拒绝，得罪了一个叫胡舜陟的人，人家记仇，给他小鞋穿。高登差点就被弄进监狱去，因高登母亲的突然去世，使他暂时免去牢狱之灾，后来胡舜陟犯罪被捕入狱死了，高登冤情大白，皇帝降旨让高登回家。后来高登到潮阳当主考，摘录经史名句当考题，题为《直言不闻深可畏策》，当时的宰相赵鼎对高登说："天下主持文科考试的人很多，但没见过像你这样忠诚爱国的。"

高登是个性情中人，听到朝廷政务出差错，就皱着眉头闷闷不乐，听说朝廷出现大失误，就会放声大哭。百姓听说高登来了，纷纷拿着经书来请教，高登为他们讲解《大学》、《中庸》等。高登一生历经徽宗、钦宗两个政治时代，他出仕之时，正值秦桧等人把持朝政，面对政治上的波诡云谲，不善投机的高登并没有把精力用在攀附权贵以求永保官位或仕途升迁上，而是兢兢业业做好为官的本分，他始终秉持政治底线，对上无愧于国家，对下惩奸除恶顺民心，维护了国家的法度与正义。

高登后裔分衍漳浦、龙海、云霄，南靖和东山以及广东的陆丰、惠来、普宁、潮阳等地，也有一部分在清代渡海入台。近年来不断有台胞侨胞前来寻根拜谒。

高登虽远去，但他为我们留下了一份丰厚的文化遗产，《宋史》收录他的诗、疏、论、议、辩、说、词等96篇（首）；他的《东溪集》收入《四库全书》。

神奇的贵安海底世界

听说贵安被誉为“福州后花园，天然大氧吧”，有很多适合孩子游玩的项目，我们欣然前往。

贵安人文底蕴深厚，原生态景观资源丰富，山水环境优美，空气清新舒适，是“海西首席旅游商住综合体”。特别是贵安新天地落成后，这里有欢乐谷、水世界、马戏场、大戏院、儿童体验中心，还有五星级温泉商务酒店、五星级城堡酒店、五大旅游娱乐公园、学校、海峡传统文化街、福州百姓文化长廊等。

从福州市区出发，15 分钟左右的车程就到了。走进“百姓长廊”，小姑娘疾步前行，她不停摁下相机快门，每拍下一张照片就会喊出一个同学的名字。她乐呵呵地告诉我，回学校后，要让同学们看看她在“百姓长廊”里拍下了他们的姓。

贵安也有海洋世界呢。进门之前，工作人员为孩子戴上一个华丽的手环，小姑娘晃动着黄色的手环，冲我做了个鬼脸。我看见那个像手表样子的手环，很是喜欢，希望工作人员也能送我一个，女儿赶紧拉着我走过通道，低声告诉我：手环有定位功能，以防小朋友走丢，参观完后出来，是要还给工作人员的。我一边走一边做“擦汗”状，真为自己的孤陋寡闻而汗颜。

“海洋世界”有福州最大的企鹅集群，是海洋科普教育基地，占地面积 11000 平方米，有 100 多个展缸，可以领略到来自世界不同水域的 10000 多种生物的风采。海洋展馆一共三层，电梯直达三楼，由上而下观赏。首先是“昆虫馆”，蚂蚱、金龟子、七星瓢虫、蝴蝶、蜻蜓，各类昆虫颜色鲜亮，栩栩如生，两栖爬虫、水域昆虫等众多生物也在这里安家落户：蝴蝶张开羽翼扑面而来，湖边的树上住着树蛙捷克，扑通一声跳下水，吓醒了还在冬眠的蛇，小虫子在草地上翻滚，蜻蜓已经准备起航……“森林馆”里，我们坐上小火车，沿着轨道转了两圈，小姑娘乐开了花，我也仿佛回到了童年时代。亲近大自然，既能增加课外知识、扩展视野，又能感受到爱护我们生存环境的重要性。“海洋馆”内，住着上万种水陆生灵，这里是大自然的课堂，每个生命都有它们自己独特的故事：渴望海洋的仙人掌公主穿越到侏罗纪，与鳄鱼打了个照面，热带森林的住户们住进了海洋世界，海狮们办起了狂欢表演，连鲸鱼姐姐都前来祝贺，声音嘈杂吓跑了深海乌贼，美人鱼才刚刚游过，鲨鱼就张开了它的血盆大口……在玛雅风格的展望台前，小姑娘扬起手，我不停地按下快门，拍下孩子与鱼儿“亲密接触”的精彩瞬间。

漫步于雨林、山洞、红树林、热带海区、深海、寒流等展馆，徜徉于新奇的世界级海洋馆，海狮、鲨鱼、史前古兽、小丑鱼、海马、蝴蝶鱼都成了我们不愿意错过的好朋友。

这天是星期一，展馆没有全部开放，我们看见工作人员正在细心地做着设备检查。导游告诉我们：“奇趣家”儿童体验中心是一个高仿真的现实社会，寓教于乐，孩子们可以自主选择扮演自己喜欢的职业，通过参与，体验大人的生活，学习自然界常识。“亲子乐园”也在除星期一以外的日子开放。小姑娘深情地说：“我下次还要来！还有水世界、欢乐谷、大剧院，一天时间怎么玩得过来呢？”离开贵安时，我看见她一脸的不舍。

再访江东古桥

江东桥又名虎渡桥，位于福建漳州市郊，横跨于九龙江的北溪与西溪交汇入海处。这里两岸峻岭夹峙，江宽流急，地势十分险要，古称“三省通衢”。《读史方舆纪要》称:“江南石桥，虎渡第一”。为何又称“虎渡桥”？有两种说法。一是：桥下这段溪流，古称柳营江，曾设通津渡口。这渡口“在郡之寅方”寅属虎，依渡口而建的桥称“虎渡桥”便在常理之中；又一说法是：嘉定七年（1214）知府庄夏想在这里建造木桥，因水深流急，抛石都被冲散，迟迟未能完工。一天，建桥的工匠看见一只老虎负子过江，游过一段急流，即栖息片刻，再游再息，终达彼岸。工匠见状忽悟，循踪勘探，发现虎游一线，水下有石如阜。于是选址、筑墩、铺梁，并以木瓦盖顶，建成后的桥命名为“虎渡桥”。

《龙溪县志》记此石桥“广二十尺，长二千尺”，桥孔“十有五道”。古桥始建于南宋绍熙元年（1190），最初为浮桥，后为木桥、梁式石桥，又经元、明、清历代屡次修复。

江东古桥作为我国古代十大名桥之一，与泉州的洛阳桥，晋江的安平桥，福清的龙江桥合称为古代“福建四大石桥”。近年又被《世界之最》书籍列为世界最大的石梁桥。

江东桥的建造工程十分浩大，也十分艰难。它采用石梁建造。我国桥梁专家茅以升在1962年4月3日《人民日报》发表的《中国石拱桥》一文中说:“我国劳动人民在建筑技术上有很多创造，在起重吊装方面更有意想不到的办法，如福建漳州的江东桥，修建于八百年前，有的石梁一块就有二百来吨重，究竟是怎样安装上去的，至今还不完全知道。”《中国古代建筑》的第一章就提到：“虎渡桥重达二百吨的石梁，工匠们如何把它们架上波涛汹涌的急流之上，至今仍然令人为之惊叹。”可见当时劳动人民的智慧与创造。

抗日战争时期，江东桥遭到日军轰炸，只留下桥西的五墩石孔；1949年9月19日，解放军先遣部队赶修简单木板桥，大部队得以顺利过江；1953年7月16日，解放军又赶修钢架木板桥面，终于让增援部队及时赶赴东山岛，并取得胜利；1969年，江东桥改建为钢筋混凝土桥面。1970年于古桥上加高架设钢筋混凝土公路桥。今在靠西岸公路桥下，尚存古桥的五座完整桥墩、两跨桥面及残墩基九座和东西金刚墙。324国道上，20世纪修建的江东公路桥上车来车往，“厦漳”同城的建设如火如荼，不久的将来，江东一带的交通将发生质的变化，古桥安静于角落里。今年是抗日战争胜利70周年，我特意骑一个多小时的自行车去看望这座古桥。

驻足江边，望着这座历经风雨仍然屹立江涛之上的古桥，不知是欣慰还是感激，我的心在悸动着。不知不觉已登上大桥，一边慢走一边手抚桥栏。突然我看到不远处的栏杆上放着几炷香，这表明古桥在一些人的心里并没有被淡忘，它的历史功绩与利国惠民作用永驻人心。我停住了脚步，临风而立，凭栏眺望，连接桥头至国道的一段乡村小道正在拓宽，一条“鲈鱼街”将建成。那时，古桥不再孤独，它将和味道鲜美的九龙江鲈鱼一道闻名。

太阳西斜的时分，古桥，桥下江水，远处的田野，高速通过的车辆，此时此刻都抹上一层瑰丽的金色。我听到桥下江水在欢歌，那是时光的清音。

下屿岛遐思

一进下屿岛，我就看见十米开外有个简易的小棚子，下面是一个长方形的工作台，台面上堆满了鱼。最多的是大黄鱼。工作台右边摆放着五颜六色的塑料筐，四五个人正把鱼按大小投进筐里。他们动作娴熟老练。一个中年男人正在往泡沫箱子里加冰块，然后打包。我取出手机，一边拍照，一边继续观察他们脸上的表情。村民们依旧各自忙碌，并不介意我的突然介入。收起手机，我走进一片绿树林荫之中。一个五六岁的小女孩手里拿着芭比娃娃，在小路上蹦蹦跳跳，后面跟着一条小黄狗。小孩皮肤黝黑，齐眉的刘海儿，矫健的身体充满了活力。有人说，在海边生活的人是幸福的，因为他们总是崇拜黎明和海浪，流动、活络、晶莹、亮丽而且充满野性。我想真是这样吧。

一艘木船载着我们出海了。我看见深远的海，蔚蓝色的海水环绕四周。一排排井字形的渔网箱，大片的网箱上有几座木屋子，有几只海鸥停在离我们最近的木屋顶上。我闻到了海的气息，匆匆而过的船打破了水面的平静，一串串白色的浪花像音符。此刻，我的鼻子四周，萦绕着清新，回望下屿岛，逶迤的岛山好像被涂上一层金色，岛上的灌木林，犹如一条绿色的腰带，一幢幢崭新的楼房鳞次栉比。转个身，可门火电厂的两个大烟囱冒着白色的烟，离我们越来越近了。

近距离观赏可门发电厂，通过经济的视角，我品读现代化、全球化，剪裁着下屿岛人生活的细节。

调转船头，我们的船往回开。赏心悦目的美景，让我多想高歌一曲，但这个念头在脑海里冒了一下，马上就被我小心地隐藏起来了。人年纪渐长，总爱把年轮往回转，我知道自己无法重温和再现一段时光了，无所顾忌地放声歌唱，让快乐和自由浑然漫过身体。海上的空气十分清新，我心里涌起一种彻底淹没一个尘世俗人的意识能力的无边的谨小慎微和瞻前顾后，还有那颗久困于城市的孤独的心也是无边的。

船接近码头时，我看见一户人家的大门正对着大海，门前是高高的崖壁，这户人家的客厅直面大海，而大门上没有门框，也没有任何遮拦。聪明的渔民们修了斜斜的石阶直通家门，平日里船靠近岸边，人就能从船上走上台阶，拾级而上回家。我们的船继续前进，我看清了那户人家的客厅，一位上了年纪的老奶奶坐在一张矮凳子上，手里不停地忙活。哦，她在编草帽！海岛上的渔民，草帽对于他们而言应该有着非同寻常的意义。离开家远行的人说，草帽戴在头上，就仿佛回到了故乡。是的，编织草帽的每一根草，都曾青翠过，摇曳过，芳香过，饱满过，都曾是大地的风景。老人的手指不停地翻飞，由于距离的原因，我无法看清她的眼神和表情，但可以想象得出，她的日子安静而闲适。我心里生出丝丝的羡慕，要是我的家也在这样风景绮丽的地方，该多好哇——每天呼吸着新鲜的空气，忙着手里的活计，一抬头就能眺望船只进进出出，好浪漫呀！船上一位朋友显然觉得我的浪漫有点可笑，天天看，就不觉得稀奇了，他倒觉得这样的家很危险，要是一时情绪不好，跳海倒是挺方便的。我赶紧双手合十，念着“阿弥陀佛”。是的，朋友说的也不是没有道理，当我们回到普通人的生活视野当中，看到的也许不再是丰富、适度和内心深处的冲动，而是一种离我们很远的生活。

下屿岛的朋友说，他们计划用20年的时间把下屿岛打造成第二个鼓浪屿。我微笑着不置可否，原因是我不那么乐观。全球化借助万能的商业和资本，消费地球上所有的涛声和鸟语，践踏所有的年轮和月光，我们处在一个浮躁的时代，一个地方一旦因为旅游热起来，势必会带来无尽的破坏。渔民们安静的生活也就会遭到破坏。

我最喜爱的，还是原生态的下屿岛。

心醉梁野山

梁野山，这颗被誉为“天然绿色基因库”和“野生动物避难所”的武夷山脉最南端的明珠，位于闽、粤、赣接合部的武平县境内。“我移动到水边的时候你已走远”，夏日里，我邂逅了梁野山的水，并深深喜欢上了她！那些清冽的言辞，被风高高挂起，而我的文字注定像鱼那样沉湎。这里的水和别处的不同，奔放而婉约，练达也飘逸，日夜流淌着古城的温婉与繁盛，喧腾与平和……

我们从云礤村沿一条砌满鹅卵石的小路前行，小路两旁有如刺绣雕镂一样绘出来的农田菜地。正是地里的西瓜成熟的季节，我忍不住想要跳到田里去，亲手摘一个尝尝鲜，向导茂富兄赶紧上前去寻问。一个年轻的小伙子迎了上来，指了指水沟，说：“水里有现成的，冰的。一块五一斤，价钱公道。”我探身一看，清澈的水流里泡着几个滚圆的大西瓜，于是我做出很专业的样子，挑了一个。很快那个帅小伙演绎了切西瓜的绝活，我迫不及待拿起一片西瓜放在嘴边，一咬，甜丝丝的，心里自然比西瓜更甜。

芬芳洒满了空气，我们沿着栈道前行，质朴如初的原木栈道，以写意的形式给景色添加一份简约的铺排和点染，心情和脚步一样放松。山野茫茫，花草葳蕤，画面不孤寂，更不荒凉，一石一树，一花一叶都充满了活泼的生命，舒适清新。忽然，我听见了水花唱着欢迎之歌，“哗啦啦，哗啦啦……”原来我们来到了第一级瀑布前，我赶紧褪了凉鞋，雀跃入水，双手捧起一股清凉，作“天女散花”。身旁一位青春美少女走近瀑布，伸出双手，任水轻轻击打她嫩藕般的手臂，水珠大的如珍珠，晶莹透亮，欢蹦跳跃；小的细如烟尘，弥漫于空气之中，成了蒙蒙水雾。微风一吹，一阵阵透心的凉气迎面扑来，驱走了身上的疲劳，换来了一身凉爽。我一时停顿在了那里，等待着，倾听着，安静着，我的思潮不由自主地跟着回到了童年时代。

时光似乎倒回转，我与世界两相遗忘，一种少有的随意与松弛抚慰着我的心。一株古老的大树的枝叶呈半月形，正在伸向我，曲曲弯弯的藤蔓流露出一种天真，空气里的负离子温润柔和，轻灵飘逸，好像络绎不绝的小精灵拥抱着我。

很快，飞泻而下的第二级瀑布撞击石头的声音充盈我的耳朵，震颤心房。我在溅起浪花的石头间坐下来，水与石喷发出的声音，湿漉漉的空气里氤氲着千古缠绵，我感觉自己是一株树木，一棵花草，在瀑布边，涧道旁，蓄足了水分，含翠欲滴。近旁有一株碧绿的植物顺着石头攀缘，让人心生眷念。

漫步在栈道上，欣赏挂如帘、飘若雪的瀑布，欣赏明丽而不刺目，没有污染过的天空，欣赏成群的蚂蚁闲闲地爬过，觉得无比平和，大自然是人类的家园，是造物的赏赐，更是人类精神的摇篮。这是一个适合和心爱的人一起游玩的地方，每个游客都可以把自己放回甜美或忧伤的风月故事里，乘一缕清风去寻觅故事开始的粉色情节，去捕捉故事结局的完美留白，所有偶遇的桥段，摇曳里的笑颜，吻别时的残香，梁野山的水会引你一一回味。

走进梁野山，爱，最容易如含情的玉唇偷偷吹破笛膜般的心事。梁野山是一首交响曲，抒情、优美、流畅，为你日夜奏响；梁野山如诗、如画、如歌，我心醉了，只因与梁野山这刻骨铭心的相遇！

东宝村和她的乡愁馆

像江河一样奔流不息的，是人类对自由美好家园充满无限追求的生命力。多少年来，桃花源式的悠然，不曾越过我梦想的边界，只是一些渴望，散落在时光里。我沿着城市以外的方向奔走，马不停蹄。

龙海市东园镇东宝村和她的乡愁馆，值得一看！

走进东宝村，映入眼帘的是大的、小的、红的、黄的、紫的花，五彩斑斓，令你目不暇接。这里的花儿品种很多，菊花、三角梅、牵牛花、日日春、太阳花……有阳光的早晨，东宝村被镀上了一层金色，显得特别的明亮。修葺一新的老建筑在阳光下闪金耀眼，铺洒着丝丝暖意。

乡愁是一首不老的歌，乡愁是一杯醇美的酒，乡愁是叮叮咚咚的优美乐曲，乡愁是可以找到一个安静的角落，一个人在雨中发呆，静静地想一些往事，写一首诗……

郑氏宗祠，是一座屋顶为硬山式曲线燕尾脊、红瓦屋面、石砌墙体的两进三落古厝。——东宝村的“乡愁馆”占地面积约 760 平方米，总投资 100 万元，围绕“田园 · 家园 · 乡愁”的主题，分 6 大模块 17 个展馆，包括生活场景区、农耕文化区、戏剧文化区、儿时记忆区、文献展示区、影像展示区，通过实物、文字、图片、影像等方式，展示从清末到民国再到新中国各个时期具有闽南味、古早味、漳州味的藏品。早期的厨房、会客厅、洞房花烛等场景展示着各个时期使用的生活用品，挂钟、留声机、缝纫机、熨斗、手电筒、粿印、大秤、照明灯等，这些展示品除了勾起不少老人的回忆外，也吸引一些年轻人的目光……这是一座靠众筹资金办起来的展馆，凝聚了许多热心人士的心血，为了让大家留住“乡愁”、记住“乡愁”，东宝人付出了许多劳动，不辞辛苦，而且还在默默辛勤地付出。

“这个储物柜就挺有意思的，看是储物柜里面可大有乾坤。因为这底下有一个长方形的暗格，它就相当于家中的‘保险柜’啊，在这里面放的都是一些金银首饰等贵重的物品。”

小人书、石臼、石墨、打谷机、蓑衣……每一个老物件都充满了故事，当你的目光抵达这里，可能就在某个瞬间，你与往日的那些旧时光接通了，在某个清晨或者在某个黄昏，你心情闲淡，你的眼角眉间，有情、有爱，有故事……

乡愁馆为大家提供了一个学习和弘扬闽南传统文化的“综合性展示载体”，同时也为东园镇宜居环境建设增添了一道亮丽的风景，提升了东园镇的文化彰显力。

勤劳智慧的东宝人，依靠辛苦的劳动过上了殷实的生活。菜农们真会安排，瓜菜高低错落，这里空气清新，环境优美，河岸有垂柳，沿途都有人在忙碌。走近一户人家的门前，弯弯的丝瓜挂在电线上，像悬下来一个绿色的话筒，好像刚才有人在这里通话。这么多电话筒，从瓜藤上悬下来，一定是一心想告诉我们“富美乡村”建设的种种细节，你接听到了吗?

沿着溪边的青石板漫步，每一块石头似乎都相守一个约定，一声不吭。东宝人对村容整治的认同令人感动，近200间的蘑菇房等老旧危房，拆除的过程十分顺利，村民们全都无条件支持；30户裸房完成外墙装修，旧房得到快速修缮，村子的容貌天天发生着不小的变化。河畔公园场和文体活动中心建设完成。东宝村聘请的是厦门水木清华设计院，遵循“能野则野，能简则简，能土则土，能特则特”的建设理念，不搞大拆大建，把工夫花在整理上，因地制宜，把富美乡村建设与现代农业结合起来，增强可持续发展能力。我们转到一棵老榕树下，我忍不住停下了脚步。村里的老人告诉我：他的祖父小的时候，它就已经是参天大树了，他和他的同伴小的时候常常在树下玩耍。如今，夏天一地浓荫，这里依然是孩子们的乐园。只是，谁也说不清，它到底长了多少年。

工业革命覆盖全球的当下，近些年来，很多人都担心中国的城市和乡村建设所有的地貌模仿出同一景观，会让人们思念的故乡与别人的故乡差不多没有两样。行走在东宝村，漫步于穿村而过的河道旁，心生喜悦。这里有忙碌的村民，有劳动的欢乐，有从贫苦中剥离出来的欢乐，他们锄草、杀虫、灌溉、收获。东宝人心里明白：绿遍天涯的大地，是他们的生命之源！村民们投身于生活的敞亮和欢乐。这种欢乐在身边，在眼前，只要你迈开脚步，一个黄昏，一轮落日，一扇窗口，一朵云絮，一阵风声，一片落叶，都会成为你感动与冥思的契机。

一位男孩提着满篮不重不轻的绿色蔬菜，沿着岸边走来，一位中年妇女在溪边浣洗衣物，几位老人在树下闲聊拉呱……他们是诗意的！“这里的生活是这样的美！”东宝村的确是一个适合烹茶煮酒赏花的地方，如果你来了，你也可以“看得到山，望得见水，记得住乡愁！”

曾氏番仔楼

闽南人称漂洋过海到异地谋生为“过番”，这些“过番”的人回到家乡就成了“番仔”。

19 世纪 40 年代末，年少的曾振源天天到河里去捕捞田螺，太阳明晃晃地照在皮肤黝黑的青年后生身上，小振源虽手足勤快，却没能改变家里一贫如洗的境况。有邻居调侃他，你们家那么穷，靠你捕捞的那些田螺，猴年马月才能娶上老婆呀？曾振源的心揪成一团，在心底的某个角落一直潜伏的愿望疯狂地生长。离家不远流角美杨厝村的林家人多么幸福，林氏义庄每年分发的银两和物资改变了多少人的命运，而自己的命运只能掌握在自己手中，那么多人都下南洋了，去新加坡，去印度尼西亚，家乡地处九龙江的入海口，大海近在咫尺，曾振源时常望着滔滔江水里的浪花翻卷发呆。风浪声声压不住这个血气方刚的少年汩汩流淌的热情，他勇敢地走出家门，身上只穿着一条短裤，为了省下过渡到石码的钱，曾振源双手攀在田螺桶上，游过九龙江，搭乘石码的货船前往厦门，然后搭船前往新加坡。

一路的颠簸磨炼了曾振源的意志，聪明厚实的他得到了东家的器重，很快地得到了第一桶金。有了资金的曾振源浑身一下子像是注入了兴奋剂似的充满了爆发力，他和舅舅组建星洲海港船务局、丰源航务局，在新加坡把生意做得风生水起。站稳脚跟的曾振源并没有满足，又把生意拓展到印度尼西亚，事业也达到顶峰，拥有 29 艘轮船，按今天的说话，昔日捕田螺的年轻人终于成了“经济达人”。

1897年，曾振源回到生他养他的角美东美村墩上社，家乡的一块空地上聚积的阳光和九龙江的水一样闪闪泛光，年界花甲的他决定修建大厝。不入仕，善经商的曾振源把修好的豪宅称为“大夫第”，因为他为了显示自己的地位，捐了个候补道台的虚衔，他还特地穿着官服请人画像，作为纪念，只可惜“文革”时期被毁。大夫第占地约2000平方米，共有39个房间。1903年，曾振源积累了更多的资金，决定修建番仔楼。大夫第坐北朝南，他在中间留了一条一米多宽的巷道，修建坐南朝北的楼房。今天，人们看见的整个建筑群呈“凹”字形，占地约6000平方米，共有13幢楼房，99个房间。主人花了14年的时间，耗资17万两白银，终于大功告成。

建筑群前排正中间为曾家的宗祠，以宗祠为中心，左右对称，前、中、后三排房子有序排开。廊柱、半圆的拱门、彩色瓷砖、花瓶状瓷制栏杆都具有鲜明的南洋风格。第二排的大楼屋顶的烟囱，楼两侧的钟楼，洋溢着浓烈的异国风情。老屋子，像一些人穿久了穿习惯了舒适的衣服，错落有致地排列着。其中一个屋里，有四个人围着一张小桌子正在打80分，一个小姑娘腼腆地坐在门槛上，雨有一搭没一搭地下着，番仔楼有些亮光，光阴里有些皱褶，有些安妥稳当。一个50多岁的男人从宗祠旁的屋里出来，指点我们看回廊和天桥把13幢楼连成一体。他自豪地说，“像这样的下雨天，在各幢房子之间，无论您怎么走，不用撑伞也不会淋湿。”我赶紧挪开雨伞，仔细看了。“最值得称奇的是整座大厝的供水和排水系统。”

漫步在番仔楼的巷道里，脚步一点点轻盈起来，一朵紫色的小花开在墙角，我低下身子，那花瓣栩栩如蝶的翅膀，美丽又伶仃。生活中的我们常常无法避免独处，独处在一切知与未知之间，在恰遇且适合的环境里，在属于自己的满足与追求里……温润的男中音打断我的遐思，“当年用重金聘请各地著名的工匠师傅来施工，一些石雕加工到后期，由于工艺过细，镂空而雕，雕刻的工钱是和雕出的石粉等重的银子，所以出现了‘一斗石粉一斗银子’的天价工钱。柱子上的烫金花，全部是真正的黄金粉”。我的目光再次被那些木雕、石雕、砖雕牵引，精致、细腻、精益求精、尽善尽美。曾氏番仔楼竣工后，时值黄河泛滥，曾振源捐赠大量银元赈灾，朝廷御赐的“曾浦堂”高高悬挂于曾氏大厝中。

曾家人和曾家后人，把远当近，脚随那条叫河的河走，游过九龙江，漂洋过海，摸爬滚打，累了，坐在石头上歇歇；渴了，喝一口九龙江水；富有了，衣锦还乡，建造两座宏伟的大厝，给后人留下了闽南番仔楼的经典之作。

云洞岩摩崖石刻

九龙江流域一方美丽富饶的沃土上，漳州人民用勤劳智慧的双手，创造出绚丽多彩的文化。位于龙文区蓝田镇蔡坂村鹤鸣山之阳的云洞岩，拥有“闽南第一洞天”、“丹霞第一洞天”和“闽南第一碑林”的美誉自然是名副其实，山上有大小洞穴四十多个，历代书法题刻二百余处。云洞岩，原名石壁山。隋开皇年间（581—600）有潜翁隐居于此，养鹤其中，常有鹤鸣，因得“鹤鸣山”之称。其海拔仅280米，从山麓到峰巅，由各种各样、各具神态的花岗岩石层层叠叠堆砌而成。景区方圆约十华里，山岩突兀，怪石嶙峋，洞壑幽深，有人说它像缩小的“山石盆景”。

云洞岩为何会形成如此别致多姿的花岗岩地貌呢？因为它地处环太平洋地质构造带，地幔顶部的岩浆多次侵入地壳中，经历地质构造运动和海侵海退，随着地壳上升，受到长期的风化、侵蚀、剥蚀之后形成独具一格的山石景色，显然是一个极其漫长的过程。整座山从峰巅到山麓，可见各种各样形态的石头，有的硕大无朋，以水平节理发育的片石、孤石，如风动石；有的如擎天大柱直插云霄，以垂直节理较发育的花岗岩构成许多夹缝式形态为特征的景色，如得朋石；有重重叠叠构成幽深的洞室，有狭小的石隙也有开敞的大洞厅，还有突兀的山岩明暗相连和迷宫式的石洞。

五代时期的“许碏寻偃月子至此”是最早的石刻，刻在瑶台的千年古刻，蔚然深秀，引人遐思；天柱峰百丈峭壁上的“搔首”二字，每字两米见方，是云洞岩最大的石刻；北宋绍熙元年，理学家朱熹出任漳州知府时，在霞窝峭壁上题“溪山第一”四字，旁署“朱熹书”，又有“石室清隐”四字，未署名。朱熹书法雍容高雅，充分体现了道学与艺术的结合，与隔江相望的白云岩“与造物游”木刻匾属同一风格；明代嘉靖年间，太儒蔡烈研究《易经》并开坛讲学，“鹤峰先生”仙逝后葬于山下，墓前建有“鹤丘”碑亭；明代周瑛、林达、丰熙、陈九川、周宣等，大多是因为“议礼”或谏阴武宗南巡被窜逐的名儒硕彦。两处大书深刻的“云洞”，一为方伯莆田周瑛楷书，一为考功林达篆书。周瑛的沉雄古健，照映山门，他在玄岩还题有“珠藏泽自媚，玉韫山含晖，凭君细调护，至宝天下稀。”林达为正德九年进士，官南京吏部郎中，《明史》称其“工篆籀，能古文。”他的题字还有“鹤室”、“鹤丘”、《鹤峰云洞续记》、“鹤丘铭”等，均大气磅礴、肆意汪洋。翰林学士丰熙纵览云洞风光，写下长达一千一百余字的《鹤峰山云洞游记》总结云洞奇观，反复于人地宾主的遇合，文辞尔雅，书法奇丽。丰熙的书法在艺坛上享有一定的声誉，清高宗御刻三希堂法帖，就曾收入他的墨迹多帧。

云洞岩历来以丰富的摩崖石刻景观著称于世，摩崖石刻赋予了云洞岩丰富的文化内涵和厚重的文化积淀。行走云洞岩，最令人震撼的应该是：不经意的一个转身，可能就会有一两处摩崖石刻扑进你的眼帘，让你目不暇接。从明代往后数，有丰熙、周瑛、林达、林魁、姜麟、王慎中，有清代的杨道泰、状元马负书、会元陈常夏、沈宗仁，以及近代的溥杰、弘一法师、单士元、赵朴初、杨成武，一串名字像小泡泡不断地从我的脑海里冒出来，手里抱着《云洞岩摩崖石刻》一书，又有在山上担任导游多年，如今已退休在家的老黄为我讲解，只怪自己没有修炼出“过目能诵”的本领，要不这一圈走下来，我恐怕也能成为一个不错的云洞岩“导游”呢！

云洞岩有“云岚烟雨”、“雄峰危石”、“山壑幽洞”、“摩崖石刻”四大景观，有三月峡、仙脚迹、瑶台、千人洞、一线天、风动石、鹤丘等景点五十余处。尚书陆完的“突兀万石攒，逶迤两溪抱，风挟云进凉，泉留月停皓。”翰林学士丰熙游的“山尽石，美且巨，他山莫侪焉。”黄道周的“尔乃侧径金崎，阴檐倚仗，巧态相媚，怒势争搏。六虬出而砥石枯，五丁归而巨掌落。欲附而悬者，上系一丝之鼎；穿崖而出者，下建百丈之旌。皆拂天根，尽离地足。使鬼为之，则劳神矣，胡斧凿焉，而无迹哉。”老黄一边走，一边介绍，对于山上的这些石刻，他真算得上是如数家珍。他还告诉我：云洞岩上现存石刻分布于岩壁各处，大部分则集中于蔡烈旧隐处——“观澜”的周围，即今霞窝、月峡、玄岩等古洞附近。

山间的花草香气拂面而来，我找到一个开阔的地方，这里显得很安静，空气清新，极目眺望，树木成行、芳草萋萋，山下农舍前后，翠竹环绕。我拿出相机，拍了几张照片；接着，我在大岩石上转了两圈，不知自己什么时候迷恋上了转圈，混迹人群，踽踽独行。不记得在哪本书上看过德国艺术家克利关于“一根行走的直线”的描写，此时此刻，这段文字从脑海里冒出来:“一根有方向的线，一旦前行成圆，仿佛圆满，但又没有穷尽，仿佛可以不断与起点相逢，但又永远不是那个点。”

相机打碎了时间，粉碎了注意力，也瓦解了交流。框框是一重如影随形的拦阻，凸显细节，模糊背景，呈现景深，当然也削平经验。人们习惯了走马观花，发现值得注意的东西，会立刻使用相机拍摄下来，而眼前的风景，无意中被截断，成了预习和初选，等待拍照鉴定。久而久之，拍摄成为惯性，进而劫持了欣赏，听觉、嗅觉、味觉、触觉一股脑儿缺失。看——是不完整的、暂时的，甚至是可疑的、不可确证的，人们甚至不自觉地开始不相信不依赖。云洞岩如此诗意而又丰富，时间在延续着无数的想象，如果你居城市，久困钢筋水泥之中，想要逃避城市的喧嚣、城市的波荡、城市的妖冶，也许这里会是一个不错的选择，峭拔的山峰、苍翠的树木、活泼的泉水，古老的建筑，你可以呼吸新鲜的空气，感受醇酽的乡情，让生活如同一条流动的清澈的小溪，缓缓向前。

石头无言，古老的摩崖石刻是一首不老的歌，此次云洞岩之行，我深深被坚石塑造的灵魂所触动。九龙江水潺潺流淌，日夜奔腾，我找寻各种各样的石刻。所有保存下来的，代表了智慧，也代表了不畏艰险的精神，那些摩崖石刻终将被热爱它的人们所津津乐道。

古老的万松关

万松关雄浑敦厚、气势恢宏，是古城漳州保存较为完整的军事防御系统。古建筑往往因承载历史而成为一个地域文明的象征，说到关隘，人们首先想到的肯定是“山海关、居庸关、嘉峪关、玉门关……”。冷兵器时代，长城作为边境线实体，因战争而生，却由文化涂抹出一个个好听的名称。北方以北，西域之西，壮士如云，猛将如雨。一个地区的文化常常是地理与环境的文化，漳州有三个古军事隘口，即分水关、蒲葵关和万松关。分水关和蒲葵关的城墙早已被拆毁，名存实亡，而万松关却历经风雨沧桑仍然雄风犹存，成为后人缅怀历史的古迹。

万松关，坐落在龙海市榜山镇梧浦村后歧山与鹤鸣山之间的万松岭，雄踞于江东桥之西，东邻瑞竹岩，西毗龙文塔、云洞岩，南临九龙江北溪、西溪交汇处，旧时是进出漳州的东大门。这一天，我慕名而来，通往山上的水泥路不算太宽敞，空气却很清新，隔窗眺望，但见高高低低的各种树木茂盛葳蕤，把山围了个严严实实。唐朝开漳之后，此处辟出一条漳州通往京都、省城的要道，取名“福岐路”。据说道路辟通初期，尚未种植树木，沿途暴日风尘。明正统年间（1436—1449），郡人陈克聪在沿路两旁种上许多松树，“植松夹道，连荫十里”，旅人到此，清风扑面，疲累顿消，故称“万松岭”。据《龙溪县志》载：“六朝以来，戍闽者屯兵于泉州之龙溪，阻江为界，插柳为营”，时称“军营岭”。陈元光、王审知两次率大批军民入闽，自西晋永嘉之乱后，陆续南迁的客家移民将中原文化融入远离经济、政治中心的这座小城，中原文化与闽越文化在漳州相互交融，共同发展。人类的记忆往往是文化的记忆，人类历史也靠文化的链环才得以衔接和延续。万松关见证九龙江水流经月港奔腾入海，漳州社会安定工商发达，航运船只如过江之鲫穿梭往返，漳州经济得到全面发展，历史文化也得到较好的挖掘和保护。

万松关原有城墙高 25 米、底部宽 8.5 米、上部宽 7 米，城门为拱形，宽 3 米、高 3.5 米，深 8.5 米。“上有炮门三眼，其堞高可见海”。城墙全部用工整的长方形花岗石砌成，城门横眉石刻“天保维垣”，为林釬所书。“凡书画当观韵”，真是山色与石色共丽，书韵与水韵齐流。字里行间折射出雍容气象，可以看出林釬的精神气度，唯坚忍者方能遂其志。据说林釬当年回归故里还颇费了一番周折哩！他得罪魏忠贤后，自知难以在京城存身，便把自己的乌纱帽挂在棂星门上，匆匆收拾行装，连夜逃离。魏忠贤岂肯罢休，伪造圣旨削去他的官职。林釬为避魏党耳目，只好改穿便服，到湖北黄州地界时，因触犯宵禁，被州将扣留盘查。他急中生智，写了一首诗向州将申诉。因为诗既写出了委曲又十分婉转，州将最终放走了他。天启年间，倭寇屡屡进犯漳州，身处逆境的林釬向知府施邦曜传达民情，建议修筑关隘用于防备倭寇，保护漳州城。此项工程后由里人王必标负责施工，共花一万余工建成，林釬撰写《施公新筑万松关记碑记》。我翻阅资料时发现：晚年的林釬在家乡的生活甚是惬意，他居住在南靖县丰田镇古楼村的“阁老楼”里。林釬与黄道周、徐霞客交谊甚笃，时有相携出游，常作诗唱酬。他被称为“东阁大学士”，那是后来的事了。人间的一切都洗净了，只剩下自然山水，对于自然山水的险峻、奇峭也都洗净了，只剩下寻常和简洁，经历官场沉浮，他对世事洞察自然清晰明了。

城墙四周，高林巨树，遮天蔽日，步入古老的门洞，茅塞顿开，豁然贯通。石洞穹顶高旷，石壁平直，看上去，古意苍苍，威严肃穆。缝隙间有丝丝冰凉的水渗出，湿了一大片的石头，真是“润物细无声”。如今，万松关城顶炮台已毁，保存下来的城墙长 55 米、高 8 米、厚 4 米。

历经战乱的兵燹和风剥雨蚀，逃脱岁月的磨难，今人仍可以借这些石头抚今追昔。

穿过深广的城门，走几步台阶便站在城楼顶上，只见一条大道顺着山谷，蜿蜒于群峰之间。从城楼一旁登岐山的顶峰，关城两边山岩交错，怪石嶙峋，到处是悬崖峭壁，古洞深穴。有些山头上，还残留着古代用石头垒砌起来的古堡。鸟是天地间的精灵，它们的每一根骨骼，每一节肢体，每一条筋脉，每一片羽毛，都贯穿着无限丰沛的活力。夏虫鸣叫，哼哼唧唧，轻拢慢捻，细心倾听，似乎透着小资感慨前世忧伤今生。这一带群山从西朝东，紧傍着由北向南的九龙江北溪支流，山高水深，岩陡流激，构成一道天然屏障。几个农人挑着担子，有说有笑的，山野里农人的喜悦和幸福很简单，他们的欢乐与算计无关，他们的喜悦来源于最真实的生活。

万松关，既是古代的交通要塞，又是历来兵家必争之地。历史的经纬里总是沉潜着若干神秘，而历史最精彩的笺页，往往藏匿得很深。1651 年，郑成功接收控制了父亲郑芝龙降清后留下的所有“遗产”——叔父郑鸿逵主动交出的船只、兵将和金门的地盘，拥有了金门、厦门两处稳固的抗清基地后，郑成功便开始拓展地盘，补充兵源，扩大粮饷供应，在闽、粤及江浙沿海地区频频出击，与清军展开了旷日持久的争夺战与拉锯战。1652 年，郑成功攻克海澄，遣将据守万松关，一面控制漳州清兵，一面以此关隘为据点，进攻长泰县。在一系列战斗中，郑成功的卓越才华日渐显露，他坚强的斗志、优秀的操守、严明的执法受到人们的敬佩，威望和信誉与日俱增。1652 年 3 月，清闽浙总督陈锦进犯江东桥，郑成功命驻万松关守军配合主力部队，进行三面夹攻，把陈锦所率清兵，打得溃不成军。时间又过去了两百多年，1864 年，太平天国军队在侍王李世贤率领下，由浙江、江西进军福建，再次攻打万松关，把守关清兵打得丢盔弃甲，砍杀无数，夺关而过，进驻漳州，继而胜利地转战广东。台湾“雾峰林家”林文察当时任福建陆路提督，在万松关战败，被李世贤擒杀。古老的建筑静静存在着，青山和碧水包围着它沧桑的面孔，也记录了历史。

新中国成立后，漳州海防巩固，社会安定，鹰厦铁路和漳福公路干线，从关城附近经过，“福岐路”如今成了一条山间小道。“剖竹引泉，而竹生笋”五代僧人楚熙所辟瑞竹岩近在咫尺，晨钟暮鼓，香火氤氲，有众多游客来求签问卜，圆梦起课，禳灾驱魔。弯弯曲曲的山路上，时而有善男信女前行的身影，由于明东阁大学士陈天定曾在此读书，抗战时期弘一法师曾居于此等原因，文化浓香，仍弥散于林木之下，缭绕于白云之巅。

日夜流淌的九龙江水，一直用柔软显示着坚强，她是故乡最忠实的守护者，石头是这座古老关隘的灵魂，这里留给你的会是放松的心情和永难抹去的记忆。

畅游梦里水乡

水是一切生命的源泉，是人类生活和生产活动中必不可少的物质。随着社会的发展，水利的内涵不断扩大，包括防洪、排水、灌溉、水力、水道、给水、污渠、港工、水土保持、水资源保护、环境水利和水利渔业等。人类不仅要适应、利用水资源，还要改造和保护水环境。南靖县的河网纵横、水系丰沛。南靖人对水利事业的重视，使得他们收到了丰厚的回报。水环境的优势给土楼旅游涂上浓墨重彩的一笔。就拿当下南靖最为热门的土楼旅游景点之一“云水谣”来说吧——云水谣古镇四面环山，汩汩流淌的溪流环镇而过，青山绿水间一座座小桥，两岸村庄衣带相连；溪岸两边的榕树群蔚为壮观，榕树下一条条古老的溪石小道交叉穿梭。试想一下，如果没有灵动的水，云水谣的盎然情趣将大失光彩、无从谈起。

福建省把“河畅、水清、岸绿、安全、生态”作为“生态治水”的目标。坚持保护优先、自然修复为主，把生物措施和工程措施结合起来，祛滞化瘀，固本培元，恢复河流生态环境，改造渠化的河道，重塑健康自然的弯曲河岸线，营造自然深潭浅滩和泛洪漫滩，为生物提供多样性生存环境，让流域富于生机，着力构建人水和谐、滨水宜居的生态水系循环系统。南靖县积极响应、落实，从“工程治水”转向“生态治水”，变堵为疏，从传统的治水思路侧重于加高加强堤防，转变为增大河川本身承载洪水的容量，给河流多一些空间，将过去因水利工程从河川廊道夺得的空间还给河流，提高河岸、河堤、河床本身所具备的滞洪能力，并增加地下水补注的机会，同时给野生动植物提供更多的生存空间。

树海瀑布位于漳州市南靖县船场镇下山村。车子从县城出发后，往云水谣方向走，沿途一派清丽景色。经南靖县水利局同志指引，车子拐进一条大约6米宽的小路。山路弯弯，视野被挺拔的竹子和一些我叫得出名字或叫不出名字的翠绿的植物占满，眼里盈盈流动的，是一种对清明秀色的好奇与向往。山岚雾息，像一张绿色的巨幅幕布，使人产生迫不及待的希冀，猜不透到底掩藏着怎样的奇妙光影。

空气里弥漫淡淡的芬芳，我们沿着鹅卵石铺就的小道前行，写意的形式给景色添加一份简约的铺排与点染，心情和脚步一样放松。山野茫茫，花草葳蕤，一石一树，清新的世界里一花一叶都充满了生机。这时候我看见了一道瀑布——从峡谷上方飞泻入涧，声势夺人心智。瀑布如虹，白练直挂，从苍莽莽的百里树海中跃出，注入潭中。空中洒着如雪如玉的水珠，水流顺着层层叠叠的山石往下倾泻，白波下的潭水是绿的，像晶莹的翡翠。蒸腾的水汽，就像由一块绿色大海绵上泛起，伸手触碰便能溅出被感染的情怀。

我们缓缓地迈上台阶，每一步转折，都能看到崭新的光景，山石、树木、野花、处处都是美的，一时间我觉得自己好像落入了奇妙的万花筒。来到第二层瀑布前，水里有三三两两的游人。一个姑娘用调皮的眼睛打量我，她衬裙上宽宽的波浪形花边煞是好看。我光脚穿着绣花鞋，赶紧褪了鞋子，下到水里，体验一片清凉。一阵清风吹来，夹杂着水的凉气、山石、野草和松木的味道，呼吸变得无比舒畅，闭上眼睛，深深地吸一口气，一股清流从鼻孔钻入肺中，顿时神清气爽。回头俯看，又是另一番景象：水流撞击着山石，发出巨大的响声，满空洒着如雪如玉的水珠，整个瀑布笼罩在一片氤氤氲氲的水汽之中，瀑布下的绿潭犹如一颗果冻轻轻地摇动着，水流平铺而下，就像一条白绸蜿蜒伸入远处的树海之中。水滴大的如珍珠，晶莹透亮，欢蹦跳跃；小的细如烟尘，弥漫于空气之中，成了蒙蒙水雾。微风一吹，一阵阵透心的凉气迎面扑来，驱走了身上的疲劳，换来了一身爽朗。我一时停顿在那里，等待着，倾听着，安静着，思潮不由自主地跟着回到了童年时代。时光似乎倒转，我与世界两相遗忘，一种少有的随意与松弛，抚慰着我的心。空气里的负离子温润柔和，轻灵飘逸，好像络绎不绝的小精灵拥抱着我。瀑布撞击石头的声音充盈我的耳朵，震颤心房。水与石喷发出的声音，湿漉漉的空气里氤氲着千古缠绵，我感觉自己是一株树木，一棵花草，在瀑布边，涧道旁，蓄足了水分，含翠欲滴。欣赏挂如帘、飘若雪的瀑布，欣赏明丽而不刺目，没有污染过的天空，大自然是人类的家园，是造物的赏赐，更是人类精神的摇篮。青苔爬满了岩石的表面，台阶上是一片带光斑的轻轻摆动的凉荫。岩石是天地洪荒的岁月表情，亘古不变，它的质地、纹路、颜色，本身就是一首值得反复吟咏的歌。南靖的水是一个连续的生命体系，循序渐进、永续发展。

赏完瀑布，原路返回，满眼竹林，路边时时可见竹笋长出。树海瀑布的水，把我整个儿从头到脚都“浸润”了，我的思绪飘忽，一路上心动意生、情怀满满的感觉。

次日，我们朝着南一水库进发。

“南一水库位于南靖县奎洋镇后坪村，距南靖县城 45 公里、漳州市区 100 公里，是九龙江西溪——船场溪上游一座以防洪为主结合发电的大型水库，总库容 1.58 亿立方米。水库兴建于 1988 年 2 月，1996 年 4 月通过福建省水利厅组织竣工验收后，正式移交漳州市南一水库管理局进行工程管理。漳州市南一水库管理局系自收自支事业单位，下设大坝管理所、电站、检修队等科室。”一路上，水利局的同志如数家珍地介绍了水库的基本情况。“南一水库坝高 96.8 米，坝顶长 195.3 米，坝顶高程 308 米。水库的主要任务是防洪为主，拦洪错峰，通过调节洪水控制下泻流量，主要保护对象是漳州市区、南靖县城及沿岸部分乡镇。”

在漫长的历史时期中，洪水如“猛兽”，人们把堤坝越筑越高，河道裁弯取直，投入大量人力、物力、财力治水，但水患还是时常袭来。

后来人类找出与水和平共处的方法——大禹四出调查和测量，察看山势水流，画了许多治水的地形图，最后采用“疏”的办法，修浚河道、开渠排水，经过十几年的奋斗，终于降服了洪水。大禹有效化解人与洪水之间的冲突，减轻洪水带来的灾害，是几千年来最为典型的案例。后人纷纷效仿。“水利事业，功在当代，利在千秋。”早已成为人们的普遍共识。

站在大坝上，眼前是一片绿，两岸夹山是绿的，水也是绿的。放眼望去，让人赏心悦目。湖水里是山崖的倒影，微风吹动，湖面上掠过一阵碧色的涟漪，让人浮想联翩。南一水库总工会的工程师介绍说：“南一水库在船场溪上游，为典型的山区性河流，洪水暴涨暴落，汇流时间短。自建库以来，漳州市南一水库精心调度、科学防洪的同时加强发供电的安全管理，充分发挥水库的综合效益，为南靖县、漳州市的经济和社会的发展做出了积极的贡献。”

云水微茫，树影婆娑，牵引视线里鹭鸶飞翔的光影，须臾之间消失于碧空的尽头。这里环境清幽、花香扑鼻、空气清新，如诗般美丽，如歌般动听。参照新学来的一点点水利知识，我踮起脚尖极目远眺，南一水库真不愧是“庞然大物”！浩浩荡荡的水面延绵到远山的怀抱里。我们走到大坝的中间，换了个方向，往坝体下方看，巨大的水泥坡体让人感到震撼。“只可惜我看不见闸门打开时的情景，可以想象开闸放水的场面一定十分壮观，水汹涌奔泻而下，如箭离弦，如马脱缰，如猛虎出山！”我禁不住发表意见。一旁的小林说：“不到非常时期是不舍得把水放出去的，这水用来发电，效益很可观的！”“是的，去年一年的时间，我们才开过一次闸放水，那天下的是倾盆大雨，但是不管在任何时候，我们是把安全摆在第一位的！”工程师接着说：“南一水库库区水面面积6.3平方公里，库区移民利用水面进行淡水养殖。漳州市南一水库管理局历年来配合市、县政府投入大量资金，加大力度开展水政监察执法和渔政执法在水面的水事巡逻。库面鼓励库区移民自然放养养殖，严格禁止投饵式网箱养鱼，夏季认真清理整治水葫芦，建立长期有效的库面保洁机制，确保南一水库的水质保持优良状态，保证下游居民的饮用水安全。漳州市南一水库管理局逐步改善厂区生活设施，配齐电视、宽带、电话、通信、体育锻炼设施，不断提高职工的福利水平。南一水库像母亲一样养育着南靖这片生机勃勃的土地，浇灌着庄稼，哺育着人们。”

南一水库管理局立足于防洪发电工作，确立“以人为本、安全第一”的防汛治水理念，重视防汛非工程措施建设，已建成大坝安全监测、水情遥测、洪水预报调度、电站远程、卫星云图等监测系统，初步实现水库防洪调度和电站发供电现代化管理。水利项目建设是一个长久的、系统性的工程。水情遥测、水文自动测报、洪水预报调度、防汛视频监控、卫星云图接收、电网调度自动化等系统，联合构成了南一水库防洪调度指挥决策系统，为防汛、发电管理提供现代化管理基础平台。

在南靖的青山绿水间走访的几天，我感受到南靖人对水利、绿化、生态的关系有着理智和辩证的认识与把握。对于生活在就业、房、车等压力、置身浮躁与喧嚣的现代人来说，能到一个山水相许、安静闲适的地方——感受习习的凉气，望明月水景，听风吹竹林，雨打屋瓦，回到你那个“梦里水乡”的深处，是多么美妙的心灵托付啊！

郭坑工业园区走笔

小的时候，我常去郭坑玩。印象最为深刻的一次是：爬到高处想看江，最后不敢从屋顶上下来，呜呜大哭。大表哥豪迈的语气还在耳畔回响："我叔叔家的楼顶可以看见九龙江！"那年，我约莫六七岁，吃完酸甜可口的大杨桃，经不住哥哥们的怂恿，就随大表哥去了他叔叔家。20个世纪80年代，大多数人家住的都还是平房，房顶上乌黑的瓦片像鱼鳞，谁家若是有钢筋水泥的房子自然要引来羡慕的眼光。大表哥不知从哪里拿来了梯子，架在墙边，小朋友们因为能爬到高处而欢呼雀跃。一个个利索得像一只只小猴子。我一向胆小，瑟瑟缩缩地也上到高处。时光荏苒，至今仍想不起来，后来是谁把满脸泪痕的我救下来的。二十多年以后的某个傍晚，当我接到电话，得知要去郭坑镇采风，悠远的往事便再次浮了上来。

我的大表哥前些年在江边建了大片大片的猪圈，搞起了生猪养殖。大前年，他儿子收到大学录取通知书的日子，我又见到了久违的大表哥。年近五十的人依旧是一副俊朗的模样，岁月并没有在他脸上留下太多的痕迹。为了保护水源，大表哥失去了经济来源，看得出来他情绪上有一种失落感，周身的空气，布满了某种无奈的味道。好在，大表哥是个天生的乐观派，关了养殖场，很快又找到了谋生的出路，仍然把日子过得风生水起。

清风徐徐的四月，当车驶过郭坑大桥时，我心欣欣然。这里空气澄澈，金色的阳光给小镇镀上了一层暖色，蜿蜒的九龙江北溪，风光壮美，江水辽阔，江畔有树木葱茏，农舍宛然，远处山峰突起，犹如多彩的五线谱跳荡着神奇的音符——这座闽南小镇，真是一幅秀美的山水画的经典写实！

座谈会上，郭坑镇党委书记介绍说：2013年，郭坑镇在市政府“留白”发展的政策要求下，坚持“突出发展”为第一要务，充分发挥生态优势、资源优势，紧紧围绕“渔人小镇浪漫郭坑”的发展定位，各项经济指标稳步增长。显然，郭坑人为留住了青山绿水，是动了不少脑筋的。别林斯基说过，“一个诗人应该是时代的儿子”，我们无法回避这个时代。面对全球化一体化的大背景，人们如何理解经济的迅猛发展以及由此带来的诸多社会变化？我们在生活中分享着工业现代化带来的成果的同时，也面临着一系列的问题。工业文明下人的生存困境，人在生存困境中的变化，农业文明向工业文明的转变，让人面临新的生存困境，我们今天的生存困境已不再是三十年前的生存困境，三十年前我们为物质匮乏而苦恼。今天我们可以吃饱肚子，可以有钱花，可以住好的房子，可以有车开，但是我们又有另一种困境——我们必须关注工业文明与农业文明交错之间那些焦虑的东西，那些让我们内心产生不安的东西，似乎一夜之间，我们变得无比怀念田园生活。

我的电话响了。是大表哥打来的——他说看了微信，知道我在郭坑。大表哥告诉我，他不当“养猪官”后，在他叔叔的工厂帮忙，虽然是个“打工仔”，在工厂里就是个“打杂的”，什么都得干，但收入相当可观，他爽朗的笑声再次感染了我。

这一天，在郭坑镇的所见所闻，心里涌起满满的感动。郭坑镇的“留白”引起了我的思考：2013年启动的郭坑工业园区，在最初也遇到了征地、理赔等前期工作上的困难，为了尽快完成任务，郭坑镇党委不遗余力地做了大量工作，聘请专家搞总体规划，描绘发展蓝图，举全镇之力协调工作。随着郭坑镇“工业生态”观念的深入人心，随后其他配套项目实施的阻力也越来越小，广大干部群众的支持，一个新兴的工业园区呼之欲出。我们有理由相信：在海峡西岸经济建设的舞台上，在乐观、豁达的郭坑人的努力下，郭坑工业园区，必将成为新一代创业者投资的热土，成为创业的乐园和成就事业的理想之地。

行走湘桥

朋友说，去湘桥看看吧。

听说湘桥是历史文化名村，村子里有福建省唯一的一座华佗庙。“一个小村庄，当她从历史中醒来，时间已经过去了几百年。”榕树在阳光里，随着风的吹拂，轻轻地晃动着，遮住行人匆忙的脚步。湘桥村，北面是324国道，南临江滨路，东望云洞岩，漳州的重要水系九十九湾在村里迂回流绕，将其一剖两半……

在“中国湘桥”大牌子指引下，我们拐进一条小路，是一个长长的下坡。首先看到的是彩虹桥和“欢迎参加我们的婚礼”，原来是黄家先生和严姓姑娘喜结良缘。村道两旁聚集着忙碌的村民，几十张桌子排开，瓶瓶罐罐、锅碗瓢盆，好热闹的场面。现如今老百姓的日子好过了，农村里的婚宴不比大酒店差。龙虾、螃蟹、牡蛎、鱿鱼、老蛏、猪肚、鳖等在一个个大盆里清洗，妇女们一边忙着手里的活儿，一边开心地聊着什么。几个小学生模样的孩子在庙前的空地上玩耍，我上去问，一个高个子男孩往庙后面的小门一指，“华佗庙，往那里走。”“你能带我们去吗？”“不能！”男孩的回答干脆利落，头也不回，继续和小伙伴们奔跑。无奈之余，只好转身回到公路旁，一位老大爷从人群中走过来，我赶紧上前打听，听说我们的来意后，他显得很高兴：“村子里共有十多座明清建筑，除了华佗庙，还有大夫第、翰林第、贡元第、进士第等。”

“你们村子里怎么会供奉华佗呢？”

“多年前，下了一场大雨，从上游漂下来的，村民们打捞起来，一直供奉到现在。”在闽南，这样的说法十分常见，“是真的吗？”我一边揣摩，一边问，“每年端午节都有龙舟赛吗？”

“是的，石仓、铺下、山头顶等邻村的村民都会来，很热闹！湘桥村有‘五世为官、七世经商’的说法。我可以先带你们看看我们的祠堂。”老大爷从衣兜里掏出钥匙，打开了“西宗祠堂”的边门，祠堂里有碑记“光茅公纯笃公入主西宗祠堂……”这块石碑立于嘉庆庚申年。祠堂于近期修葺过。老大爷告诉我，墙上的青砖、画和石柱下的石墩都是老物。

我们的目光在祠堂里巡睃，轻按快门，拍下不少照片。老先生显得很满意，大约十分钟后，他锁了祠堂的门，引我们往西走。村道洁净，路过村里的大戏台，老人说，这里两天前刚刚举办了一场文化活动，巨大的背景还在，戏台前的空地上有一艘正在上漆的大船，我赶紧上前去拍照，黄老先生说：“这不是赛龙舟的船，赛龙舟的船比这个大多了。”我们又往前走几步，看见笔直的河道边许多龙眼树倒映水中，有几个村民在河中浣洗。一棵大榕树下有几个老人在悠闲地聊天，小朋友们奔跑跳跃，老人家指了指前面，说：“到了，我要和他们聊天，你们自己去参观吧。”

华佗庙始建于明末清初，当地人称它为“仙祖庙”。华佗庙土木结构，有主殿和侧室，分二进，中有天井，面阔三间，进深三间，有廊连接。主殿祀奉神医华佗，左右墙上分别写着“忠孝”、“廉节”行书大字。华佗庙的“畚”字窗为砖木混用，外围为砖，烧制成“龙”纹图案，惟妙惟肖；内径为石，青石为材，精雕细刻、巧夺天工。每年农历正月十二，村民们都要把华佗神像“请”到村里出巡，让各家各户祭拜；农历十月十七是“仙祖生日”，湘桥村会举行隆重的纪念活动。

走出华佗庙，我想转到那块枝繁叶茂的榕树下寻找石龟。黄老先生看见我，指点说：王氏祖庙由宋直学士王熙载所建，距今已有700多年历史。王氏后裔中的一支分脉到琉球群岛，当前仍常有海外王氏后人到湘桥认祖寻根。

“九十九湾”，顾名思义，弯弯曲曲，流经湘桥村时却是笔直的。当地人称这段河流为湘水。古时，湘水之上，村人架了一座桥，把溪流两边的村落连为一体，这座桥因此被称为湘桥。后来桥毁了，“湘桥”这名字，却保留了下来。如果说内河涌动的潮水是湘桥历史上的谜，那么华佗庙就是这谜中的谜了。华佗庙和古厝均坐东北朝西南，每座之间留有两米多宽的通道，一字形排开，座座相连。

湘桥的水是跳动的音符，湘桥的老宅是醇香的美酒。

湘桥古村落共保存 11 座明清时期的古厝。这些古厝是典型的闽南明清时期官宅民居建筑，每座结构基本相同，或五进、或三进，正屋两旁是两排护厝，大门一关，就是一个独立的城堡。更多的人来到这个小村庄，啧啧称赞的可能是这里“五世为官，七世经商”的往昔荣耀。古厝群前面的这条河，一直与一片厚厚的云层相伴。每一道波光都有自己的云影，谁会去细想，云影之外是否还有更辽阔的天宇？

行走湘桥，自然想到中国的科举制度。这种选拔人才的制度从某种层面上是为了显示公平，给全社会尽可能多的人鼓励性的诱惑，九州大地成了一个大赛场，一起读书识字的青年男子把人生的成败荣辱全部压在了里边，从黄光星高中贡生，拉起了这个村子灵光和荣耀的序幕。黄光星的儿子黄金钟，孙子黄宏达、黄尚锦、黄宏遇、黄天瑞分别考取功名，黄宏遇的儿子黄兰枝中举人，到黄兰枝的儿子黄玑中举人已经是第五代了。显然，黄氏家族的辉煌，是中国漫长科举制度的一个特例。对中国来说，科举考试是一种需要，更是一种无奈。如果你把目光停在 19 世纪晚期，不难发现中国大地仍然愚蠢地以科举制度抵拒着商业文明；有人说今天中国的新式教学，还未能从制度上解决管理人才的选拔问题，我颇为赞同。

“大夫第”是湘桥村最壮观宅第之一，占地近 5 亩。宅院大门额顶悬挂“大夫第”匾，一对雕有喜鹊、寿鹤、麒麟的石鼓，历经几百年风雨依然蹲守在大门旁。大院内，朱廊画壁，长廊曲回。宅内每进各设屏风，且均有天井，晴时能晒日，雨时能排涝。天井内花架、花坛倚墙而设，淡雅清幽。整座建筑砖石土木结构，古香古色，气宇轩昂。第一进为二房一厅，傍有廊连接第二进，正门庄严肃穆，屋檐雕梁画栋，宏伟气派；第二进有四房二厅，两侧留有通道，便于进出其他各进。大厅有一长石条，高约 20 厘米，宽约 60 厘米，长约 12 米，重达 5 吨；第三、第四、第五进各四房一厅，每进均设屏风，屏风上各有雕刻精细的镂空花鸟及象形图案。天井供通风采光，也养花种草。二进与三进之间隔一条露天通道，三进的围墙镶嵌着两个醒目的石刻镂空饲虎窗，凝重又浑厚，为辟邪所用；四进为后花园，建有一座两层石楼，墙厚约 1 米，外墙为条石，中间用泥石夯成，坚固无比；西侧为护厝，均为二房一厅，并留有四个护门，与各进之间既能相通又相对独立的居住空间。如此别具匠心的设计，既可减少各房之间的矛盾，又可防盗防火。屋顶采用的是闽南传统的歇山式燕尾翘脊，护厝的屋顶也颇讲究，如此一来，主次屋顶浑然一体，更显其古朴和尊贵。石楼专为存银而建，其墙、门、窗全部加厚，屋顶的构造也分为砚、藤、板、砖、瓦五层，冬不冷，夏不热，既防潮，也防火。“大夫第”的墙体底部均用 1 米多高的花岗岩石砌成。洪水到来之前，屋主人只要把下水道出口及门下小洞堵上，便安然无恙。石埕沿湘江河道垒砌而成，下面打下许多木桩，工程浩大，共有大小房间 56 间，历经三代人完工（即从黄金钟至黄兰枝），石料全部经水路由泉州运至，石匠也是专门从惠安聘请来的。

“明朝洪武年间，湘桥黄氏的开基祖黄国贤从龙海石美来此谋生，在河边养母鸭。养了 500 只鸭子每天能收回 1000 个蛋。黄国贤认为此处风水很好，于是在此建厝定居。”——又是典型的闽南发家致富的故事。

雍正年间，黄金钟出任杭州同知，敕封奉政大夫，在家乡建“大夫第”，他生了 9 个儿子，个个有出息。长子黄宏达，清乾隆七年岁贡，任建阳训导，在“大夫第”不远处建“贡元第”；次子黄尚锦，是副贡，历任松溪、同安教谕；四子黄宏遇，清雍正年间任广西州同知；黄宏遇之子黄兰枝，清乾隆年间钦赐翰林院检讨，建“翰林第”；五子黄天瑞，天资聪颖，30 岁中进士，授刑部主事。漳浦的蔡新与黄天瑞同科，蔡新曾与人说，他不如黄天瑞。令人遗憾的是黄天瑞只当了两年官，于 32 岁英年早逝。乾隆年间，第四黄翰林家与北溪的内林村，结成了亲家，据说黄、林两家都是富裕人家，谁也不甘示弱，林家从上游倾倒大量的蔗糖，糖水从 20 多里之遥流到下游，湘桥人舀水饮用，才发觉溪水竟然是甜的。

“父母在不远游”，黄兰枝是个孝子，一直留在家中奉养双亲，直至他的母亲 90 岁过世。乾隆六十年，黄兰枝参加举人考试，年过古稀的老人被乾隆皇帝破格提拔为“翰林”，一直活到 90 多岁去世。

黄氏后人中，最出色的当推漳州画院首任院长、漳州国画大师黄稷堂。出生于 1903 的黄稷堂，自幼秉承家学，聪明好学，过目能诵，对美术工艺更独具慧心，先生中学毕业后，因生活所迫，教书三年。鉴于对丹青的执着追求，22 岁时考进上海美专深造，受业于刘海粟、潘天寿、诸闻韵等名家大师，艺术造诣勇猛精进，颇得诸师赞誉。先生以优异成绩于上海美专毕业后即回归漳州执教。黄先生惯用左手作画；右手写字，且能双管齐书。他不仅擅于书画，亦精于篆刻。名闻中外的弘一法师与先生交往颇深。

在湘桥村的村道小巷，随处可见粗大的砖石，雕刻精美的花岗岩石，这不能不令人联想到其昔日的繁华及黄氏家族之荣光。湘桥古民居是一部历史，为研究明清的人文历史及官宅民居建筑提供了实物依据；湘桥古民居是一本教材，它教育人们应崇尚中华民族“厚德、重教、相师”的传统美德。“日现不蔽前山色，夜来常闻流水声”是已经渐行渐远的湘桥景象，悠远的岁月里，一个若即若离的梦存在于后人的闲言碎语中，存在于古厝的静默里，也存在于村民安静、祥和、舒适、自然的生活中……

别一样的生态将回到你身边

据说现如今人们对理想城市环境的美好追求是“居城市而享山林之乐”。

一个风和日丽的日子，先生参加完一个会议回家告诉我：漳州将建一座郊野公园。什么是郊野公园？我还真是孤陋寡闻。先生娓娓道来：郊野公园的理念来自英国，20 世纪 70 年代就有人提出。指的是和城市有着较紧密联系，具有较好的自然风景资源，提供各种可供游人日常游憩或游览休闲度假，对城市形态有一定控制力，能保护生物多样性和具有生态功能的郊外旅游休憩区域。而我们漳州的郊野公园要构建的是“以水为脉、以绿为韵、以文为魂”的城市风貌。自然山水资源优越的漳州，拥有“里三山，外三山，襟两江”的山水生态格局。规划范围包括芗城区、龙文区，龙海市的角美镇、九湖镇和颜厝镇的全部用地，总面积约 686 平方公里。郊野公园东起厦漳交界处，西至芗城区金峰前山村，包括九龙江两岸与漳州市中心城区发展紧密关联的郊野田园绿地，全长约 40 公里。这一次的郊野公园规划建设，是对漳州山水资源的充分利用，田园风貌的最佳展示。建成之日，一个以保护生态用地为目标，以郊野自然景观为特色，集户外活动、游览休闲、文化体验、运动健身和科普教育等功能于一体的开放性公园将出现在世人面前。

我一听就仿佛置身于郊野公园的美景之中了。试想想看，今后往返于家与娘家之间，走亲访友，就好像是去逛公园了，那是何其惬意的事！多少个日子来，丝丝缕缕的期盼一直萦绕心头，甚至有几个夜晚，有关漳州郊野的美景竟悄然入梦。

金黄色阳光，照耀出地上一片温婉的欢颜。我步行小径，走进一片新村，这里很幽静，很精致，像一座美丽的水域庄园。我停在一架小木桥上，眺望对面山上的一片绿色，一阵阵淡淡清幽的香气随风送至，我一回头，望见一片水仙花。花园里铺满了金盏似的小花，微风轻轻拂过花海，一朵朵黄白相间的花仿佛交头接耳在议论我这个陌生人因何而来。哇，这里应该就是水仙花基地公园了！空气中浮着一缕缕淡淡的花香。我仿佛看见水仙花雕刻大师用一把小刀在水仙花的球茎上巧妙雕刻，大胆的想象，让人叹为观止。观赏水仙花作品需要你的心意、你的想象都参与其中的创作。你看到的作品也许是“龙凤呈祥”、“绝代佳人”，也许是“三桃五李”、“花篮果篮”。水仙花雕刻后，经过细心培养，能化平凡为神奇，创造一个千姿百态的美好水仙花雕艺世界。你来到这里，也可以在基地公园的“DIY”区域，大胆地拿起刀，亲自试试，发挥自己的想象，动手雕一个，然后把作品拿回家，新春佳节到来时，水仙花开，金盏银盆，竞相开放，满室生香，显得格外喜气。圆山脚下的人们奉水仙花为使者，以水仙花雕刻艺术为技艺，建成了这个集水仙花基地文化内涵、拓宽水仙花品牌价值及集产学研娱于一体的水仙花基地公园。

春天，百花盛开。当春天从窗外进来，我觉得在屋子里坐不住。到处是阳光，到处是被太阳晒得暖洋洋的风，偶尔听见的鸟语也清脆而透亮。一片绯红的桃花林，落英缤纷在绿草地上，玉翠嫣红，很别致。游人在桃花树下。左三圈右三圈，说是可以走桃花运，结良缘。“小心会被爱情转晕了头”。不知是谁的提醒在耳旁回响。平坦的道路，路两旁繁花似锦，透过荔枝林望去，原来枝头开满了荔枝花，吸引无数蜜蜂前来采蜜。满山的荔枝树汇集成波澜壮阔的绿色海洋。盛夏，纵览万顷树海，风起浪涌，绿涛翻滚，和风袭来，送过阵阵荔香，令人心旷神怡。徜徉于自然风光中，你如同一只快乐飞舞的彩蝶。过了荔枝海公园，我猛一抬头看见雄峙于九龙江畔的威镇阁。

我们沿江滨路漫步向东。水景公园崛起于漳州九龙江畔，真不愧是市区的制氧机。“漳州碧湖生态园”以传统的中国丝绸缎带为主题，结合建立湿地生态系统，使水体成为公园整个系统及功能实现的有机联系和纽带，从生态自然与低碳环保的理念出发，在尊重地方文化特色的同时，突出商业活力和城市文化内涵的渗透力。这里楼影水色，绿树成荫，鲜花遍地。我发现自己的眼睛不够用了。滨湖景观带，滨江景观带、过江大桥的远山近景融为一体。九龙江沿岸浓郁的树木，宛如绿色的丝绦，嵌玉一般与母亲河一路相随。

忽有暗香袭人，幽幽柔柔，沁人心脾，原来是月桂。九龙江水进入碧湖生态湿地岛屿群中得到净化和过滤，雨水被引导汇集至湖体补充景观用水。生态、节能的方法，解决景观水质、水量和防洪排涝问题并改善污水厂景观形象。桂花有成人之美，奉献阵阵幽香，这样的设计理念与桂花的品格如出一辙，令人赏心悦目。

徐徐前行，步行道两旁姹紫嫣红。是杜鹃、是紫荆、是美人蕉、是郁金香，各有各的精彩，各有各的风流。就算是低矮处的冬青，和一些其名不扬的野花，都顽强地演绎自己的生命，亮出最美丽的姿态，点缀人间。如果没有这些植物生命低姿态的存在，世界就是沙漠荒原，人将无法生存其间。我在小径旁的草地上走着，忽然，看见嫩黄的草上一只褐色的蝴蝶。她的翅膀被打湿了。我用双手小心翼翼把蝴蝶捧起……人间最美丽的是生命，人间最可贵的是热爱生命。

孩子在身边跳跃随行。哦，原来我们到了康体健身和儿童户外活动为主题的场地。儿童空间有栩栩如生的植物造型、有色彩缤纷的植物、有奇特古怪的植物。我看见了孩子惊讶的眼神，各种植物都贴有标签，让孩子在观赏的同时获得与植物相关的知识。植物种植以整体空间相对围合，内部空间开放为主，品种选择上则避免有毒有刺的植物。我带着孩子来到大众健身区，宝贝在浓郁的绿荫下进行户外有氧运动。九龙江风凉爽，夕阳温柔，如此美景，让灵魂陶醉。

漫步江滨大道，贪婪的梦还在前行，还有西溪亲水公园，还有漳州港……再还有，你就步行到厦门了。

一切的一切都是那样美好。其中特别打动我的是，娘家就在碧湖生态园的附近，母亲去世多年了。先生说，公园建好后，父亲的生活就和以前不一样了。以后那里人气旺，有活力，生态环境好，不但是漳州的地标，也是漳州的名片。到时周末可以常常带父亲到公园散散步。在水边，在林荫下，在花丛中，享受人生，享受人生的温馨记忆，享受人与人之间的友爱，社会一定会变得更美更和谐。

翰墨传承文化

诏安，人杰地灵，风景秀丽；诏安，历史悠久，文化渊深。

诏安历代书画名家众多，文化积淀深厚。唐开元年间，“以书画之凤阁”的钟绍京被贬任怀恩县尉，开诏安书画风气之先河；宋代，陈俊卿、朱熹、陈淳等在诏安活动，播下书画种子；明代，诏安书画之风鼎盛，沈起津、徐登弟、方映辰等书画名家，各领风骚；自清中期开始形成了以谢琯樵、汪志周、沈古松为代表的“诏安画派”，现当代更有沈耀初、林林、沈福文、沈柔坚等名家在中国书画界享有盛誉。如今诏安城乡保留着大量的碑石题记、牌坊榜书，即是诏安文人墨客崇尚书画的明证。这些题记碑刻有的气韵高雅、风神凝重、有的劲挺逸美、瘦骨通神。几百年间，诏安的书画风气影响了福建、粤东、台湾等地，作品流传于日本及东南亚。新中国成立后，诏安书画的艺术魅力重新绽放，书画风格随着时代潮流和外来文化的影响，已由单一的传统模式解脱出来，形成多元化的艺术风貌。

二十多年前，临毕业时，母校举行“丹诏五学子书法作品展”，让我至今记忆犹新。20世纪90年代，作为师范生的我们被要求苦练琴棋书画等十八般武艺。同样是三年时间的学习，那些来自诏安的同学都能写书法作品，搞像模像样的展览了，而我的毛笔字根本无法登大雅之堂，真是有着天壤之别。后来多次走访诏安，又阅读了大量文字的资料，不禁要发出感叹：诏安的文化传统深厚广博，诗词、学术、工艺、音乐、美食另在名外，诏安书画艺术是在深厚文化基础上最突出的绽放。书画艺术，代有人才，共同建构了书画艺术之乡。“志于道，拓于德，依于仁，游于艺”。心存高远，寄情翰墨，是诏安文化最美丽的风景。

这一天，我在诏安文体局沈镇辉的带领下，来到了诏安县收藏家学会会长沈耀明的家。沈耀明家的大门上挂了个牌子，上书“墨缘居”，表现出一派“极自然之妙意”的美。几句寒暄之后，主人上了二楼很快又下来了，他把一本厚厚的《收藏鉴赏文集》递给我。这是福建美术出版社2009年出版的作品集，收录了沈耀明会长的68篇文章，其中发表在《中国书画报》的高达57篇之多，文集还附图刊登了沈先生的部分藏品。

“追溯诏安画派形成的因素，是因为清代诏安具有得天独厚的书画兴盛之风和众多的画家群体。更重要的是离不开当时诏安湾海运业的发展以及独特的地理位置。诏安画派的一代宗师沈锦洲当年曾乘商船北上扬州、京津等地区，大胆吸收了北派宋院体的画风，影响了周围画家，形成了独具风格的诏安画派。”沈会长打开话匣子。我一边听一边做笔记，从他清瘦、棱角分明的脸上，我读出了一种坚守。

书桌上方的墙上挂着一幅马兆麟的作品。沈耀明指着作品介绍说：“马兆麟是清光绪元年举人，人品厚朴，文学淹通，平生尤致力于教育事业，曾掌教与‘南溟书院’，后应邀到潮州莲阳、漳州海澄等地讲学，一时贤士皆从之游。晚年遍历于东南沿海各省，在上海与著名画家任伯年、吴昌硕会面，交流、合作书画。马兆麟中举后，不求仕禄，筑‘宜宜轩’自娱，潜心书画、诗文、灯谜、戏曲研究。他的国画曾获全国画展一等奖。清光绪十一年（1885）马兆麟的山水画作品获巴拿马世界博览会荣誉奖，后又获南洋各国美术作品联展金质奖，书画作品被法国博物馆，北京故宫博物院、省博物馆收藏。他一生生活朴素，藐视权贵，气节豪爽，关心劳工疾苦，素有诗、书、画三绝之称，是继谢琯樵之后出类拔萃的诏安画派代表人物。”稍稍停了一下，沈会长加重了语气：“诏安是一个对传统书画有着深厚情感和积淀的地方，历代书法名家众多，他们扎根本土，继往开来，大胆创新，成为艺术上颇有建树的书画大家，在国内外享有盛誉。”

“谁最厉害？”话一出，立即觉得问题有些俗了。

“俗话说得好，萝卜青菜各有所爱，各有所长吧！”

接着，我们谈到诏安宾馆大堂里悬挂的巨幅作品，我记不起画作的名称，“叫丹诏什么韵来着？”正犹豫着，在一旁翻书的小朋友从嘴里蹦出来一句话：“丹诏古韵”。回到宾馆后，我急急地去看正确答案，是“丹诏风韵”！小姑娘那日因为感冒，请假在家。大人们就诏安书画历史传承的话题热火朝天地谈论，她在一旁安静听着，可能是忍不住就脱口而出，虽然答案不正确，但是可以看出长期浸润其中和平日耳濡目染对她还是有不小的影响。

一番言谈之后，沈耀明会长用了十分钟时间完成了一幅“柳荫鱼乐”图，当他稳稳当当地把名章盖好之后，爽快地说了一句：“这幅图，就送给你了。”我有些受宠若惊。正说着“怎么好意思”之类的话时，沈耀明老师的夫人从楼上下来，“我们这画可不便宜呢！”一副乐呵呵的样子，看起来是个天生的乐天派，我转过身去，问她：“您支持沈老师搞收藏吗？”“不支持又能怎样？他母亲说，‘不要给他钱，整天收那些黑乎乎的东西。’”她说完哈哈笑了起来。原来，在过去的四十年里，沈耀明在书画艺术的路上走得并不是一帆风顺，在读完了他的《收藏鉴赏文集》之后，我才深深领会了沈夫人的一番话。最令人感动的是，一位妻子对丈夫默默的支持和充满嘲讽的揶揄。在采访返回宾馆的路上，沈镇辉告诉我：“半个世纪以来，沈耀明对书画收藏艺术如痴如醉。他的太太平日里事无巨细照顾他的饮食起居，小到什么衣服搭什么裤子。熟悉沈会长的人都知道，他平时把精力都投入对书法艺术的收藏与研究之中，很少顾及生活琐事。”

采访结束后，阅读资料时，有几点让我感触颇深：

1993年，诏安被文化部正式命名为“书画艺术之乡”。如今，年轻一代书画家也脱颖而出，频频在全国书画大赛中获奖。以梅洲乡为代表的一批农民书画家创作热情高涨，备受社会关注。据统计，省级以上美协、书协会员 258 名，近年举办各类大型书画交流活动近百场，画廊 50 多家，从业人员 3000 多人；搭上互联网的时代快车，字画网上销售额上千万元。政府主动作为与民间的积极响应带来一连串可喜的变化。

2016 年，在沈耀初美术馆举办台缘书画展。画展得到海峡两岸艺术家的热烈响应，盛况空前。海峡两岸关系协会郑立中先生发来贺电：“当前，两岸关系处在新的历史节点上，以两岸诏安书画家交流为纽带，传承和弘扬中华优秀传统文化，增强同胞精神契合，可谓恰逢其时。”沈耀初是诏安人，在台湾成名，是台湾当代十大前辈美术家之一，沈先生晚年携作品回乡并斥资建造美术馆，如今沈耀初美术馆已成为诏安与台湾深厚文化交流的标志性建筑。为促进文化产业发展，诏安县规划建设海峡两岸（诏安）文化创意书画产业园，配套美术馆、图书馆、书画交易中心等项目，该产业园建成后可为两岸书画家创作、交流、交易提供良好的平台，推动两岸文化交流。

在诏安，到了春节前，家家户户的春联是一道亮丽的风景。新联上门之时，一家家一户户，一条条一副副，纸色鲜红亮眼，笔迹正新，别有一番趣味。走在诏安的街巷里，你可以感觉到这里文风依旧。诏安的灯笼街，每到一定的时间就会汇集一些百姓，大家自发组成品字赏画的小圈子，对聚拢到这里的书画作品评头论足，书画成为诏安人生活的重要组成部分，在浓厚氛围的润泽下，他们对书画的感知有着先天的悟性。看那卷轴铺陈，墨迹淋漓，你可以穿越数百年的时光，和不同朝代的先贤团团揖坐，如见先人伏案时毫端蕴秀，如嗅先人泼墨处芝兰之气。无论经历多少岁月，中华民族最基本的文化基因，仍然可以与当代中国相适应、与现代社会相协调，仍然可以用人们喜闻乐见、具有广泛参与性的方式推广开来。

经济飞速发展的中国，文化需求迅速放量。因为社会利益诉求的多元，精神层面的需求也呈现多样化和复杂化，由于国人文化渴求的旺盛与文化供给的相对贫乏，只有“不忘本来才能开辟未来，善于继承才能更好创新。”要让更多的文化珍存活起来，需要更多的敬畏与苦心孤诣。文化传承，要有载体有传人，在眼花缭乱的信息时代，煌煌中华文明，能不能心香相续，不绝如缕，希望在孩子们身上。在诏安，很多书法名家走进校园，俯下身来教幼童习字，各种中小学生书法比赛次第进行，吸引了众多小小书法家。有的学校以书法为特色，将德育、美育贯穿其中。可以想见的情景是：千家万户氤氲的灯光下，一个个孩子，在用稚嫩的手，敬畏地握住毛笔，屏息静气，诚心正意，敬畏地临摹书写，墨迹慢慢地洇开来，丝丝缕缕渗进宣纸，他们或有机会领略王羲之曲水流觞兰亭序的充沛气韵，黄庭坚寒溪炊烟松风阁的沉郁端方，小小的童心开始沉醉于魏碑晋书，沉醉于唐烟宋雨，沉醉于宣纸与狼毫从滞涩到流畅、从生疏到亲昵的微妙感觉。能够和祖先一样，享受如此美妙而独特的书写艺术，和记录着波澜壮阔文明史的文房四宝亲昵交流，孩子们借由笔墨机缘，纷纷以诗文书法为载体，重续文化基因，重温祖先遗泽。这不仅仅是学习一撇一捺，更是学习先贤的曼妙哲学、绮丽文字，甚至是学习如何做人。运笔的方圆分明、刚柔相济，或可体味天圆地方、外圆内方的中国气派；纸墨铺陈、笔到意到，或可感知怡神养性、飘然出尘的精神境界；积年累月、日习百字，或可善养自我砥砺、坚韧不拔的浩然之气。

书画艺术是高雅的文化活动，属于中国传统文化范畴，中国历史深厚悠久，文化传承代代不息。每一个地区的书画艺术活动都有其传承和发展的脉络，其根可寻、流传有序。传统文化塑造了炎黄子孙，中华儿女在不断地创造新的文化，中华文化延绵数千年仍焕发勃勃生机。诏安书画艺术中华优秀传统文化是一座精神富矿，不仅铸就了历史的辉煌，而且在今天，依然充满智慧的力量。诏安人要向世界大力推介中国优秀传统文化艺术，让人们在审美过程中获得愉悦、感受魅力，加深对中华文化的认识和理解。习总书记在全国第十次文代会第九次作代会上指出："文运同国运相牵，文脉同国脉相连。"初心在怀，高峰在望，诏安人对书画艺术的热爱，对书画的传承，诏安人将个人艺术追求融入民族复兴之梦，勇于担当，奋力前行的精神值得点赞。

一个民族的文明进步，一个国家的发展壮大，需要一代又一代人不断努力，需要很多力量来推动。翰墨传承文化，书画艺术已经融入诏安人生活的方方面面，成为烛照文化传承路径上的一盏明灯！

浮宫田头村

龙海浮宫镇田头村是一片美丽的净土，仿佛是时光倒流回到了远古时代的古村落，这里阡陌交错，依山傍水，流渡公的美名代代相传，金黄的水稻散发出诱人的香味，清雅古朴的古厝群诉说着往事，曲径通幽的小道意趣横生，田头村气凝而土沃，地杰而人灵，透出悠悠水乡的独特魅力。

田头村村委会办公楼在漳州开发区疏港公路旁。我们抵达时，郭水发书记正要出门，原来这一天龙海市各乡镇的书记、村长，要在田头村召开现场会。郭书记要带来访的客人们参观并介绍“富美乡村建设”的先进经验。看见我们，他折回办公室打开门，热情地请我们入座，并告诉我们，村长正在往村部赶。茶香氤氲，郭书记简要介绍了村里的一些情况。谈到流渡公的时候，这位面部黝黑的汉子，满脸的自豪。“临近村庄的农民都说我们今年的虾池大面积丰收是因为流渡公园建成后‘流渡公保庇’，他们哪里知道我们做了多少努力？以前，田头村有废塑料厂，那么多养猪场、加工螃蟹壳的作坊，都是污染源头，河道多年淤塞，哪里能养出好虾？自从我们下大力气，清理河道，改善环境，九龙江南溪清澈的水又回来了！ 250多户的养虾人，当然能喜获丰收。他们尝到了甜头，虾农近来每亩的年产净利润可达到三万元以上，再加上我们的杨梅收入，以及和厦门近在咫尺，大量村民到厦门务工、做生意，村民的生活红红火火。今年端午节，我们在流渡公园举行龙舟赛，场面十分热闹……”郭书记滔滔不绝讲完这些话，看了看手表，“我去接大部队人马了！”他爽朗的笑声把我们都感染了。

等村长的空档，我赶紧上网“补做功课”：田头村先后获得“乡镇企业总产值亿元村”、“先进民营经济区”等荣誉称号。她位于九龙江南溪下游，疏港路将村子分为东西两部分，共有943户，总人口4178人。村域总面积3平方公里，距厦漳大桥仅3公里，离招商局漳州港码头7公里，水陆交通便捷……

民间传说，往往是最生动的历史符号和最准确的历史记录。据说170多年前，附近村民只能依靠渡船过河。渡船人风雨无阻，助人为乐，他去世以后，村民们尊他为“流渡公”。郭村长首先带我们参观流渡公园。甫一下车，微风拂面，稻香扑鼻，宽阔的河面微波粼粼。这里以水为脉，建成流渡霞阁、流渡亭等景观。流渡公的石像静静地立在水中，守护着这片绿水。雕像脱掉尘埃之气、清逸灵透的意境，已超出了作品本身的审美，把“无私奉献”的精神凸显出来。徜徉于青山绿水之间，常常会与久远的故事不期而遇，那斑斓多彩的历史衣袂，飘忽于眼前。

田头社拆除社内港道两侧大量蘑菇房、旱厕、猪圈，依水建设慢行栈道、亲水平台、风情水街；修缮古厝，建设古厝广场，设立民俗文化馆，再现闽南“红砖白石燕尾脊”的古厝风格和“勤劳淳朴”的古民风。走进田头村，漫步于河岸旁的小道上，树下透着稀稀疏疏的太阳光，时间仿佛瞬间被击碎，从长链条中脱节出来。有时候，人会在某个瞬间惊醒，那些漏洞里的时间在流逝的过程中自动修复，甚至连痕迹都没有留下。安静总是挂在我们嘴上，似乎随处可得，当我走进民俗文化馆，突然觉得如今被人们时时提起的乡愁，似乎只要进入一个房间，转上一圈就可以获得。甘山民俗古厝群造型古朴，布局简洁，体现了闽南村落人居环境营造方面的杰出才能和成就。

富美乡村建设是近年生态建设的重要工程，浮宫镇田头村从2014年创建漳州市级富美乡村示范点以来，按照“闽南古风、田头水乡”的定位，因村依社施策，充分挖掘特色，以点串线带面，使富美乡村建设覆盖全村。郭村长介绍说：他们共拆除废弃建筑、危房、旱厕 327 座，17000 平方米；平整土地 11 亩，28 座裸房按统一设计进行立面装修；清运陈年垃圾 450 余车；苗圃绿化 8.3 亩。完善基础设施。共修缮古民居 85 座，对现有 8 座明、清古厝进行整理和保护。尤其是在恢复水系方面，他们更是不惜力气，流渡民俗文化园、下甘山社前、上下甘山交界港道河道清淤共 5525 米，挡土墙建设 4200 米，驳岸、水景观建设 2560 米。田头村充分发挥村党支部的核心领导作用，紧紧依靠群众，发动群众积极主动参与、自愿无偿拆迁，截至目前，田头村共筹措资金 1100 多万元。

我倚靠在河畔的石栏杆上，眺望对岸，曾经的乡村生活正在被村民们琐碎的生活一点点浸染，心里感觉清凉。台阶延伸到水面上，有一个人在河里洗洗刷刷，我的脑海里蹦出来舒婷的诗《啊，母亲》："我依旧珍藏着那鲜红的围巾 \ 生怕浣洗会使它 \ 失去你特有的温馨 \ 呵，母亲 \ 岁月的流水不也同样无情 \ 生怕记忆也一样褪色呵 \ 我怎敢轻易打开它的画屏……"我举起相机，轻轻按下快门，然后绕过一小段河岸，走到对面去看古厝群。待我转身时，刚才在河里洗东西的老人家问我："姑娘，你怎么把我偷拍了？"我的血瞬间往上涌，不知如何应对，老人又说："你到我家喝杯茶吧，这么热的天！"我看见她的笑，我才明白刚才她的话只是因不解而询问，并没有责怪的意思。我往花丛里走几步，忍不住笑了，"哦，谢谢了，我不渴！您今年多大年纪了？""我 70 多了。""哦，您有 70 多呀，真看不出来！"老人笑眯眯的，回家了。此刻，我突然明白：是自己习惯把心里的墙垒得高高的，真是"小人之心度君子之腹"！

融于秀丽山水之间的这个村庄，还拥有旖旎的自然风光和醇厚的人文景观。《海澄县志》载："此寺称大悲岩，址在云盖山麓"。岩下社按照"修旧如旧"原则，对有 600 多年历史的古寺庙、古榕树和 370 年古大厝进行修缮保护；整理周边果树林地，建设老人活动中心、文体活动场所及登山绿道等，使山上的云盖寺与山下的百姓人家相互呼应、相得益彰。炎热的夏天，我们只能在广场前，仰望位于山腰的云盖寺。低头时，我发现裙子上沾了许多的草籽，这浓密的草丛里，藏着无数的种子，它们在等待时机和温度，继续生长。同行的几个朋友都说，等天气凉爽些，还到田头村来，到时再登云盖寺。

行文至此，笔者忍不住再说一下浮宫杨梅。这种色泽红润、果大、汁多、味甜的水果不仅含有丰富的糖、有机酸、蛋白质等，还含有大量的维生素及钙、磷、铁、硒等矿物质。美的地方，人人向往，如果你按捺不住了，何不马上行动，亲自前去走一遭呢？

融入新型发展生态

一说到农民，大家肯定想到“脸朝黄土背朝天”，“晨兴理荒秽，带月荷锄归”的浪漫情景恐怕在21世纪的闽南也不多见了。漳州这块土地上的人们，淳朴敦厚、聪明智慧、勇敢无畏。在这个“扁担插下去也会开花”的一方沃土，在海峡两岸经济发展的浪潮中，千千万万的农民告别了传统意义上的“日出而作，日落而息”的农耕生活之后，会是一种什么样的境况呢？

这一天，龙文区蓝田镇梧桥村梧店的村民陈胜忠，接受了我的采访。这位出生于1963年的男子，长着一张国字脸，除了肤色略显黝黑外，看上去不太像一个农民，得体的服饰让他显得很精神。他带我们走进一条小通道，上了他们家位于二楼的客厅。可能是知道我们要来，茶几上整齐地摆放了四五样水果，显然是洗过的，散发出诱人的光泽。坐下后，陈先生开始泡茶，“楼下两间店面租给人开摩托车店，楼上还有很多房间。”

开发区成立之前，陈胜忠开着一个小饭店，卖简单的小吃，有人要吃“小炒”，也会炒几样家常菜。父母都是普普通通的农民，陈胜忠记得当时家里种水稻、甘蔗、花生和地瓜，一天到晚家里人都忙着地里的农活，一年到头也没有多少收入。二十多岁的陈胜忠每天不停地忙碌，上面有一个姐姐，下面有三个弟弟，一家人住在老房子里，十分拥挤。高中毕业后，陈胜忠到步文一家镇办的企业打工，一个月工资13元，那时只知道埋头苦干，好像也没想辛苦不辛苦的事情。往事往往是人心绪的组合，以鲜活的方式存活着，感觉得出：陈先生对人生的体验深含其中。

20 世纪 90 年代，蓝田成立经济开发区，村民们拿到了一笔土地赔偿款。世界突然五光十色了，人们似乎一夜之间知道冲出樊篱的意义。和很多村民一样，陈胜忠首先想到的是盖房子。房子盖好了，住的条件改善了，余下的钱用来投资做点小生意，陈胜忠认为自己比较合理地利用了“第一桶金”，后来随着开发区的扩大，村民们得到的补偿款也随着提高，村子里的楼房越盖越多，开发区外来务工人员租住了村民们多出来的房间，大家的收入提高了。开发区各个企业需要大量的劳动力，解决了附近村民的就业问题，一些 50 岁以上的农民到了工厂的收发室，一些人在工厂食堂帮忙，月收入 3000 元左右，离家近，上班也算轻松。随着外来人口的增加，村里一些开日杂店、小吃店的都生意兴隆。“汉语在流淌的精神激流里，才能闯过认知的盲点，穿越意识的极限。”笔者和陈先生年龄上有一些差距，在交谈过程中，却能明显体会叙述的人，谈己、阅世均渗透着生命的哲思。很多时候，你不得不承认，这个社会是一个大染缸，同时它也是一所好学校，能教会人很多东西。

任何人都不能提前进入未来，也不可能留在过去不变。“以前村里环境卫生是个大难题，村道没有硬化，水沟没有砌建，一下雨，村里的污水排不出去。现在，道路被硬化了，蚊蝇滋生的污水塘、臭水沟、猪圈、鸡棚不见了。”梧桥村环境整治可以称得上是“破茧成蝶”，城中村经历了旧貌换新颜：梧桥村梧店汽车销售走廊位于迎宾路，是外地客商进入漳州市的必经路段之一。蓝田镇和梧桥村财政投入 3 万元硬化 1000 平方米的梧店汽车销售走廊部分停车位；投入 15 万元把梧店社一个原本常年堆放垃圾、杂草丛生的闲置空地改造成灯光篮球场；投入 20 万元对一个污水塘进行了改造，使之成为集娱乐、休闲、健身于一体的群众休闲广场。梧桥村专门聘请专职保洁人员 6 人，对通村道路和村内道路实行制度化保洁，增加各个路段保洁人员和保洁班次，及时清除卫生死角和脏乱差现象。沿街店面“门前三包”签订率达100%，沿街门前卫生秩序、绿化责任落实，管理效果有了明显提升。

“龙文区蓝田镇的村民有许多是靠木材压板生意发家的，最近政府要求这些企业停止生产，您怎么看这件事？”我问。

陈胜忠说：“关停木板厂短时间内肯定影响村民收入，但是从长远看，还是利大于弊的。其实在木板生产过程中，木屑飞扬所产生的尘埃还是小事，最可怕的是一到下雨天，整个村子地面上都是黑色的水流，看起来很令人担忧。一些木头边角料在雨水的浸泡下，渗出黑乎乎的水，把周围的水都污染了。更严重的是在粘合木板时使用的胶水，对空气的污染是十分严重的。”

“那么，这些被关停的工厂，资金和人员的流向呢，有没有一个好的引导？”

“八仙过海，各显神通。”陈胜忠笑了，“不瞒你说，我原来也是做木材厂生意的，现在不做了，把钱投资到别的项目，也不影响收入呀。”他的自信仿佛是一张被风撑满的帆。

村财政每年大约有100万元的收入。开发区成立之初，征用了村民们的土地，很多人担心没有了土地，往后的日子会很艰难，不知是谁想出来的金点子，村里利用一部分补偿款，向开发区买回40亩土地，其中30亩建了大仓库，租给一家物流公司，每年可收入租金60万元左右，另外的10亩建成综合楼，也对外出租，年可收入租金大约40万元。村财政有钱了，就可以为村民做很多实事。

你也许很难想象一个城中村的繁忙和热闹。斑鸠坑自然村的旧菇棚都拆掉了，村民们可以住进宽敞明亮的安置房了。牛路自然村的村民更是忙得热火朝天，他们每户都得到80—120平方米的安置地，统一规划后，村民自己可以建“五层半”的楼房。

一个强大的声音在呼唤工业化城市化，在铺天盖地的声浪里，乡村的道德滑坡加速，没有保守住传统古朴善良的人比比皆是。而在梧店，你看到的会是另外一种景象：2013 年 8 月 5 日上午，龙文区首个“成人礼”仪式活动在梧桥村陈氏宗祠内热热闹闹举行，12 名年满 18 周岁的未婚青年参加了“成人礼”仪式。

“我是梧店陈氏子孙，我已长大成人，肩负起成年人的责任……”2014 年 2 月 14 日一场“中国梦·幸福梧店”的成人礼宣誓仪式在蓝田镇梧桥村梧店隆重举行，来自梧店社的十几名刚刚年满 18 周岁的青年通过集体祭拜祖先、跪拜感恩父母、揖礼拜孔子像（以示尊师感恩）、喝成人酒（以茶代酒）、面对国旗进行成人誓言宣誓、成人代表发言、家长代表发言、主办单位领导向成人家庭送“福”八个流程正式完成成人礼。成人对象共同发出当代青年学子的铿锵誓言，立志为实现个人成长的“成才梦”和中华民族伟大复兴的“中国梦”而不懈努力！

“成人礼”是我国优秀传统文化中最重要的礼仪之一，是人生四大礼中的第二大礼仪，已有几千年的历史。顾名思义，就是长大成人后，必须懂得的礼节礼仪。丁壮扛戈，长大“成人”，从此要担当起社会责任，按照成人标准达到公民的道德要求。当前独生子女比较多，家庭观念，社会责任感相对不强，所以我们才策划举办这种活动，主要目的是传播优秀的传统文化，让孩子担当起责任，学会感恩父母，感恩老师，感恩社会，做一个有用的人。“成人礼”现场，受礼对象集体祭拜祖先，跪拜感恩父母，揖礼拜孔子像，并面对国旗进行成人誓言宣誓。参加这样的成人仪式，对 18 岁的年轻人来说，意味着从少年转为青年，既可以表达出对父母的爱也可以表示对父母培育和关心的感激之情。家长们对这样的仪式也感到既新鲜又好奇，“成人礼”仪式发扬我们中华民族五千万年文化的精髓，让孩子懂得成人了要对国家、对社会、对家庭承担义务和责任。

“这样的‘成人礼’已经举办了三期，村里准备一年一年办下去，对于一个有着 6000 左右人口的村庄来说，每年的这一天都会是一个特别重要的日子。”

在梧店，面对着口若悬河、滔滔不绝的陈先生，我感觉到平日里的“伶牙俐齿”显得有些相形见绌。短短几个小时的时间，我接收到大量的信息，感受到蓝田镇新农民融入新型发展生态后带来的巨大变化。而这世间许多的人和事，过了我们的眼，我们的耳，穿过我们的心，也算是一段美好的旅程吧！

联东 U 谷：中小型企业的港湾

在做一些决定的时候，人往往会听从直觉。据说内心的直觉是建立在多年的经验以及对人类行为持续不断的观察上，人们甚至不知道它的具体形式。面对一溜下来的采访题目时，我几乎没有犹豫就选了“联东 U 谷”。原因是我不知道这是一家什么样的企业，这家企业是做什么的。人总想满足一下自己的好奇心，没想到我们在蓝田经济开发区要看的第一个点就是“联东 U 谷”。汽车停在红绿灯路口时，我看到了一个巨大的广告牌“买厂房，找联东。”接着是悬挂在路灯上的“联东，一座城市的经济引擎”、“一个联东，一个平台”的小条幅。

联东集团 1991 年创立于唐山，经过二十多年的市场历练，现已成为集建筑模板、产业园区和投资业务于一体的集团化公司。联东 U 谷，2003 年开创产业园区先河，作为中国产业园区专业运营商，专注产业运营服务，助推区域经济发展，现已形成全国性的规模和布局。联东 U 谷·漳州国际企业港“优聚行业、助推经济、精耕海西”。“闽南金三角”漳州市龙文区是连接厦门、汕头两大经济特区的战略要地，2012 年 11 月 17 日，联东 U 谷·漳州国际企业港在蓝田经济开发区举行开工奠基仪式。项目占地 2000 亩，总投资 120 亿元，总建筑面积 200 万平方米，产品类型涵盖标准厂房、中试研发楼、产业大厦、商务独栋、生活配套及商务配套等，建成集生产、商务、居住功能三位于一体，一站式服务的海西百万平米级超大型综合园区。公司在 2012 年、2013 年、2014 年国务院发展研究中心、清华大学房地产研究院和中国指数研究院联合发布的排名中，连续三年居“中国产业园区十强企业排行榜”、“中国产业园区品牌价值排行榜”第一名。

读过著名学者南帆先生关于房子的一段文字：“建材市场上摆放了无数各种型号的拼木地板、水龙头、电灯开关、瓷砖、油漆、窗帘、抽水马桶和浴缸。所有的店主都将自己的商品吹嘘得天花乱坠，房主以最快的速度丧失着判断力。东奔西走已逛得两腿发麻，货比三家当机立断……付款完毕一转身立即发现，相同的产品就在附近的另一家商店卖得更便宜。这种损失如同一种暗伤，一笔一笔加起来令人心惊。”相信很多人都有相同的感触，建筑是人们生活的核心，建筑品质无疑在潜移默化中影响着生活的品质。有感情有温度的人居空间一直是人们渴望的美好家园。思路决定出路，作为决定地位。如果您是一位创业者，需要找到合适的厂房，联东U谷，无疑为您提供了许多的便利。试想一下，如果有了资金和技术，以每平方米2500元左右的价格买到厂房，一切手续完备，设备进来，工人请来，无须多少时日就可以开始生产。厂房有大小独栋和大小双拼等多种选择，围合式景观布局，花园式的生产办公环境，供电、供水、排水、安防、通信等企业各项使用条件都很到位，最大的好处在于停车位十分充足，单现已建成的一号地块就配置了400个停车位。厂房采用现浇钢筋混凝土结构，马赛克的外墙立面，内部混凝土地面预留装修层面，主入口为玻璃门，货运入口为卷帘门，外门窗有铝合金窗户，美观大方。

吴经理告诉我们：联东U谷·漳州国际企业港是联东集团入驻海西的首个项目，属省级重点项目，入园企业可以享受一系列优惠政策。联东首次在一、二线城市外选择新的投资项目，就相中了龙文蓝田开发区这块宝地。当时他的同事在福建选了6个点，厦门两个、泉州两个、漳州两个，后经过多方论证，终于把资金投在蓝田经济开发区。漳州通过不同交通网络线形成“五纵、五横、五联”大通道，将漳州市的铁路、公路、高速铁路、高速公路与军民两用机场和港口组成高速便捷的综合交通体系。蓝田地处海西经济发展的中心区域，与九龙江北溪一路之隔，临湿地山脉拥有绿色的自然生态；将漳州市田园都市生态之城的概念与地块完美结合，拥有优良的品质。

我看见一面墙上挂了四个牌子“漳州青年创业孵化基地”“漳州市龙文区联东U谷企业孵化器”“漳州市龙文区青年创业中心”“漳州市龙文区大学生创业基地”，原来这是龙文区政府在联东U谷购买了一座厂房，着力打造漳州中小民营企业重点孵化基地。有人说“大学生创业的每一步都是丈量梦想的最好单位。”我走进去，看见两个年轻人在埋头工作。是的，人生的价值在于找到适合自己的位置。真羡慕他们，朝气蓬勃，又有雄心壮志，学到的知识可以用来实现自己的梦想，不禁又要感叹：年轻真好！

据说世界500强坚持四种价值观：人的价值高于物的价值，共同价值高于个人的价值，社会价值高于利润价值，用户价值高于生产价值。当我问“企业文化最核心的部分是什么”时，吴博经理回答简练得有点出乎我的意料：“务实。”接着又有一个消息也出乎我的意料，漳州公司只有28名员工。忙碌的工地上，建筑工人奔走的身影又是怎么回事？吴经理说：“集团公司会在当地找最有资质和最值得信任的工程公司，承担建筑施工工程。当然，公司有系统的方案和措施来保证产品的质量。安监、质检、企业及当地政府等多方对产品质量进行全过程、全方位的监控。联东U谷打造百万平规模，包含厂房、中试研发、生活配套及商务配套的综合性产业园区。借助区域主导产业与地块区位特点结合，以食品、电子、小型机械设备制造、包装印刷、模具等主导产业集聚的综合产业园区，实现相关行业的聚集和发展，满足企业集约化和规模化的快速发展及扩张需求。”一首动听的歌谣离不开每一个优美的音符，一席传世的刺绣离不开每一针繁复的编织，所有量的积累才能带来质的飞越。

“把工作定得更高时，你会发现更容易把持自己。”当我询问吴经理是否需要回总公司开会时，吴经理爽朗地笑了。“现在集团公司实行高效率的运行模式。我们有专门的视频会议系统。公司开会，全国各地的项目负责人都在视频系统前听取信息，也可以发表看法，互动的效果还是不错的。你别看我是漳州国际港的经理，名头很大的样子，日常我要处理大大小小的事务，遇到一些问题我需要上公司的平台进行汇报，商讨解决的方法或者处理意见。”

中国的经济在过去的30多年里以每年增长8%以上的速度增长，中国已跻身全球第二大经济体。对经济增长贡献最大的要素应该是土地和人才。目前，经济出现了产能过剩，投资收益下降，很多领域出现了不同程度、不同方式的资产泡沫和资本泡沫。中国的投资市场需要有良性的发展，中国的投资者会更安全。交谈中，吴经理说他对中国经济目前的状况并不担忧，“短暂的低迷是正常的，集团公司会控制和调整节奏，我们的‘U’除了‘微笑的曲线’的含义外，还有另外一个更重要的意义，企业在发展的过程中难免遇到风浪和困难，联东U谷愿意成为合作伙伴们的避风港！”

汇聚名优资源的“厦大系”教育

一走进地处厦门湾南岸的漳州招商局经济技术开发区，我就隐隐发现，自己似乎笼罩在一个巨大的、无形的“磁场”中。随着采访的深入，这股“磁力”在我脑中渐渐清晰，漳州开发区汇聚名优资源的“厦大系”教育，在十多年的发展历程中，深刻地影响了漳州开发区的方方面面。

“厦大系”全龄段精英教育是从厦门大学嘉庚学院幼儿园、厦门大学附属实验小学、厦门大学附属实验中学到厦门大学嘉庚学院“一站式”的教育体系。2003年，厦门大学漳州校区正式投入使用，标志着漳州开发区建设发展“厦大系”教育资源的开始。三面环山的厦大漳州校区，与厦大本部隔海相望，共同构建“校在海上，海在校中”的独特风景。从此，漳州开发区的教育事业一路乘风破浪，广大开发区人始终与时代同步，勇立潮头、开拓奋进，“厦大系”教育无疑是漳州招商局经济技术开发区前进路上一道靓丽的风景。

“有一种力量叫传承”。1921年，著名爱国华侨领袖陈嘉庚先生创办厦门大学。近百年来，学校秉承“自强不息，止于至善”的校训，目前已经成为一所学科门类齐全、师资力量雄厚、居国内一流、在国际上有广泛影响的综合性大学。俗话说：“一位好校长就是一所好学校”。1921年6月，林文庆先生应陈嘉庚先生邀请，从新加坡前往厦门。在此之前，他成立了“林文庆基金”，把一块面积51英亩的土地分成三份，分赠给自己的家人、莱佛士学院和厦门大学，而他赠给厦门大学的份额占了其中的五分之三。7月，林文庆到达厦门大学，开始了自己长达16年的厦门大学生涯。《大学》首句中的“止于至善”被作为厦门大学的校训，林文庆到任当晚便召开会议，宣布要将厦门大学“办成一生的非死的、真的非伪的、实的非虚的之大学”。鲁迅先生曾经在《两地书》中记录，在厦门大学执教时，来听他讲课的一共23人，不仅有国文系的学生，还有英文和教育系的学生。先生还这样写道:“这里的动物学系，全班只有一人，天天和教员对坐而听讲。”要知道，当年厦门大学能够在南方崛起，依靠的就是礼聘名师。中间隔了一百年的光阴，却不难发现其中的许多关联。

“在这里，只要你有梦想，而且你的梦想是符合科学规律的，那你就能拥有自己的舞台”。高瞻远瞩的漳州开发区人传承百年名校的薪火，按照高标准、高起点、高水平的要求，大力实施特色教育，如今“厦大系”教育已全面覆盖全区，开发区教育事业充满了生机与活力。

厦门大学嘉庚幼儿园园舍外形宛若一架钢琴，外墙是五彩的颜色，童趣盎然。彩虹跑道和海洋主题的蓝色操场是孩子们的乐园。2014年9月，幼儿园正式招生。幼儿园配有恒温幼儿游泳池、活动间、音体室、餐厅、游戏室等，园区占地约1.5万平方米，建筑面积8900多平方米，可容纳480名适龄儿童。幼儿园的投入使用标志着“厦大系”优质教育资源的全面建成。

漳州南太武实验小学位于美丽的厦门鼓浪屿南岸，2004年漳州招商局经济技术开发区创办了这所全日制公办小学，学校因太武山而得名。十多年来，南太武实验小学把遵循教育规律和少年儿童成长规律作为教育的最高原则，积极实施名师战略、科研兴校战略和可持续发展，将各项特色教育转化为学校品牌价值和品牌优势。南太武实验小学把“诚信文化、包容文化、和谐文化、创新文化”定位为学校的特色文化，坚持正确的舆论导向，营造积极健康向上、团结友爱、诚实守信、包容和谐的校园文化氛围。

厦门大学附属实验小学创建于2011年9月，学校的顺利运转，是对“厦大系”教育资源的进一步完善。厦大附小始终坚持“快乐学习”的理念，重视学生素质的提升，尤其是以“雏鹰社团”为平台积极开展“书香校园”读书活动，使师生都成为“懂礼仪、讲诚信、会感恩”的文明人。“我们的校园虽小，但是站在教室里，就可以欣赏到海景！”在短短半小时的采访过程中，我发现邱桂华校长脸上总是写满笑意，看得出来，这是一位义无反顾的“开拓者”，她怀着一颗“让老百姓都能享受优质教育”的心，以开拓的勇气、执着的信念，在平凡的岗位上扎根教育，乐此不疲。“让每一个孩子都快乐成长。”贯穿始终的，也许是她对教育理想的那份独特解读。

走进厦门大学附属实验中学，教师的教学创造力尤其让我惊叹，课本剧排演、辩论赛、命题大赛、丰富多彩的讲座，具有挑战性的教学任务、基于项目的学习等一系列教学改革都取得了显著的成效。“进入大门，一层层阶梯，像瀑布似的，直泻而下。我们的教学楼设计得很有意思，呈现出阶梯状分布……这样有个好处，相邻教室上课可以不受干扰。”我在厦门大学附属实验中学的校刊《观澜》上读到八年级同学眼中的校园：“亦乐园”、图书馆、操场留下了孩子们的足迹，小作者用清新的笔触写出了对学校的挚爱。姚跃林校长关于校园文化建设的一段阐述令人深思：“校园文化建设的核心是人，附中是所新学校，有着广阔而富有生机的天地供我们驰骋。校园文化需要积累，也需要与时俱进，要强调传统与现代并进、软件与硬件并重……”这是我第一次走进厦门大学附属实验中学，一番走访座谈后，终于明白这样“一所像大学的中学”，难怪会成为莘莘学子向往的所在。

捷克著名教育家夸美纽斯说过，人不接受教育不可能成为真正的人。厦门大学嘉庚学院秉承“育人”的宗旨，“在这里，没有什么比学生的成长更加重要！”学院目前有 5 个分院、52 个本科专业、79 个专业方向，拥有在校本科生 17790 名。笔者曾多次漫步在如诗如画的校园，这里幽静、祥和，却充满勃勃生机。时间总是多情的，让万物成熟，让世事像灰尘般飘落，时代要求与现实的碰撞创造了机遇。安静矗立的建筑，时间对于美丽的校园来说，是涓涓细流汇入大江大河的积累，是明亮、清澈与敞开，是依山傍海的优雅生活，是一个个你、我、他和岁月进行的一场精彩对话……

“问渠哪得清如许，为有源头活水来”。从幼儿园到大学，一个完整的“厦大系”教育的场，充满开放的精神，不断吸纳来自外部的力量，成就更强大的磁场。今天在漳州招商局经济技术开发区，已经成功地将“厦大系”教育的精神内核揉捏、整合、塑造成统一的校园文化。在不知不觉中，厦门大学百年名校的文脉已经逐渐内化为每一位开发区教师的行为方式和思考方式，汇聚了优质资源的“厦大系”教育的合作场辐射力还将不断扩大。

南靖：中国兰花之乡

大发展：历史悠久，花香四海

“兰生深山中，馥馥吐幽香。”南靖，古称兰水县，置县于元治二年（1322）。南靖地处闽南与闽西交界处，全县人口36万，是原中央苏区之一，也是漳州市重点侨乡和台胞祖籍地。南靖县森林覆盖率、林地绿化率均占漳州首位，是福建省首批国家生态县。作为世界文化遗产“福建土楼”的主要景区之一，南靖现存各类土楼15000多座，以造型独特、保存完整闻名于世，被评为中国旅游竞争力百强县，国家5A级旅游景区、全国文明景区。南靖农业优势突出，拥有兰花、金线莲、香蕉、麻竹和芦柑五个“中国之乡”的称誉，是中国白背毛木耳生产示范基地，福建省最大的兰花集散地和咖、铁皮石斛生产基地。

南靖县种植兰花的历史已有两千多年之久。目前，全县兰花种植面积达3200亩，种植八大类1000多个品种，年产兰花6000多万株，组培兰花苗200万株，年创产值10多亿元，年销售6.5亿元。经过二十多年的发展，南靖兰花已经形成规模化生产和产业化生产，不仅蜚声国内，还走向国际市场，可以说，南靖兰花，香飘四海，惊艳世界。

南靖县文化底蕴深厚。南宋时期的赵时庚所编著的《金漳兰谱》是世界上第一部兰花专著，就是写于南靖山城之滨，“南靖兰花”当然也榜上有名，被收入其中。兰花被誉为花中君子、王者之香，象征高尚、典雅、坚贞不渝。中国人历来把兰花看作是高洁典雅的象征，“梅、兰、竹、菊”并称“四君子”。不艳丽不张扬，像谦谦君子的兰花因品性高洁而受到古今中外无数人的喜爱。东晋陶渊明有诗云：“幽兰生前庭，含薰待清风。”说的是：兰花幽幽生长在正屋前的庭院中，内蕴着芳香之气等待清风的吹拂。轻风轻轻吹来，兰花散发阵阵芳香，立刻就可以从萧艾等杂草中分辨出来。陶翁的这首《幽兰》为《饮酒二十首》中的一首，既表达出了对兰花的无限喜爱之情，又表现了高洁傲岸的道德情操和安贫乐道的生活情趣。在南靖，和花农进行一番交谈之后，你可以深深体会到兰文化的博大精深。种植者信手拈来关于孔子赞兰、屈原爱兰、朱德咏兰的故事，让你体会到浸润在兰花文化里的美好与惬意，情感的触须拨动了柔柔的、绿绿的、绵绵的乡情，摩挲、赏玩的目光无法移开。莳兰者气定神闲，一举手一投足间的气韵，你不禁要感叹兰花对人的品性有着“润物细无声”的作用。

1997 年，兰花被确定为南靖“县花”。之后，南靖兰花获得“国家地理标志集体商标”、“中国驰名商标”、“中国兰花之乡”等殊荣。南靖县重视充分挖掘南靖兰花的历史文化底蕴，加强兰花产品的包装、品牌设计与宣传推介，鼓励支持兰花企业、花农参加各类花卉展览活动。近年来，南靖县积极结合“筑梦天下·圆梦土楼”系列活动对外宣讲推介“南靖兰花”，努力提升兰花展的品位，扩大影响力，邀请韩国、日本、美国、东南亚以及港澳台地区的兰协、兰商、兰农参会参展，将南靖兰花产业建设不断推向更高层次，兰花也成为海峡两岸文化交流的重要载体。

随着社会的文明进步，品兰、赏兰文化受到人们广泛推崇，呈现出精致化、科技化和全球化的发展趋势。随着花卉产业的快速发展，兰花正成为全球贸易的一大新兴绿色产业。中国兰花在亚洲拥有十分广阔的市场，春兰、蕙兰、寒兰等品种，深受各国人民的喜爱。这几年，欧美国家的兰花市场也迅速崛起，发展前景广阔、潜力巨大。我们欣喜地看到：南靖县积极打造“世遗兰花·中国兰谷”等特色品牌，推动兰花产业标准化、集约化、精致化发展，与社会各界携手共创无限商机。

大交流：兰香山城，花开世界

2016年3月1日，在凤翔兰花之都举行的“兰香两岸南靖县第七届兰花展”，吸引众多市民前往观看。为了第七届兰花展能如期举行，南靖县的76家兰花企业、7家专业合作社和2100多户兰花种植户的花农和花商们忙乎了好几个月。

兰花展邀请大陆各省以及台湾地区兰花业界知名人士360多人。“世遗兰花·中国兰谷”书法美术摄影展参展作品以兰花为主题，包括兰花、与兰花有关的诗词文赋、对联、典故等。

兰花展人潮涌动，气氛热烈，钟爱兰花的人们一早就到展馆参观选购。一走进展馆，幽幽的兰花之香扑鼻而来。兰awx展馆有2000平方米，分三个展区，中间展区为精品区，两边为国兰展示区和洋兰展示区。价格从几十块钱一盆到数十万的珍稀兰花应有尽有。姿态各异、品种齐全的兰花让人眼花缭乱，看着这盆不错，但似乎那盆又更好，真叫人挑花了眼，不知如何选择。兰花展成了人们赏兰、观兰的绝佳去处。最让人心动的是大量的南靖兰花精品展示：大汉奇珍、荷花素、素心寒兰、红花寒兰、六瓣奇花、宽叶大花墨兰等，观赏的人们纷纷拍照、分享，南靖兰花一时间成为微信朋友圈中的“网红”。获奖展区陈列的都是平时难得一见的“奇花异草”。

高贵、典雅的兰花不仅受文人雅士的追捧，也是普通百姓点缀生活的重要花卉。养兰花可以放松心情、陶冶情操。南靖人对兰花情有独钟。南靖兰花种植面积大、技术领先，第七届南靖兰花展，是南靖兰花的又一次亮相。“为了让更多人现场体验兰花之美，感受我国悠久的兰花文化。南靖人会把兰花展一届一届地举办下去，而且要越办越好！”南靖县委宣传部蒲部长激情满怀地说：“2017年的春天，南靖人民又将迎来一次兰花盛会——南靖第八届兰花展，我们要把清雅的幽香带给万千百姓，让更多的人通过兰花了解南靖，喜欢南靖！”

大手笔：闽台交流合作双赢

这个故事也许是很多人熟知的。

垂暮之年的张学良，在离开台湾前往美国夏威夷定居时，最放心不下的，是他莳养了多年的数百盆珍贵兰花。临走前，他将这些兰花郑重地托付他人代养，并写下了一首《咏兰诗》：“芳名誉四海，落户到万家。叶立含正气，花妍不浮华。常绿斗严寒，含笑度盛夏。花中真君子，风姿寄高雅。”1997年2月，第七届中国兰花博览会在北海举行，张学良就委托人送来他亲手栽培的数盆珍奇兰花参展，并特意制作了三十张镶有纯金牌的奖状赠送组委会，奖给博览会的金奖兰花得主。博览会期间，张学良送展的兰花吸引了众多参观者，他们将这几盆兰花誉为“少帅兰”，纷纷在“少帅兰”旁拍照留念。博览会颁奖后，有人以每枚1万元向获金奖者求购张学良所赠镶有纯金牌的奖状，竟无一人肯割爱。张学良养的多为台湾名兰，后来，他又收集祖国大陆产的兰花珍品。在他的兰园里，可以看见各种各样的珍奇品种。

张学良养兰寄托浓郁的思乡之情。海峡两岸一家亲，大陆与台湾隔海相望，隔不断的是亲情。近年来南靖与台湾交流合作日益活跃，有20多家台资企业把资金投放在南靖的兰花产业，年创产值5000多万元。台胞的兰园里培育出了水晶、矮种、山城绿等名兰佳品，并多次在全国兰博会上获奖，台胞为南靖兰农带来了先进的管理经验和广阔的销售市场。兰花已成为两岸人民经贸往来、人文交流、凝聚亲情、友情的桥梁和纽带。南靖山水好、幽谷佳兰香。每年春天，海峡两岸兰花界的专家学者欢聚一堂，赏兰、议兰、评兰，为南靖兰花产业发展出好主意、出金点子。南靖人努力学习、借鉴台湾的好经验、好做法，推动南靖兰花创出精品、创造精彩，促进南靖兰花“兰香两岸、花开世界”。除了兰花产业，南靖人特别重视借助闽台交流平台，加强与台湾的农业合作，通过派人员到台考察学习现代农业先进的管理经验、邀请农业专家学者指导科研引进兰花新品种和新技术等方式，与台湾农业实现了合作共赢。南靖县历年来积极挑选兰花精品参加全国兰花博览会、昆明世博会、海峡两岸花卉博览会等大型展览，获得各类奖项几百项之多。早在1997年1月，南靖县兰花协会就与台北兰花协会联合举办南靖县第一届兰花展览会，兰花展在南靖县图书馆举行。在此之前，南靖兰花协会还组团参加第八届中国（中山）兰花博览会。

大规模：打响品牌香飘世界

走进山城，处处能感受到兰花的幽香。众多的兰花种植基地，大量的兰花从业人员，更多的兰花爱好者。只要你懂兰花，你就与山城人有了共同的话题。随着爱兰、养兰、品兰的人越来越多，新建的兰棚不断涌现，养好兰种好兰是大家的共识。山城浓厚的兰花种植氛围和深厚的兰花文化，吸引不少外地商贩和本地商贩参与其中，共同推动南靖兰花产业深入发展。南靖兰花规模化生产和产业化生产已经形成，产生了良好的经济效益和社会效益。

南靖县形成“国兰、洋兰并进，科研、生产并举，精品、大众并存，外商、兰农并种的生产格局。”3000多亩的兰花主要分布在山城、丰田、南坑、船场等镇，现已形成南坑镇村雅村、南高村、南坑村3个兰花村，山城四公里、丰田兰花市场、省林业科技中心3个兰花示范园，全县有兰花从业人员1.3万多人。

丰田兰花市场、南靖四公里兰花市场两个现有兰花交易市场，投资600万元完成凤翔兰花之都南靖兰花市场第一期1.5万平方米兰花商铺建设，第二、第三期建设项目正在规划设计当中。凤翔花都南靖兰花市场在2017年春节陆续开张营业。伴随着兰花展二十载的成长，兰花展会已逐渐彰显出其品牌会展的号召力，开放化、国际化已经成为南靖兰花发展的大势所趋。

笔者在四公里花卉长廊见到了正在忙碌的兰坑兰花有限公司的张森苗董事长。可以看出老张是位爱兰之人，是个懂行的人！1992 年老张率先在南靖创办了中国兰花培育与经营企业。现主要经营中国兰花、下山新品、奇花、奇叶、矮种、叶艺等传统品种。老张的园子朴素而雅致，高高低低的花盆，大大小小的兰花姿态万千，精品展示区的几百盆兰花竞相开放，香气四溢。有的盆上贴着“已出售”的标签，两位妇女正在忙着打包、装箱。老张带着我们参观各种科属的兰花，那一盆盆兰花像一个个惹人怜爱的小孩，有“台北小姐”、“土楼红美人”、“春剑奇花”、“线艺观音素”、“跳舞兰”，红的、白的、黄的，直看得人眼花缭乱。老张告诉我们：兰花要经过反复的筛选和培养，精心地照顾，才能不断地出新品种。我们所在四公里兰花长廊有 4 公里长，面积近 200 亩。老张还说，依托土楼旅游，花卉长廊也逐渐走向规模化和产业化生产，他有信心把兰花生意做得一年比一年好。

“幽兰生空谷，默默独绽放。”这句赞美兰花的诗句用在南靖县蓬勃发展的兰花产业上是十分恰当的。南靖县兰花产业从无到有，从小到大，从弱到强，并越来越受到世人的瞩目。目前，兰花产业成为南靖县农业的五大支柱产业之一。兰花产业具有污染小，效益好，文化深，需求旺，潜力大等显著优势，属于典型的绿色生态产业，是南靖县加快产业转型升级，实现百姓富生态美，建设“富美南靖”的必然选择。经过多年来的不懈努力，南靖县兰花产业规模日渐成熟壮大。全县年产值 500 万元以上的兰花规模企业 20 余家。1997 年至今，南靖县通过以兰会友、在国际国内树立“中国兰花之乡”的高知名度口碑，使“南靖兰花”成为继世界文化遗产“南靖土楼”之后走出福建、跨出国门、跻身世界、遨游太空的独特品牌。

走出去的南靖兰花不但享誉全国，而且远销韩国、日本、新加坡、澳大利亚等国，培育的新品种“山城绿”、“闽南大梅”等在兰界已成为精品。近年来，南靖县委、县政府十分重视兰花资源的保护与开发，把兰花确定为县花，作为一项支柱产业来培植。南靖兰花产业正以自己特有的方式不断发展壮大，打响品牌战，以稳健的步伐走向世界市场。

大市场：技术升级前景广阔

2016年9月15日22时04分，“天宫二号”空间实验室从酒泉卫星发射中心成功发射，100克南靖兰花优质果荚搭乘“天宫二号”开展太空之旅。此次兰花果荚飞天，主要是利用太空特殊的环境诱变作用，让种子产生变异，返回地面时可以培育出奇特的新品种。通过这种“太空技术+”的新理念、新技术，南靖兰花可以在科研化、市场化、产业化方面走得更远。

近几年，南靖在做好兰花产业这篇文章的基础上，大力推进兰花文化的发展，通过参与或举办兰花博览会、展销会，虚心向外界学习，加快技术转化推广，充分发挥合作的人缘、地缘优势，引进“闽台瑞德兰园”、“台中兰园”、“芊艺兰园”等10多家台资企业进驻南靖兴办兰花企业，形成南靖不可多得的“台湾街”，为全县推广兰花种植新技术、新设备提供技术示范，特别是台企先进组培技术的运用，改变了以往靠母株繁殖，一年仅发二三苗的缓慢速度。同时驻扎在南靖的省林业科技试验中心在科研试验、良种培育、引种驯化、新品种选育等方面具有业内领先优势，为壮大南靖兰花产业提供雄厚的技术支撑。南靖县聘请福建农林大学兰思仁校长及园林学院专家教授高起点、高标准编制“世遗兰花·中国兰谷”南靖兰花发展专项规划，制定出台南靖兰花产业配套扶持政策，谋划构建以丰田兰花市场，县城凤翔兰花之都，五板桥林科中心、四公里兰花基地为基点，以丰田—山城—五板桥—四公里为线，以县城为中心涵盖山城、丰田、南坑、船场等镇的兰花产业园区为面的点线面相结合的兰花产业发展格局。

积极规划建立南靖兰花原生地保护区和南靖兰花品种园，禁止滥挖滥采，保护好本地原生兰花种质资源，全力打造以省林业科技试验中心为主体的南靖兰花新品种繁育基地，掌握兰花种植核心技术，努力为全国兰花品种培育创新高地。拓宽南靖兰花销售渠道，大力推行连锁经营、网上配送等多种经营方式，构建“互联网＋兰花”电商平台，集中力量建设好一批兰花产业发展基础设施，重点加快推进“空谷幽兰”项目建设，计划从麒麟山下到五板桥林科中心，建设集兰花培育、展销、科技示范，兰花文化，新品建筑、南靖名优特产品展示等于一体的旅游景观带。

临近春节，南靖兰花又到了一年中的销售旺季，兰花旺销线上线下皆繁忙。随着兰花电商平台的开通运营，网上卖兰花成为南靖兰商拓展市场的新途径。南靖县兰花协会秘书长冯达峰致力于兰花电子商务网络平台的推广和直销。达峰兰园年均出产兰花约 30 万盆，到目前为止，今年已经销售兰花达 20 多万盆。他的兰花销售采用线上与线下相结合的形式。“兰花销售主要还是看品相，只要品相好，就不愁卖。”作为淘宝金牌买家，冯先生的年交易金额达 500 多万元。除了依托互联网做好销售，南靖人不但注重拓展周边省份与地市的市场，对漳州本地市场也很重视。娇艳欲滴的各种兰花甚是惹人喜爱。随着春节的临近，鲜花市场也进入一年中的销售旺季，价格自然也是水涨船高。

南靖县提出打造“世遗兰花·中国兰谷”的发展思路，努力把区位优势、生态优势、工业基础和旅游资源充分结合起来，积极融入国家“一带一路”建设的发展战略，南靖各项事业的发展前景十分广阔，南靖的明天一定会更好！

倾听者说

这一天，我和摄影家老蔡来到金都工业集中区。这里离诏安东高速出口只有2公里，324国道贯穿全境。工业区总规划核心面积18平方公里，这里享受“原中央苏区县”和沿海经济开发县等优惠政策，处于海峡西岸经济区和珠三角的经济辐射圈。园区道路设施齐全，形成“五横四纵”的交通运输网络。连绵88公里的海岸线和273平方公里的海域提供丰富的海洋生物资源，使这里成为福建省较大的海产品养殖加工基地。金都工业集中区已入驻“润科生物工程公司”、“猛狮科技集团”、“华高电源”、“大北农”、“环球生物”等10多家规模企业。22万伏的变电站已投入使用，日供水6万吨的自来水厂管网覆盖全区，水质达国家一级饮水标准。园区以“山海呼应、绿脉纵横、四区联动、群组共生”为指导思想进行规划布局，形成“一核、两翼、三带、四区、八产业”的空间结构。

诏安县是传统的农业大县和省渔业十强县，全县拥有渔业人口8.7万人，海水养殖面积8万亩。海洋传统产业基础雄厚，发展海洋生物高新技术产业具有得天独厚的优势。诏安港毗邻台湾浅滩渔场，海水水质优良，营养丰富，适于各种海洋生物繁殖与生长，为发展海洋生物产业提供了良好的资源基础。

“2012年12月25日，诏安金都海洋生物产业园被国家海洋局认定为‘国家科技兴海产业示范基地’。基地以培育海洋高新技术企业、提高海洋高新技术产业化规模和促进产业聚集为目标，为实施科技兴海战略，推进产、学、研合作创新，促进海洋战略性新兴产业发展，推动海洋经济发展转变提供有力支撑。诏安金都海洋生物产业园围绕海洋生物医药材料、海洋生物制品、海洋生物育种与健康养殖等特色领域。

现如今，世界经济走到了一个关键的当口，面临增长动力不足、需求不振、金融市场波动、贸易和投资持续低迷等多重风险和挑战，全球经济可持续发展如何找到新的发展路径，“大北农集团”（以下简称大北农）给出了一个很好的答案。位于金都工业集中区管委会对面的大北农，从外面看并没有什么特别，宽阔的场地、整齐的厂房，之所以能异军突起，实现跨越式发展，并迅速跻身农牧业巨头企业行列，在听了易敢峰博士一席话之后，我心中的疑团终于解开。大北农的两个年轻人带我们在厂区转了转，偌大的货车司机休息室引起了我的兴趣。一排排整齐的躺椅干净整洁，前面有供应茶水的区域。仔细一看，果然有一个人躺在椅子上休息。穿着红色“神爽”工作服的姑娘告诉我，“货车来厂里装货需要一段时间，易博士是个细心的人，什么都考虑得很周全。”

大海航行靠舵手，一家企业的成功离不开灵魂人物的领军推动。被誉为“神爽博士”的大北农高级副总裁、大北农水产科技集团常务副总裁易敢峰，是创造大北农水产逆市飘红的核心人物。易敢峰博士先后担任过美国动物蛋白和油脂提炼协会中国区技术经理、美国诺伟思公司总部动物营养研究经理，是国内营养专家和技术管理者。他以“打造全球高档水产饲料第一品牌，创建全球最优水产综合服务企业，搭建全球最大水产事业创业平台”为目标，秉持“我是别人的平台，别人是我的平台，互联互通、共创共享”的发展理念，用互联网思维对接水产行业，助力大北农水产的再造新生。

“做技术的人和别人分享，你就能获得更多的技术。在企业内部也要加强沟通。”除了需要宽阔的眼界豁达的心胸，易博士还一再强调要敏锐的洞察力，“我们严格挑选事业伙伴，合作者都是资源最丰富的大商家，都是当地销售量最好的，且要求百分百专营专销。比如不久前洽谈成功的福建大丰收，在全国有90多家餐饮店，一年就需收购一两千万斤鱼，可以带动两三万吨饲料销售。”

接着，易博士谈到要勇于迎接互联网的时代：猪联网包含猪友圈、猪管理、猪系统、猪数据、猪交易、猪金融、猪硬件等众多模块，通过猪联网将养猪各个链条资源汇聚在一起，形成养猪业互联网平台生态圈。选育是一项投入高、收效慢、周期长的工作，但种苗是水产养殖的源头和基础，作为一家有远见的企业，大北农在国家对育种工作投入严重不足的情况下，企业加大科研力度，表明大北农深耕水产的决心。“行业不可能永远停在高峰，更不可能永远跌落深渊。大北农敢于抛开传统，建立一个新的系统。”侃侃而谈的神爽博士认为：大北农属于延续性创新的产物，在生产和研发能力上都有优势。集团提出新型商业模式，搭建全球最大水产事业创业平台，通过合伙人式的创业模式再造员工、渠道、养殖终端共荣的生态系统，希望通过新的企业在新的市场建立一套新的生态模型，完成对传统市场的逆袭……

猛狮科技作为一个专注清洁能源领域的高薪科技上市企业，一直以来把企业的命运与产业的发展紧密联系起来。把“一带一路”定位为新的国家发展战略。猛狮科技深耕高端电池制造、新能源汽车及清洁电力三大业务板块，建好五个事业部，通力合作，为广大人群提供最清洁最价廉的电力。动力宝从事密封式铅酸电池的研制生产，年可产240万只铅酸蓄电池。公司产品畅销国内并远销美国、欧洲、澳洲多个国家和地区。动力宝将绿色发展融入企业基因，满足国人对绿色人居的要求。离开动力宝时，我又回头看了一下不停转动的风能路灯，风叶不停地转动，洁白优雅——能源，是人类社会发展的永动力，清洁能源使人类社会的发展具有可持续性。智慧的清洁能源，让人类可持续发展变得更加和谐和高效，猛狮集团的绿色发展战略由表及里、由面到点，正在一步步落到实处。作为绿色企业的倡议者，猛狮集团在保护地球生态环境、城市生活环境、建设绿色家园的过程中扮演着越来越重要的角色。

诏安县拥有“书画之乡”、“青梅之乡”、“富硒之乡”、“长寿之乡”等几张响亮的名片，创新、协调、绿色、开放、共享的发展理念已深入人心。行走诏安，我陷入思考：我们的现代化掺入太多工业化的元素，我始终认为工业发展需要保持一定的警惕。中国文化追求的是“各美其美，美人之美，美美与共，天下大同”，充分说明我们的文化是海纳百川、有容乃大。是的，这是一个只有人教导我们如何成功，却没有人教导我们如何保持自我的时代。我们所处的时代，周围所有的东西似乎都在增值，只有人生在悄悄贬值，世界一直往前奔跑，我们紧追其后。是不是可以停下来喘口气，做一个懂得倾听的人。博学儒雅的易博士，给我留下了深刻的印象。在这个物质丰硕而又急需丰富精神的时代，我们肩上背负着沉重的担子，我们都需要不停地奋斗。而我最想说的是：在一个时代里行走，懂得倾诉和懂得倾听都是一种幸福！

大地上的二宜楼

土楼是一种独特的建筑模式，她是大山的精灵，是山里人的骄傲！

素有“土楼之王”美誉的华安二宜楼在福建土楼中极具代表性，是最早摘取“国宝”桂冠的土楼。它以规模宏大、设计科学、布局合理、保存完好，被国务院批准为第四批全国重点文物保护单位。2008 年 7 月 7 日，华安“大地土楼群”作为福建土楼的重要组成部分列入《世界遗产名录》，成为我国第 36 处世界文化遗产。已有二百多年历史的“土楼之王”二宜楼、“福建土楼博物馆”南阳楼和“最宜居土楼”东阳楼三座土楼，均为蒋氏祖孙在清朝时期建设的大型住宅。走进华安这片多情的土地，映入眼帘的是清新的乡野，连绵的绿韵，那些富有灵性的绿色生命，簇拥着一座座土楼，成为一道道亮丽的风景。二宜楼、南阳楼、东阳楼以及玄天阁、嘉应庙、慈西庵、茶香街、五凤楼等一百多座土楼组成的大地土楼群，既是福建土楼文化传承的典范，也是福建土楼走向世界的源头。

华安县仙都镇的二宜楼，背靠杯石山，左依蜈蚣岭，右连小丘陵。远处层峦叠嶂，云蒸霞蔚；近处山丘逶迤，宛若蜈蚣缓缓爬行。楼前地势平缓、开阔，两条小溪交汇于楼前，奔西南而去。小桥、楼阁、翠竹、村舍点缀其间，风光秀丽，青山绿水与大楼黄墙黑瓦交相辉映，浑然一体。二宜楼的选址充分体现了中国古典的哲学思想和传统的风水理念。“二宜”两字，寓有宜山宜水、宜家宜室、宜内宜外、宜兄宜弟、宜子宜孙、宜文宜武之意。正对大门的一楼祖厅处于大楼中轴线上，梁架上有精美的雕饰彩绘。祖厅入口大门的两旁，置青石雕刻的抱鼓石一对，精雕宝瓶花、如意锁、四龙戏珠等吉祥图案，与门楣的两个八卦木雕遥相对应，俗称“门当户对”，其刻工之精细，令人叹为观止。祖厅乃殡丧祭祀之地，偶尔也作议事之所，而婚礼和祝寿等喜庆仪式，通常是在四楼的公共祖厅内举行。祖厅里有两副对联：“倚杯石而为屏，四峰拱峙集邃阁；对龟山以作案，二水萦回萃高楼”和“派承三径裕后光前开大地，瑞献九龙山明水秀庆二宜”，形象地描述了圆楼与周围环境间的和谐之美。在清代，建造规模如此宏大的一幢土楼，所费银两当不下十万。对于三十四岁才婚配成家的曾经的“放牛仔”蒋士熊来说，这绝对是个近乎天文的数字。在这神奇的建筑群里，到处闪烁着土楼子民的智慧之光，积淀着丰富的文化内涵。二宜楼的建筑价值得到众多专家、学者的赞誉：时任国家文物局局长张文彬在考察二宜楼后，欣然题词“民居瑰宝”；国家文物局古建筑专家组组长、中国文物学会会长罗哲文称赞二宜楼为“中华瑰宝，世界奇葩”。圆形土楼的结构紧凑，框架牢固。从风水堪舆的角度看，圆是一个太极圈，本身就是一道避邪的符号。圆又是天体、生殖、美满的象征。二宜楼在设计时，充分考虑到卫生条件方面的要求，有许多的细部装饰，使整座楼显得精巧华丽，用今天的眼光看来仍然充满温馨的气息。

土楼是华夏五千年文明的一部特殊词典。二宜楼曾被称为“圆楼之宝”，如今保存完好，仍为蒋氏聚族而居，住有36户220多人。其空间结构十分合理，内环平屋为“透天厝”，设厨房、餐室与客厅，一至三层为卧室、仓库，四层为自家祖堂，各有楼梯上下。大楼中心是公共场所的大内院，占地600平方米，只设两口水井，竖立着许多两米多高的石柱，可晾晒衣服和农作物。两口井分别名为“阴泉”和“阳泉”，组成太极的阵型，令人称奇的是两口井相隔不远，水温却相差一度。二宜楼兼有内通廊式和单元式两种圆楼的优点，抗风抗震，冬暖夏凉，公私兼顾，安稳舒适。楼内居民门内是自家天地，户外是家庭世界，楼外是绿色的田园，日出而作，日落而息，过着田园牧歌式的生活。

土楼无一例外兼有堡垒功能。楼外环底层用花岗岩石砌成，各单元设“之”型弯曲传声洞，圆拱形大门用花岗岩条石砌筑，设两重门板，内层铆上铁板，门后有双闩，门顶有泄水漏沙装置，可防火攻。楼内设通往楼外的暗道二层起用生土夯筑，墙体牢固坚实，具有良好的抗震御风性能。十二单元的结构功能分工清楚，自成体系，四楼利用特厚的墙体收缩一米作为通道成隐通廊环绕全楼，使各单元又能连接沟通，把隐私独立性和凝聚性完美地结合起来。这些都有利于加强内外联系和御敌。二宜楼在建筑格局上的“一统世界无贵贱，平分空间无大小”，非常有利于家族内部团结，发挥其凝聚、团结、制约和导向功能。二宜楼一至三层不开窗，四层只开小窗洞，且密布枪眼，底墙厚2.5米。传声洞、泄水漏沙孔、秘密地下通道、隐通廊等，创造了中国古代民间生活居住与战略战术防御相结合的典范，体现了防卫系统构思独特和构造的与众不同，是研究、探讨、观赏福建省民居古建筑的代表作。

虽然之前到访过大地土楼群，这一次我还是在二宜楼里转了很长时间。从小住在楼里的蒋石南对二宜楼的每个角落都如数家珍，“这土楼的阳台从二楼往上，越来越宽敞。”我仔细一看，二楼的阳台像如今商品房里常见的凸窗，既有利于采光，还可以晾晒衣物。三楼的阳台比二楼宽了一倍，到了四楼，阳台变成狭长的长方形，楼里的居民主要在这里晾晒瓜果蔬菜。老蒋家的四楼是一厅两房的格局，我们继续沿着隐通廊走到对着正门的地方，蒋先生指给我看，“这里是放煤油灯的地方，这是一物两用的典型例子，上面是修理梯。需要修理屋顶时，脚踩着就能往上去，右边三个小煤油灯孔往上，左边三根横木是修理梯，这样就可以上到房顶。”接着，蒋石南向我介绍什么是“蜈蚣吐珠”以及7.8米长的悬梁如何利用杠杆原理。我停住脚步琢磨了好一阵子，的确，楼里面倘若多一根柱子既会影响美观，还不利于通行。“国家著名建筑师杨玉柱先生曾经来土楼里住了一年多，2005年来自香港的女建筑师，为了自己的硕士论文，也在楼里住了很长时间。”蒋石南自豪地说，“对面是龟山，后面是九龙山，二宜楼就建在这两座山的黄金分割点上。远一点的山叫狮子山，左青龙、右白虎，现在正在进行的是防雷和消防方面的工作，前面空地上还会有大型的灯光秀，土楼本身没有问题，搭这些脚手架，并不是做土楼的修缮。你看，沿着河道还要修一条步行街，不久后，这里将越来越好看！”

土楼的外墙斑斑驳驳，像时光的手在这里抚摸过。时间是多情的，有人说，“时间对一座村落来说，是建筑的破败史”。我在大地村看见的是完全不同的结果。奇特的景观与大自然融为一体，凸显出既和谐又风情的诗意。走出二宜楼，我的思索还在继续。周围的一切，在微风的吹拂下，闪闪发亮，四周的一切仿佛在绿波之中，轻轻荡漾。

几位老人在土楼前的石凳上坐着，她们手里拿着长柄的雨伞，见我走近，问我需不需要她们带路。时间已近正午，阴凉处却有习习的风，我和她们攀谈起来。一位头发发白的老妇人告诉我，她们在这里等着带人进去参观二宜楼，在家里没什么事，闲坐着也无聊，到这里几个人还能说说话，聊聊天。另一位大娘笑着对我说，还是你们有“铁饭碗好呀，这么热的天，不用到地里干活，我们这些乡下人，天天要发愁呀！”和我聊天的大娘都住在土楼里，她们衣着朴素，说话里语气充满了揶揄，她们精神爽朗，看起来的确比实际年龄年轻不少。土楼是土楼子民命运的镜子。青竹绿树掩映下，百余座大大小小的土楼犹如庄严的城堡，使山清水秀的乡野平添了一道壮丽的景色，令人顿时长足了精神。“喧闹是土楼的特色，欢乐是土楼的基调，团结是土楼的精神。”在大地土楼群行走，处处都会让你感受到一种大家庭的温馨和愉悦，你可以领略到淳朴乡民生活的韵味，饱赏土楼人家的独特风情。

生命是一幅拼图，由许多块小拼块组成。人总是想争取更多更好的拼块，好将自己的人生拼出美好的图案。但是在我们成长的过程中，有一些拼块遗落了。有的散落在岁月的某个角落，永远无法回到我们生命的版图上。寻找那些小拼块，然后将其放回生命原本的位置上，让生命少一些空虚和遗憾，也许就是重逢的意义。两年时间里，我两次遇见华安土楼，并且都仔细地拜访她、阅读她，二宜楼标注了一段时光，绿皮火车在远方喘息，让我思索重逢的意义。我从电脑的文件夹里翻找出第一次到访二宜楼写下的文字："土楼里有好多泡茶的场所，村民们在自家门口支起一张桌子，摆放茶具，也摆放茶叶，为游客提供休憩的场所。杳气四溢的华安茶泡好，轻轻呷一口，唇齿留香。手工捶打糕点的工艺很是吸引人。和善的妇人看见好奇的目光，把锤子交给小朋友，鼓励她们亲自动手，捶打几下。两个小伙伴立马风风火火干起活来了，有板有眼，配合得还很默契，一上一下，一高一低，两人捶打了十几下后，妇人说：'等等，我翻一翻。'她用一个小平铲把那些被捶打细碎的糕点翻了翻，又用小刀切了几片，请游客们品尝。小朋友乐开了花，又跳又叫。沿着楼梯上到三楼，我们遇见一位老者。他那剪得短短的灰白头发，像崭新的银子一样，闪着幽暗的光。他非常可爱地摇晃身子，耸动肩膀，同时露出一口极其漂亮的白牙，用令人愉快的声音说话。他的额上没有皱纹，极其端正、干净，好像是用一把很细的刀子轻轻雕刻出来的，显露出他当年英俊的痕迹，一对漆黑的圆圆的大眼睛特别漂亮。"在今天遥望那个日子，觉得挺温馨挺浪漫的。

找回逝去的美好的记忆是不容易的。它需要缘分，或者说需要一个特定的事件在某个时候轻轻触碰你，让你的内心突然打穿一条通往过去的小径，这样特定的事件可以是一个梦，一段音乐，一部电影，或者是一座座一直屹立在那里的土楼。

充满浪漫风情的特色小镇

美国旧金山有个美丽的农业小镇纳帕谷，在一块长35英里，宽5英里的狭长区域内种满了葡萄。风景优美、自然淳朴的特色小镇纳帕谷，如今已成为一个以葡萄酒酒文化、庄园文化而负有盛名的旅游胜地，包含品酒、餐厅、SPA、婚礼、会议、购物及各种娱乐设施的综合性度假区，目前每年接待世界各地的游客500万人次左右。

“大如小城，小如街市，远离都市繁华，却不乏市井里弄的韵味，虽偏居一隅，却从不乏人气”，这是人们对世界各地特色小镇的普遍印象。特色小镇区别于行政区域意义上的“镇”，也不是产业园区或者风景区的“区”，而是按照创新、协调、绿色、开放、共享发展理念，结合自身特质，产业定位准确、规划科学，人文底蕴、生态禀赋凸显，形成“产、城、人、文”四位一体有机结合的重要功能平台。

郭坑镇位于漳州市龙文区北部，总面积36平方公里，人口不足2万，省道郊柏线横穿全镇，鹰厦铁路和九龙江北溪纵贯境内，距漳州市区10公里、距漳龙高速公路入口处4公里，水路可直达厦门，交通便捷。近年来，郭坑镇利用原始生态，将产业、文化、旅游、社区融为一体，因地制宜发展特色鲜明、产城融合、充满魅力的美丽、宜居的特色小镇。郭坑镇从功能定位出发，在保留原汁原味的自然风貌基础上，建设有江南特色和人文底蕴的美丽小镇，让回归自然、田园生活不再遥远，让绿色、舒适、惬意成为小镇的常态。走进郭坑，你将开始一段浪漫之旅：这里繁花点点，绿叶成荫，郁郁葱葱的郊野公园、风光旖旎的北溪风光，山峦、田野、溪流、村居融为一体，你仿佛走进一幅自然生态与现代文明协调融合的画卷。

“踏上这片深深眷恋熟悉的尘泥，口社金鸡山树茂，汐浦抗旱排水涝，芦州历史悠悠古迹散发着味道，扶摇洛滨的陶瓷轻勾勒，看那篁卿云英大庙的壮观秀丽，院后的文明别人无法相比，都是我最珍贵记忆……”由一首《旅行的意义》改编拍摄的MV，融合了郭坑镇的各个场景。闽南师范大学新闻系大三学生把沿途的风景用相机记录下来，并通过歌曲表达家乡学子的深深眷恋之情。在“青春漳州浪漫郭坑”电影梦创作大赛中，作品展现了郭坑镇山水田园自然风光及古石楼群、扶摇关帝庙、郭坑火车站、山地自行车训练基地等古厝古宅、宗祠庙宇、历史印记。传统文化与美丽乡村建设相融合，唤醒乡愁记忆，始建于明万历二十八年（1600）的扶摇关帝庙，依瑶山而建，坐东北朝西南，有明代寨堡镇安寨、山麓13座陶窑遗址等，扶摇像一首歌，更像一团谜，在建设特色小镇过程中，郭坑人始终注重保护传统文化与美丽乡村建设相融合。

特色带来了活力，活力推动了发展。位于郭坑大桥东北侧的渔人小镇娱乐区占地近50亩，总投资1.8亿元，建设期为两年。作为郭坑综合旅游开发的一期项目，渔人小镇的建成将为郭坑旅游产业的发展打下良好的基础。设游客服务中心、步行商业街、特色主题餐厅、精品酒店、灯塔广场5个功能区，拥有365个车位。郭坑镇将主导产业、文化旅游、生态环境、特色区域等进行有机统一，以“浪漫郭坑渔人小镇”统领全镇发展。这里不仅有原生态的乡村“慢生活”，也有着小城镇的浪漫情怀。郭坑镇的工业产值比重低，水源、地形等生态环境保持良好，特色小镇建设围绕原生态做文章，依托自然资源和人文景观，建设渔人小镇娱乐区、篁卿温泉度假区、村庄民宿改造区、扶摇关帝旅游区等景观区，努力将郭坑镇打造为融旅游度假、商业娱乐、文化体验、生态农业、运动休闲为一体的综合旅游区，为漳州中心城市未来发展注入新的活力。

东溪农场既是一处自然与人文完美结合的所在，也是特色小镇的核心元素。找准特色、凸显特色、放大特色，是小镇建设的关键所在。农场内建有福建省最大的山地自行车训练基地，作为郭坑慢性生态绿道的重点项目，总投资额约 990 万元，分为自行车闭合赛道和比赛出发广场两部分，总用地面积约 110 亩，其中赛道约 25 亩，总长 5 公里，出发广场占地 5200 平方米。赛道依山而建，蜿蜒盘旋、上下起伏，具备自行车赛道国家级标准。选手在比赛时可将河光山色尽收眼底，观众在观看比赛的同时还能游山玩水、钓鱼休闲。基地于 2016 年 5 月 29 日承办了中国龙文首届国际山地自行车邀请赛，来自世界各地的 500 多名选手参加了比赛。2017 年 5 月 21 日又成功举办第二届自行车赛。

特色小镇郭坑大力实施“美丽乡村”建设，以省级富美乡村示范点汐浦村和市级美丽乡村示范点篁卿村为导向，带动扶摇、洛滨、东溪农场等村开展美丽乡村建设。郭坑镇以“垃圾处理、沟渠整治、村道硬化、村庄绿化”为重点对东溪农场、洛滨村进行村庄整治，实施“硬化、净化、绿化、美化”。围绕发展乡村旅游，打造旅游度假富美乡村的目标，对东溪农场进行全面规划设计，同步开展整治及建设，清理村庄内房前屋后垃圾，在进村入口种植了各类绿化苗木，设置了稻草牛、稻草屋、稻草人等景观设施和节点指示牌，对村庄主干道围墙进行文化创意彩绘等。同时完成对东溪农家饭店及 4 户 19 床东溪民宿的改造并对外经营，望秋水、云何住休闲广场及配套道路已建成使用。逐步改变其原有“脏乱差”的现象，使村庄彻底转变成新绿亮洁、功能配套完善又富有乡土文化特色的美丽乡村。目前正规划建设村落保护区、休闲活动区、住宿餐饮区、竹坊产业区。

特色小镇的特质在于“特色”，其魅力也在于“特色”，其生命力同样在于“特色”。因此，保持小镇“特色”的鲜明性，是打造特色小镇的首要原则。郭坑镇水资源丰富，特色小镇的打造体现“水乡”的地域特色。国内外许多成功经验告诉我们，特色小镇的打造，必须结合产业规划统筹考虑，这样才能有望保持小镇持久的繁荣。郭坑镇从道路、交通、环境、建筑风貌，到功能布局、各类设施，从休闲、娱乐，到餐饮、商贸，在充分满足居民物质和精神生活需求外，一切从打造生态旅游小镇的思路出发，精心打造，使生态旅游业、现代服务业，成为小镇赖以发展的产业之一，坚持把改善民生作为特色小镇建设的落脚点和归宿点。特色小镇的打造既体现现代化、生态化，又体现人性化。可以想见，不久的将来，充满浪漫风情的郭坑镇将吸引越来越多人的目光，一处处美丽的景观将如同一颗颗璀璨的明珠闪耀在北溪江畔。

埭美古民居

龙海市东园镇埭美村有大片的古民居群。午后三点的日光，已经有些柔软，车子从东园路口往镇政府方向开，一望无际的农业示范园逶迤而来，绿色的农作物鳞次栉比，远处青山如黛，近处鸟鸣依稀。偶尔几只白鹭悠闲低飞，白鹭的白，是内敛而优雅的，点缀着耀眼的绿，让人以为误入桃源。被誉为“闽南第一村”的埭美古民居在九龙江南溪畔，距沈海高速公路漳州港出口仅两公里，与厦门和龙海石码遥遥相望。在闽南语中，“埭美”与“地美”同音，前几天我特地查了字典“埭”字发“代”的音，“土坝”的意思。这个村子远比想象中豪迈。车子停在村口河边的榕树下，河里一条很小很旧的船，空荡荡地对着岁月，橘色的日光，斜斜地照着200多座明清的老宅，村子里行走的人，有些慵懒，有些寂寥……

来埭美之前，我是做过功课的，听很多人说过这是一个很有历史和人文底蕴的村落。埭美古民居群是陈姓的集聚地，全村都姓陈。埭美人一直以来对前辈都相当推崇，除了“开漳圣王”陈元光外，村民们最津津乐道的要数南宋理学家陈淳了。

陈淳是南宋时期的思想家，是一代理学宗师朱熹的亲传弟子，也是闽南理学的开创者。1190年4月，年逾六旬、思想成熟的朱熹以理学大师的身份又一次来到闽南。从此，这位著名的理学家便和漳州有了千丝万缕的关系。他在任期间，崇儒兴学，整饬吏治，发展生产，改革风俗，促进了漳州经济文化教育的进一步发展。朱熹在漳州任官虽只有一年，但对漳州产生了深远的影响。历代都把朱熹到漳州任知州，看成是漳州文化发展的里程碑，认为在这之后漳州才逐渐成为“海滨邹鲁”。陈淳，从小习举业。22岁时，有一个乡贤先儒、东溪高登门人林宗臣指点他说:“子之所习，科举文尔，圣贤大业则不正是。”便传授给他《近思录》，从此他才知道有濂溪、明道、伊川与当今大儒紫阳朱熹之学。在以后的十年中他大量阅读了周张程朱的主要著作，萌生往武夷访师受业之心，但一直没有机会。陈淳在绍熙元年十一月十八日冬至赍《自警诗》三十五首登门叩见朱熹，并叙述自己接受程朱理学的思想历程。

陈淳的五世孙陈均惠，于宋祥兴二年（1278）避乱肇居峨山之阳圳尾。明景泰五年（1450），陈元光第三十一世后裔陈仕进在埭美开基立业。据说最先开基的地方位于“万丁河”区域，后扩展至“头前河”区域。陈仕进要在扩展的区域内找一块地建一座房子，对各块地进行了一番探查后，发现有一处地面比周围稍微凸起，觉得这块地不错，就在那里建起了房子。房屋采用砖木结构，单进三开间，屋顶以硬山式曲线燕尾脊，红瓦铺盖，四面用砖围起来，前面是院落，房屋的两侧设有两个边门。北面有山有水，视野开阔，风景怡人，房屋主人因思念祖先，所建造的房子均坐南朝北。难得的是埭美村民很好地继承和发扬了陈淳的理学思想，所以埭美厚实的人文和神奇的地理风水表现得尤为突出。

明末清初，陈氏家族出了不少有功名的人，各级官员往来频繁，为了接待需要，族人商定修建一座房子作为官厅，用于日常的接待场所，并在官厅的门前留有旗杆的位置，谁家要是出了显赫的人物，立旗杆彰显高贵，以光宗耀祖。

古厝的布局合理、整齐划一，横是横、竖是竖，像等待检阅的士兵，让人一眼望去就觉得赏心悦目。一位慈眉善目的老者坐在屋檐下，他告诉我们:“古厝群中近一半是明代时期建的房子，一律坐南朝北，而近代建的一律坐北朝南。”凡是族群里的大事都要由长辈拿主意，由族亲推选出年长者作为族长，制定村规民约，处理族群中的事务。比如：无论哪家发家致富要建房子，必须由族里统一规划。因此，后代建的房子都按原先的建造风格，即砖木结构、红砖砌成的墙体、红色屋瓦、硬山式曲线燕尾脊，在“头前河”对面第一排又建了五座房子，均是坐南朝北，以表思亲之情。这样，后祠堂前面就建成了九座房子，从村头到村尾。然后依照先前的做法，对照前面九座房子，依次建三排，坐向全是坐南朝北。民国时期，陈氏后代所建房屋依然模仿前人的风格，只不过坐向改为坐北朝南。如此一来，两部分房子背对背，因此形成了明显的分界线。此外，排水沟的铺设也很有讲究，南北低、中间高，西高东低，排列十分整齐，有利于雨水快速地排入河流。时光悠忽，沧海桑田，村子里的人恪守祖先留下的建筑格局的遗训。一座座古厝均是硬山顶砖木结构，外观仿宋造，左右有机衔接，屋顶以曲线燕尾式为脊，似有无数燕子栖息于此，并自顾呢呢喃喃。石墙红瓦，室内的木雕、砖雕、泥塑、梁拱窗花，梁上雕花有山水、花鸟、人物，独具匠心、镂刻工艺精湛。贴金多有磨损，依稀可见当年的富庶。

“有埭美厝没埭美富，有埭美富没埭美厝”。这句话流传已久，意思是说，你可以看见像埭美这样的厝却没有埭美的富裕；有埭美富有的地方也没有埭美这样的厝。陈家前祠堂作为埭美的标志性建筑，如今也成为游客们了解埭美的一扇窗口。陈家后祠堂更是神奇，据说出了个“蜘蛛穴”，即使是夏天，你也在屋子里寻不见一只蚊子。

穿行在傍水而立的民居中，行走在巷子里，触摸着斑斑驳驳的墙，岁月似乎诉说着特立独行的幽深故事，一只小黄狗波澜不惊地走着，几只水鸭子在房前屋后的水沟里觅食，丝毫不在意人们注视的目光。一株兀自绚烂的三角梅，一些旧物，一行行清晰可见的毛主席语录，一块块可供休憩的石板……黄昏漫瓦檐，旧日时光似水流转，瞬间已百年。

埭美古厝最大的特色是水环村绕社，整片古厝群如同置于水中，恍惚之间会有“海市蜃楼”漂浮于河面之上的感觉。有人说：埭美的水美，美在神韵。从空中俯瞰，埭美村四面环水，河港水流纵横交错，内河港蜿蜒绕村而过，像一条长龙盘旋住古厝群，形成“港环村，村绕港”的独特景观，使埭美这块小岛屿犹如漂浮在水面，成为名副其实的“闽南周庄”。富有南亚热带绮丽风光的闽南漳州母亲河九龙江是仅次于闽江的福建省第二大江，有北溪、南溪、西溪三条支流。埭美村水通南溪、西溪，是一片水上古民居，像一颗璀璨的明珠镶嵌在九龙江南溪河畔。一叶扁舟就能把你摇到烟霭缭绕的三王公庙。这三王公据说是被大水冲到了村子附近的河道里，善良的村民们虔诚地拾回来，供奉起来。村里有几百年历史的榕树就有三棵，最让人惊叹的要数“功劳古榕”了，榕树跨江而过，下大雨的时候，村里的人就把榕树当成桥，榕树也因此而得名。在时间的树枝上，风在栖息，雨还在睡眠，一颗于尘埃之上困顿的心，一点一点苏醒，一点一点轻盈，终于，你觉得心像一只鸟一样飞起来，越飞越高。

埭美古民居是“闽系红砖建筑”的典型代表，是闽南文化的重要载体，她集中体现了闽南人民的生活方式、思想意识、民俗文化及建筑技艺，是闽南文化研究的重要依据。红砖建筑的发展和影响与“海上丝绸之路”的兴起与繁盛紧密相关。闽南红砖建筑随海上贸易的发展传播到东南亚，影响区域内人民的生活方式与民俗生活。红砖建筑作为“海上丝绸之路”重要的物质载体，也记录了中国闽南海洋文化发展的珍贵历史。

龙海埭美村或许是可以让你不觉得自己是游人的地方，因为你不必按图索骥，只需随意走走，便能不经意闯入他们的生活。埭美村也是适合雨天游览的地方，相邻的古厝的边门和边门正对着，只要家家户户把边门都打开，一条从村头到村尾的快速通道就连接成了，遇上下雨天，村子里的人不打伞行走于村中也不会被雨淋湿。若是雨细细密密下着，热情的村民会引你入座，喝茶、听雨，或者踏着青青的石板，流年光影便不小心挥霍了。人在这里，有了一种对陌生的向往和对生命抵达的渴望。

第三辑　温情与暖意

好孩子坏孩子

作为老师，我们不自觉地会把孩子分为好孩子和坏孩子。对待好孩子，总是关爱有加，细声细气，对待坏孩子，总是不小心就“恶语相向”。目前，大面积的孩子厌学已成不争的事实，老师的苦口婆心很容易遭遇“热脸去贴冷屁股”，随着教师任教年限的逐渐增加，耐心被一点点消磨殆尽。“坏孩子”的艰难处境可能是个例，很多老师也许也意识到对孩子的冷嘲热讽收不到好的效果，渐渐失去对孩子教育的热情，继而只好听之任之了。虽说，教育的曲折性、反复性大家心里有数，可真正遇上棘手的事情，要做到心平气和教育引导，是有点难度。

我认为，身为人师，要有一定的气度。每个班级都会有“坏孩子”，这些坏孩子的厌学也可能由来已久，改变他们肯定不是一朝一夕之功，或者干脆说，让他们变得爱学习比登天还难。老师先要做的是调整好心态，改变一点是一点，把标准降低，把目标细化，寻找学生身上的闪光点。千里之行始于足下，倘若所有老师对“坏孩子”都多一些关心，多一分理解，“坏孩子”是会被感化的。

我读到一篇文章，作者林楚方这样写道：“后来，我经常跟人说，老师的作用太重要了，他走对一步，就把孩子送上天堂；走错一步，就可能把人送入地狱。”作者是幸运的，一个老师眼里的“坏孩子”，考上重点中学，继而考上大学，和那些所谓的“坏孩子”彻底相忘于江湖。文章用颇长的篇幅讲了两件事：一是，林同学在四年级时和同学打架，头被砖头打破了，父亲被请到学校，老师狠狠瞪着他说：“你就没错吗？

你就没错吗？”二是，林同学和同学放学路过一片玉米地，几个同学把所有的玉米都拔出来再插回去，东窗事发后，老师调查时问：“没拔玉米的举手。”林同学自豪地举起手，老师说：“那你看到谁拔了？”林同学嘟囔着说：“反正我没拔。”老师问同学：“你们觉得他有没有说谎？”所有的同学都说：“有！”后来，林同学转学了，结束了黑色的日子……只是现实生活中，并不是所有孩子都有这样的好运气。

不管是对待好孩子还是坏孩子，我认为做老师的一定要有幽默感，因为幽默是直达孩子心灵最快速的通道。现如今，教师这一职业已经不再是三尺讲台上板着面孔简单的“传道、授业、解惑”了。教师不能总是担当“匠”的角色，正所谓“润物细无声”，一句句幽默的话语和硬邦邦的简单粗暴的指责，得到的教育效果，自然不可同日而语。

阅读的味道

我一直认为，阅读是很有味道的。

1986年，我上小学，童年是快乐的，课余时间大多用来奔跑跳跃，丢沙包、踢毽子、玩闯关游戏，欢声笑语不断。父母是地地道道的农民，识字不多。家里除了书包里的教科书外，找不到其他的读物。记得，我们班有一个女同学的妈妈在邮电局上班。她家有《故事会》《优秀作文选》什么的。新书到的日子里，一放学，我就拉起她的手，箭一样地冲到她家，然后坐在门槛上贪婪地阅读。天暗下来时，我抓起书包飞奔回家，帮奶奶把院子里的柴火收进柴草房里。现在想来，那时的阅读，火急火燎，囫囵吞枣，似懂非懂。

没能上大学是我此生最大的遗憾。17岁那年，稚嫩的“大孩子”走上三尺讲台，面对孩子们求知的目光，才知道自己师范三年的散淡时光的确耽误事儿。我赶紧加入学姐们自考的行列。一个科目又一个科目，我咬着牙读，17门功课，一一通过考试。拿到大专文凭的时候，同事们异口同声地说，打铁要趁热。我丝毫也不敢懈怠，又报考了大学本科的课程。孙敬、苏秦的悬梁刺股，车胤的囊萤夜读，匡衡的凿壁偷光，典型的苦读故事时时激励自己。七年多的自学时光，挑灯夜战，乐此不疲。当年的阅读，更多的是功利，精雕细琢，马不停蹄地。

人到中年，我是如此渴望懂事。如今的我，喜欢在寒冷的冬日里，手捧一本书，与一杯茶静默。学习写作让我体验到了精神上的愉悦，也让我遇到问题和困惑。有人说：人的高层次能力，比如概括能力，宏观能力，抽象思维能力，基本上都要建立在大量读书和深刻思考的文字之上。伴随着阅读，通过想象和再创造调动七情六欲，完善自我和提升灵魂。

“你是窗内的一片风景……”

“我们为文字苦恼，文字就像一个个房间或一条条隧道。它们可以扩张，或者塌陷。”

最近，我在读一些理论书。我仍然一目十行地看，不知道有没有看懂，好像是懂了。恋上阅读，好像年轻时恋爱，自己会很开心地笑；会偶尔捂着被子偷笑；会在骑自行车回家的路上把笑意写在脸上。

“读书的人、写作的人、做学问的人，回顾一生的时候，就会发现自己一直都是以书为伴的，读书居然读了一辈子。”在这个艰苦跋涉的过程中，我沉浸在书籍柔软的纸页里，那些文字时时溢放出睿智、幽默、真实或者洒脱。书中的智慧，通过我的眼睛成为可见的，经过感觉的门廊，经过想象力的天井，进入我心灵的空间。这种时候阅读，除了快乐还是快乐，这快乐像陈年的老酒，坚持的时间越长，香味越是醇厚。

最后我要说，我们是离不开阅读的。

一个人的广场舞

二十年前的我意气风发，浑身似乎有使不完的劲儿。我的三姑是某剧团的“台柱子”，在漳州市区念书的三年时间里，常常去姑姑家蹭饭。姑姑是跳交谊舞的高手，而且跳的是国标。当年姑姑几次三番要求我认真和她学习舞蹈，我一个字也没听进去。到谈婚论嫁的当儿，姑姑几次到我家，意在给我介绍有房有钱有社会地位的对象，我总是退避三舍。这姑姑是父亲的亲姐姐，后来和姑丈分开了，再后来走动少了，多年后竟音讯杳杳。

第一次听说“广场舞”是在三年前，令我诧异的是我一听见“舞”，脑海里竟然全是关于我三姑的林林总总的碎片。学校里有一英语老师声情并茂地说，所有跳广场舞的人，都是自我感觉超好，越跳越带劲。广场舞，顾名思义就是在广场上跳的舞。一行行一列列，队伍十分整齐，音乐舒缓，路过的、散步的人大多驻足观看。一个有力的击掌，一个优美的旋转，一个顺滑的踢腿……舞者大多裙摆飞扬，放下烦心的事儿，卸下一天疲惫的伪装，无论是年长的还是年轻的，都舞出一份从容，一份自信。舞者一招一式都认真，舞姿娴熟优美；观者品头论足，目光在队伍里游来游去，倘若看见个邻里或者亲朋好友，莞尔一笑，算是打了招呼。舞者中也有胆小的，有几分拘谨，音乐能让人舒缓，跳着跳着，动作熟练了，便自信心陡增，身姿舒展轻盈起来，跳进音乐，跳进韵律，似乎个个都把逝去的青春给跳回来了。

广场舞的主力军是清一色娘子军，在这小县城里，很少看见男同志跳广场舞。可是，CD 里做动作要领示范的也有个别男“舞林高手”。福建的广场舞，据说首先从某个市开始往外传，以迅雷不及掩耳之势迅速“红”遍至各个街道、小区、乡村的一块块大大小小的空地上。一位喜欢思考的朋友曾经以玩世不恭的语气，条理清晰地分析了广场舞迅速普及的原因。交谊舞固然有更高的观赏性，但必先讲究“男女搭配，跳起来不累”，要跳出高水平，最考验男女之间的默契，可在一座小城市里，要找出夫妻都喜欢跳交谊舞，而且都是“舞林高手”的实属“凤毛麟角”。那么，同事、同学、朋友成为配合默契的舞伴就顺理成章地成为普遍现象了。经过无数岁月的淘洗，也就很容易证明出，广场舞有交谊舞永远不能企及的优点了——保证家庭和谐。朋友调侃的话当然不排除哗众取宠的成分，但也不是完全没有道理。

广场舞其实就是一种体育运动，是琳琅满目健身项目中的很好的选择。一个人可以跳，两个人可以跳，十个人可以跳，七八十个甚至更多的人都可以一起跳。春夏可以跳、秋冬可以跳，广场上可以跳，家里可以跳，总之，它不受时间、空间和器材等因素的太多限制，音乐响起，翩翩起舞者怡然自得，观看者赏心悦目，实在是一种极易普及的大众体育运动。家庭主妇在广场上挥汗如雨，家里的男人们爱吃吃，爱喝喝，爱看电视看电视，爱打牌打牌，有了更多自由的时间、空间。女人们运动了、健康了、开朗了、豁达了，好处自然多多。

我本是驻足观看的，心里也早就痒痒了，总想我若是手舞足蹈队伍中的一个，一定也能跳得不错。平日里懒散惯了，习惯找一百零八个理由赖床。直到前年秋天里颈椎痛严重发作，才不敢常常耗在电脑前，加入了小区里跳广场舞的队伍中。无奈自己是个天生的健忘者，容易好了伤疤忘了疼，颈椎痛长时间不发作了，我也就三天捕鱼两天晒网了。加上小区里跳舞的多是些年纪稍大的阿姨，她们偶尔集体去哪里排练，说是要参加什么演出。后来，我索性改在家里，自己一个人跳，每天早晨忙完家务，打开电视，一曲一曲跳下来。先是《好运来》，接着《自由飞翔》《最炫民族风》《月亮之上》《爱的思念》跳完我就开始出汗了。每天早上跳个一小时，一整天做事都很精神。到了下午下班回家后，做家务，陪女儿。真是锻炼、工作、生活、娱乐都不误。在我这里，广场舞就沦为“家庭舞”了。

可我要让你知道的是，一个人的广场舞其实也挺好，虽然没有灯光、鲜花、掌声，有内心却拥有一份坦然与安宁。

永远的文学

中国文坛上，王蒙先生德高望重。他是当代著名作家、学者，文化部原部长，中国作家协会名誉主席。著有长篇小说《青春万岁》、短篇小说《组织部来了个年轻人》《王蒙文集》等作品一千多万字；曾获意大利蒙德罗文学奖、日本创价学会和平与文化奖、俄罗斯科学院远东研究所与澳门大学荣誉博士学位、约旦作家协会名誉会员等荣衔。2015年王蒙先生的《这边风景》获茅盾文学奖。中国作协主席铁凝这样评价："王蒙是一个丰富的、复杂的人，对中国当代文学的影响是综合性的，不单是小说方面，还有诗歌散文，比较文学以及古典文学研究，表现在齐头并进的多个方面及前沿地带。"

2015年3月10日，王蒙来漳州的消息一经传开，闽南师范大学逸夫图书馆五楼的报告厅，可以容纳四五百人的会场爆满，连主席台前的空地和发票道都挤满了人。

王蒙先生从儿时的文学启蒙谈起，"皎洁的月亮"、"母亲的睡前故事"，字正腔圆的北京话里透出幽默和风趣。王蒙先生饶有兴致地谈到小时候读《一千零一夜》的感受，"文学能使你和这个世界产生认同和熟悉。"当谈到文学与世界的关系时，王蒙先生说："文学能够战胜凶残，改变人性恶毒的一面。""文学可以抵抗时光的消磨，让美好的东西长久地存在下去，写作从某种意义上延长了人的生命。"文学是人生的表现，但比人生更集中、更强烈、更美好、更宽阔也更长久。王蒙先生认为："是否拥有文学素养，对人生将会有大不同。"王蒙先生说，最痛心的不是阿Q革命不成功，而是阿Q的求爱失败，引得听众一阵欢笑。王蒙先生接着说，倘若阿Q有一定的“文学素养”，他可以对吴妈吟道：“我是天空里的一片云，偶尔投在你的波心……”声情并茂、一气呵成背诵出徐志摩的整首爱情诗，引得观众不由自主鼓起掌来。“一个人处在逆境的时候，没有比读书更贴心的陪伴了。”王蒙先生认为文学是有弹性的。中国人对文学的关心和教化有关，“文学是对正义的期待，对文明和进步的期待，也是对美好的期待。”爱情是一个永恒的话题，王蒙先生诙谐地表达对爱情的理解和渴望。“文学是对人生的反映，生活又是文学的源泉。”整场讲座王蒙先生信手拈来、引经据典，语言风趣幽默，侃侃而谈，听众们听得如痴如醉。

面对踊跃传递到面前的一张张纸条，王蒙先生显得细致而耐心。当有大学生问：“王蒙先生，您为什么不开通微博呢？”“我已经够‘萌’的啦！”……高尔基说：“真正的伟人决不抛弃童真。”幽默是思想、学识、智慧和灵感的结晶，是一瞬间闪现的光彩夺目的火花。已83高龄的王蒙先生童心未泯，睿智而充满趣味的回答，赢得了在场观众的阵阵掌声，互动环节再次把讲座推向高潮。

王蒙先生的作品一直代表着他那一代作家的质量和分量。1956年，发表在《人民文学》的《组织部来3个年轻人》，描写一位新到某共青团团委工作的青年对官僚领导的不满。让人读后产生热血沸腾的感受，小说里那种满怀激情的沉思，深刻、尖锐而且明亮丰富。心甘开放后王蒙先生的小说像泉水一样喷涌而出：《布里》《蝴蝶》《风筝飘带》《如歌的行板》《相见时难》等。王蒙先生的风格变化多样，《春之声》是一种新的尝试，新的开端，新的创造。1994年，王蒙先生发表《人文精神问题偶感》，引起舆论界一片哗然。“土蒙是当今文坛的奇才，也是当今文坛的热点和焦点之一。在当今文坛上，再也找不到一位像王蒙这样由作家而部长，又由部长而作家，创作与理论相济、老中青几代作家均能沟通，又常常被赞扬，被批评，甚至于被攻击，有说不完的话题的作家。”

这是漳州籍作家何镇邦先生在编写的《名家侧影》一书中关于王蒙先生的一段文字。1992 年王蒙先生给自己的“自画像”这样写道：“身高不足一米七，体重徘徊六十七。头晕皆因爬格子，复健不辞冷扎啤。”“客走万城三十二，文行寰球二十一”。

“即使明年我将衰老，现在仍是生动！”“有人认为文学正在消亡，我没有那么悲观。你可以变老，但你的作品不会老，文学是永远的！”一个人看到什么、看不到什么，与眼无关，而关乎心。在青山绿水的漳州，在九龙江畔闽南师大文学院开学式主题演讲的这场“文学的盛宴”上，王蒙先生给我们带来了有关文学有关人生的活力与生动。

谢建东和他的古琴世界

谢建东这个名字，也许注定和古琴联系在一起。

身为著名的斫琴家和非物质文化遗产古琴传统制作技术代表性传承人的谢建东，更喜欢称自己为“村长”。2003 年，谢建东在厦门成立“龙人古琴”。十多年来，“龙人古琴”始终致力于古琴文化的研究与推广，如今已成为古琴界最具代表性的品牌之一。2010 年，“龙人古琴”落户漳州市长泰县马洋溪生态旅游区，并正式命名为“中国龙人古琴文化村”。也正是从那一天起，创始人谢建东就成了古琴文化村的“村长”。谢建东说自己喜欢待在乡野山间的文化村里，感受鸟语花香，琴声袅袅。当然，他更希望龙人古琴文化村，能成为古琴的家，能让更多爱好古琴的人士聚集到这里，让古琴文化传承下去、传播开去。

古琴，也称七弦琴，是中国最古老的弹拨乐器之一。古琴长约三尺六寸五分，象征一年三百六十五天；宽六寸，象征六合之意；琴面镶之以金玉圆点，叫作徽，十三个徽象征一年十二个月及一个闰月；琴面弧，象征天圆，琴底平，象征地方，天圆地方，合阴阳之说；古琴最初有五根弦，象征五行，据传经文王、武王各加一弦，遂成今日之七弦琴。2003 年，古琴被联合国教科文组织列入世界第二批“人类口头和非物质遗产代表作”。2006 年 5 月 20 日，古琴艺术经国务院批准列入第一批“国家级非物质文化遗产名录”。如今，古琴已经“飞入寻常百姓家”，得到越来越多人的青睐。

文化的生命力在于发展，把中华优秀传统文化中那些跨越时空的思想理念、价值标准、审美风范等转化为人民的精神追求和行为习惯，既是传承和发展中华优秀传统文化的内在要求，也是建设社会主义文化强国的必然要求。“古琴不仅是一件乐器，它的身上还承载着中国几千年以来的士文化精神，代表着历代文人士大夫的品格、思想智慧与人生态度。”谢建东说：“传承和发展中华优秀传统文化既是一项民心工程，也是一项未来工程，对于提升中华儿女的文化自觉和文化自信具有重要意义。”

福建崇文重教自古已然。有学者这样写道：“福建人是开放的，目光远大、襟怀宽广，善于取精用宏、博采众长。福建人笃定、庄敬守正，和而不流，对民族优秀文化的价值观念和精神取向充满自信，执着坚守。这种自信与坚守，体现在古往今来众多贤达之士的卓越见识和治学实践中，更渗透在广大民众日常生活和社会风俗中。福建人对不同文明的尊重与包容，赢得世人的尊敬和赞誉。”在祖籍泉州安溪的谢建东身上，显然集中了福建人身上的许多优点。起初从事木材改性处理技术研究的他，在 20 世纪 90 年代已是闽泉州地区知名企业家，而在事业辉煌时，一件事情让他开始转入对中国传统文化、对古琴的研究，“看了一些书以后，跟一些做琴师傅交流，发现他们不懂材料，我在研究过程中发觉把木材知识运用到做琴上很有意义，而且我觉得自己做琴有天分，能做出好琴。”正是秉持一种“想做好琴”的心态，加上自己对木头性能比较熟悉的优势，谢建东一头扎进了制作古琴的世界里，一晃就十几年。

谢建东秉承传统工艺，大胆创新，组织众多学者、演奏家和相关的技术人员共同研发出“龙人冰弦”。“龙人冰弦”以人造纤维为原料，质地比钢弦软，比传统丝弦硬，且经久耐用，不受气候变化的影响。在古琴弦的运用上，“龙人冰弦”避开了钢弦令人生厌的金属声音。这一创新，被中国琴会名誉会长、中央音乐学院教授李祥霆先生确认为是“划时代的贡献”，它解决了古琴在琴弦材质选择上五十年来一直不能很好解决的问题。目前，“龙人冰弦”和“龙人古琴”已在海内外被广泛使用，掀起了一场古琴的“音色革命”。

乡村的夜晚，像老朋友一样，和蔼可亲，既热烈又清明。“斫琴坊”前的空地上，一棵棵古树枝叶分披，浓荫匝地。谢建东显然是以一种奋不顾身扎进去的状态在制作古琴。可以想见这样一个场景，在寂静的夜里，只剩下一个人，在时间的深渊旁，思绪明灭，犹如星光。在阔大的“斫琴坊”里，一个孤独的身影在不停地忙碌着……“龙人古琴”里的每一床龙人古琴均由手工斫制，历经选材、定型、琴面、槽腹、合琴、配件、灰胎、打磨、定徽、安足、面漆、上弦等上百道工序，七年斫制而成。“为了唤起对生活的热情，我们付出了极大努力。日复一日的日常生活，可能使我们渐渐丧失热情产生懈怠。”寻访别样的生活方式，这本身就是一种学习态度。谢建东沉浸在他的古琴世界里，乐此不疲。

这一天，走进龙人古琴文化村的大门，一池碧绿的荷花映入眼帘，淡淡的香味扑面而来。那碧绿的荷叶那么新鲜，一张张摆在水面上，有的像一把撑开的小伞，有的像碧绿的大圆盘。那一朵朵荷花有的早已盛开，有的含苞待放，仿佛为了表达与这片土地的亲和，都闪烁着丝绸般的质感。

事有恰巧。著名诗人舒婷女士也在这个晴空碧日的早晨，来到了龙人古琴文化村。谢建东村长先带领客人们到了龙人书院的讲堂里，观看了古琴的相关介绍，并欣赏了古琴演奏。在座的人无不专注地倾听，“是力量的中心体积，是水的伸展的能量，充满生命不能动摇的孤独。”聂鲁达的诗句萦绕于耳际，来自古琴的声音：宽广，幽深，而又生动，真是一种美好的享受。古琴的韵味是虚静高雅的，要达到这样的意境，弹琴者必须将外在环境与平和闲适的内在心境合而为一，才能达到琴曲中追求的心物相合、人琴合一的艺术境界。

在接着的座谈中，舒婷女士谈到，“之前在不少场合也听过一些古琴演奏，总感觉到古琴的声音不大，显得单薄。今天在龙人古琴文化村听到的演奏，古琴的声音是厚实的，听起来挺不错。”谢建东村长一边泡茶一边介绍古琴制作的过程，简要阐述了古琴发声的关键部位以及如何判别一床好琴。

座谈会后，谢建东带着客人们参观了“百琴室”。到访的客人无不啧啧称赞。我注意到，谢建东不断地强调，这里收藏的古琴，都是采众家之长，集多家之智慧，精心斫制而成。每一床古琴都包含对自然之力的充分理解，又体现出中国人审美中一以贯之的飘逸之感。“百琴堂”可以称为展现中国传统文化的“艺术殿堂”。在这里，一床床古琴就是一个个经典的注解，见证谢建东一如既往地以赤忱匠心演绎中国故事。“龙人古琴”正是凭借优质的产品和诚信服务，以人为本、文化先行的理念，始终坚持纯手工工艺程序，将作品的原汁原味呈现出来，而深得许多艺术大师的喜爱。

许多熟悉和了解“龙人古琴”的人，也许都会思考这样一个问题:“龙人古琴文化村”为什么能聚集那么多的人气?

原因其实很简单。龙人古琴文化村，吸收传统文化的丰沛营养，根深蒂固；嫁接异域文化的精华，枝繁叶茂。因而它是博大的，是多元的，具有独特魅力，焕发着沉雄葳蕤的生命气象。

路，在思考中，也在实践中。谢建东先生不仅在古琴制作技艺上不断在实践中探索，成就辉煌。近年来，谢建东还在古琴文化教育上做了许多的尝试，努力在古琴文化的传播实践中探讨古琴文化教育的开展，在古琴文化教育的开展及探索中拓展古琴文化传播的深度和广度。

在“龙人古琴文化村”，我还看到每一间茶舍里茶桌上的茶盘，均是精心雕塑过的古琴的外形，一边喝着茶，一边不禁要羡慕谢建东过的是一种稳定而雅致的生活。他略微显瘦，内敛的外表下，内心鼓荡着的究竟是怎样一种浪漫情怀。龙人书院里陈列着许多木匠师傅的工具，就是这样一些物件，透露出生动的文化气息。茶香氤氲，宾主尽欢。我静心谛听，似乎从历史深邃处看到文化强劲的光亮。面对中华民族伟大复兴的艰巨任务，中国学人正在以更有力的方式向世界发出自己的声音，也正以积极的态度回应现实，正在建立起与公众、社会、时代的紧密联系。随着国家的繁荣昌盛，文化和艺术以涵养人心的力量，在“成教化，助人伦”方面起到润物无声的作用。如今，国家对传统文化高度重视。可以说，“龙人古琴”正在成为漳州人心中的文化符号，成为展示中华优秀传统文化的一个窗口。

再现混沌世界中的伤痛与救赎

贾平凹是一位有着深沉悲悯情怀的作家，他宏阔的人生视野从不局限于小我的成败得失，而是心系天地苍生的喜悲暖凉。2016 年 4 月 14 日下午，贾平凹最新长篇小说《极花》在京首发，作品延续了现实主义的风格，再现混沌世界中的伤痛与救赎。小说描写了一个从乡村到城市的女孩胡蝶，从被拐卖到出逃、最终却又回到被拐卖乡村的故事。贾平凹笔下的胡蝶，不甘于重复父辈的生活，急于摆脱农村的一切，梦想成为城里人，小说以“全息体验的方式”叙述胡蝶的遭遇，展示她所看到的外部世界和经历的内心煎熬，写出了人性物理的丰饶和时世生存的纷繁。贾平凹一直关注飞速发展中的城市与乡村，小说除了对人物进行细致的描写，还有对底层人群的体恤和对乡村困境的探察。“近十年以来，乡村传统文化衰败的速度是极快的，快得令人吃惊。村寨人少，从门缝里看进去，黄草半人深。原来村与村要合并，现在乡与乡都要合并了。”喜欢贾平凹的读者，一定对这段读来令人备感苍凉的文字印象深刻。胡蝶是具有文艺气质的女性，在现实面前飞蛾扑火般地不断抗争，最终在现实面前妥协，犹如“小虫子”的人物代表着微弱的理想之光。作者在《极花》后记中写道：“上几辈人写过的乡土，我几十年写过的乡土，发生巨大改变，习惯了精神栖息的田园已面目全非。虽然我们还企图寻找，但无法找到，我们的一切努力也将是中国人最后的梦呓。”《极花》是一部具有现实提问能力的文化味浓郁的小说。生活的厚实对一个作家是重要的，故事和想象的世界显然都扎根于生活之中。

贾平凹是当今文坛的奇才，他身上显示出来的互为矛盾的东西很多，因此他和他的作品一再成为文坛的热门话题。他是当代中国一位最具叛逆性、创造精神和广泛影响的作家。他在新时期文学创新求变的道路上，每一时期每一阶段，都留下鲜明而有力的足迹。《浮躁》《废都》《白夜》《土门》《高老庄》《怀念狼》《秦腔》《高兴》《古炉》《带灯》《老生》……自1973年第一次公开发表作品至今，从事文学写作四十余年，无疑是汉语文学的奇观，庞大的作品数量，卓异的文字风格，让人叫绝让人惊奇。他的作品被译成英、法、德、俄、日、韩、越等多种文字出版，获得过包括国内的茅盾文学奖，美国美孚飞马文学奖，法国费米那文学奖和法兰西文学艺术荣誉奖等奖项。

鱼翔浅底，鹰击长空。贾平凹活得本色，写出来的文字也藏巧于拙，显得纯朴大气。《满月儿》宛如林中月下吹奏着一支清新动人的柳笛；“商州系列”的寻常琐事，浸含文化的原汁原味，看似平淡，实则诡异奇崛，鬼斧神工，引起评论界的积极反响；20世纪90年代后，贾平凹的小说开始从对社会政治、历史文化层面的关注转入对生命体层面的思考与探求。当时人们普遍认为文化正在下滑，对史诗不再抱有希望，写作陷于困境，在精神价值完全不被提起的历史裂缝中，《废都》出现了。这是一部渗透着旧式的颓废感，将窥镜伸进文人圈层的长篇小说，真实地表现了中国社会转型期人们精神的无所栖身和灵魂的漂泊状态；《秦腔》的语言表达很圆熟，更多的是琐碎的、低迷的、阴暗的、甚至猥亵的写作趣味，是21世纪初中国乡村的“废墟”场景；《高兴》中的白描使小说闪烁出钻石般的光芒，贾平凹以其一贯的慈悲，用淡定的笔致，打开一幅令人缭乱的城市生活画卷，为我们讲述了一个密布着冲突、错位、荒谬、伤痛的情切至深的故事；《老生》以老生常谈的叙述方式记录了中国近代的百年历史。书中的灵魂人物老生，是一个在葬礼上唱丧歌的职业歌者，他身在两界、长生不死，他超越了现世人生的局限，见证、记录了几代人的命运辗转和时代变迁。从《浮躁》到《废都》到《秦腔》

再到《极花》，贾平凹见证了中国当代文学史的内在变异，他的心路历程，也成为中国当代文学最微妙精深的一段精神传记。

贾平凹是当代作家中少数几个既在小说领域里独树一帜，又在散文领域里自成一家的作家之一。2015年的“读书日”，贾平凹做客福州的“八闽书院”，在“海峡两岸中青年散文家交流会暨散文创作高研班”上，笔者有幸聆听了贾平凹老师的讲座，有些话语至今仍记忆犹新，他说：“你是怎么呼吸的，你就会说怎样的话。不要强行改变自己的正常呼吸而随意改变句子的长短。”“小说是啥？我理解的小说就是小段的说话，小说就是正常地跟人说话的一种腔调。”他认为语言有情绪，有内涵，要表达出当时那个人的喜怒哀乐、冷暖、愠怒，他称之为语言的“弹性”。

陕籍文艺评论家李星认为：贾平凹“对于这个时代很敏感，他是以弱者的姿态来感受这个社会，他最压抑、最冷静、最敏感、最忧患也最脆弱。贾平凹在内心深处跟这个时代有一条秘密通道紧密相连，不论他外在的生活过得怎么样，他总是以忧患的眼光来打量这个时代，所以他的作品也和这个时代紧密相连。”贾平凹对人性中恶的一面的伤痛和批判，以及对民族命运的关心，体现出一个作家的民族责任感、使命感。

不问收获但问耕耘

学习写作之后，我对 20 世纪 90 年代初文坛上的“陕军东征”的现象颇为关注，路遥、陈忠实、贾平凹等老一辈作家对文学艺术有着矢志不渝的爱，他们对中国农民熟悉、理解，依靠独特的生命体验创作了如《平凡的世界》《白鹿原》《废都》等撼人心魄的一个个艺术高峰，走过了一条艰辛而漫长的道路。笔者有很深的西安情结，对这座中国历史上建都朝代最多、历时最久的古都深深向往。父亲曾在西安帮伯父打理生意，每年春节前，都会带回来一些西安美食；后来哥哥、妹妹也在西安住过几年，现在仍有一大帮亲戚在陕西、陕北做生意，也许因为这样的缘由，我对秦地的文化便有一份特殊的情感。

2016 年 4 月 29 日的早晨，我和往常一样刷朋友圈。当惺忪的睡眼看见“《白鹿原》作者陈忠实今晨在西安病逝”，我一骨碌翻身坐起来，心中悲痛万分。陈忠实坚韧、朴实、执着，他有一张特征明显的脸，沟沟壑壑，充满了民族的苦难，是深厚广阔的黄土高坡的微缩。他有真诚的爱，也有鲜明的恨；他有收获的欢欣，也有失落和遗憾。可能因为磨难多，人情炎凉体验多，陈忠实的身躯里流淌着浓浓的民间智者和硬汉的血液。“我没有机缘接受正规的大学中文训习，喜欢上文学之后所阅读的大多是受着极左文艺思想支配的东西，我现在所庆幸的一点，就是我比较清醒地把握了自己……”曾经的我，也因没能进入大学深造而耿耿于怀，陈忠实的这段话让我备受鼓舞。我从字里行间汲取力量，明白并坚信了一个道理：写作的人“应该求得一方清净去读书，通过阅读真正的文学作品，尽快地接近真正意义上的文学本身。”

美国小说家亨利·詹姆斯认为：“在最广泛的范围里，可以把小说看作个人的和直接的生活印象的反映”，陈忠实小说主题是他对人生的感受和无止境的思考。他通过细心观察，以现实主义的手法和人道主义的思想，以利落之笔塑造了许多人物形象，给读者留下深刻的印象。笔者最为喜欢的要数《蓝袍先生》——“现在，他的脸上像彤云密布的天空，扯开一道缝儿，露出一绺蓝天，泄下来一道柔弱动人的阳光。”小说接近了生命体验的深度，充满情义和担当的故事令人回味悠长。陈忠实写出了人的生存状态，表现生命意识中深层的东西，引起读者心灵深处强烈的共鸣和真正的震撼，小说既有对民族命运的深入思考，又有生命本身发出的强大的蕴含欲望的张力。

《白鹿原》一出世便无可置疑地拥有了当代文坛多年罕见的震撼千千万万读者的轰动效应。这是一部描写渭河平原近现代五十年变迁的雄奇史诗，是一轴中国农村斑斓多彩、触目惊心的长幅画卷。她规模恢宏，结构严谨，思想深邃，拥有真实的力量和精细的人物刻画，是一部大气磅礴的作品。有人说，“你可能十年前看是一个感觉，十年后看又是一个感觉，这恐怕是一个作品的魅力所在。”作为秦地作家，陈忠实在几十年的创作生涯中，不断地描摹着陕西关中地方的山水人情。他的作品取材本土，笔墨稳实醇厚，真实地呈现出陕西人生活的变迁和风物民俗，在文字中深刻挖掘陕西文化的精髓。随着时间的推移，我对小说的感悟也发生了变化。每个人的人生经历的不同，一切都在机缘当中，当我回头再看《白鹿原》，就有了不一样的感悟和收获。真实本色的陈忠实，当他交出他视为生命的《白鹿原》手稿后，他认为最为要紧的是以沉静的心态读点书和写点散文。我读过陈忠实“解读陕西人”的散文《父亲的树》《原下的日子》《活在西安》等，篇篇均爱不释手。陈忠实的散文突出的艺术特色是注重生命形态，精神表达和审美风格。

写作的人，有些日子心情是晴朗的。但是，没有永远的光明。“作品写出来能顺利发表又能顺利地结集出版，我觉得左邻右舍从墙上弥漫到我家院子再灌进我写作间的柴烟都是清香的……”陈忠实坚韧刚强，也渴望温馨。“我曾经说过写作这活儿，不在乎写作者吃的是馍还是面包，睡的是席梦思还是土炕，屋墙上挂的是字画还是镢头，关键在于那根神经对于文字敏感的程度。”陈忠实总是乐观地面对写作，他把可以继续欣赏艾特马托夫、海明威、马尔克斯温柔的情怀和优美的文字，当成他继续从事文学的动力。当有人问道：“你最赞赏的人生信条是什么”时，陈忠实的回答是：“不问收获，但问耕耘。”我在另一本书上读到先生的文字：“作家之所以写作，就是要把自己关于现实和历史的体验用一种自以为美妙的艺术形式表述出来，与读者进行交流。这种体验从生活层面的体验进入更深一层的生命层的体验，而表述的形式也是由艺术的表现和艺术的体验显示着差异的。”很多时候，收获就如同树木的生长是看不到的，但长期的积累，小树就能长成参天大树。陈忠实有一句名言，他说“要写一本死后可以放在自己棺材里当枕头用的大书。”人会在某一个孤独的刹那间突然发现并认清了自己。陈忠实的小说是一件件艺术品，这些艺术品很美，很好看。它能牵着读者一口气读下去，能让读者内心深处有些什么东西在涌动，产生一种美感。陈忠实用毕生的精力，写下层人的日常生命状况，他探寻的是关于人的最为根本意义上的爱、真、美，他的小说具有强大的生命力，这是屈原在《橘颂》中赞美过的“受命不迁”的精神，也是真正的文学应该具有的自由、独立的精神。

“我又决定改变寻找的时间，于是舍弃了一个美好的出活儿的早晨，在黎明的微曦中沿着河水朝上走。大约走出五华里路程，河川骤然开阔起来，河对岸有一大片齐肩高的芦苇，临着流水的芦苇幼林边，那两只鹭鸶正在悠然漫步，刚出山顶的霞光把白色的羽毛染成霓虹。”文字是温暖的。南国潮湿的空气里，散发着草木清香，有点甜。远处山腰间，薄薄的雾岚缓缓地升起，山生动起来，令人悠然意远。四周静静的，除了偶尔听到几声鸟鸣，没有别的声音。我坐在这里，发现生活在伸向未来，我一直相信自己能从陈忠实身上学到很多东西，希望在今后的日子里“能沉心静气地思索和精雕细刻地写作。”在人间留下光荣印记的逝者并未失去世界，陈忠实先生依然用思想和情感汇成作品，延续自身的存在感；无数活着的人，将用爱的直觉进入他丰富的内心！

人性的温情之光

迟子建，1984年毕业于大兴安岭师范学校。她1983年开始写作，之后进入北京大学与鲁迅文学院联办的研究生班学习。《群山之巅》是一部沉淀在作家心中的作品，在她到了知天命的年纪呈现给了广大读者。《收获》杂志执行主编程永新在读完小说后这样写道："小说构建了一个独特、复杂、诡异而充满魅力的中国北世界——"李小林社长在读了小说之后，表示欣赏，并针对其中一章提出意见。读者得以在2015年第一期《收获》杂志上读到气韵悠长的《群山之巅》。

在一次接受记者访谈时，迟子建这样说："一个人必定是在用天赋做了'敲门砖'之后，要不断汲取营养来完善自己。所以这也决定了我的读书态度，很杂。"一个作家的创作不可能一成不变，她说，"岁月给鬓间染上霜雪，总是在我们自己悄然无觉的时候，作品也一样"。迟子建的小说中的人物和事件大部分是以她的故乡大兴安岭一带为背景，白夜、极光、大雪、鱼汛、木刻楞房等极富地方特色的景致把读者带入一个如梦如画的世界。《群山之巅》写一个个身世、性情迥异的小人物——能预知生死充满"神性"的安雪儿，讲述"裹挟在死亡中的温暖故事"的法警安平，给逝者整理妆容的殡仪馆理容师李素贞，以及辛七杂、绣娘、金素袖、单四嫂等小人物有几十个之多。作家童年时领略到的种种奇异的风景，铺天盖地的大雪、轰轰烈烈的晚霞、波光荡漾的河水、开满了花朵的大地、秋日雨后出现的像繁星一样的蘑菇、在雪地上飞驰的雪橇等等。那个寒冷的高纬度，是作家迟子建梦开始的地方，美妙而神奇，迟子建通过这样一个20多万字的小说，再次把自己永远热爱的故乡展现给读者。

二

一个好的小说家，不管有多么精彩的故事，如果没有好的语言，那么整部小说可以说是失败的。用迟子建自己的话说——语言看似作家的“外衣”，实则是心灵流淌出的泉水，是检验一个作家好坏的标准。“龙盏镇的牲畜见着屠夫辛七杂，知道那是它们的末日太阳，都怕，虽说他腰上别着的不是屠刀，而是心爱的烟斗”小说一开始寥寥几笔，语言功力可见一斑。迟子建的语言简洁又极具画面感，同时充满诗意。在描写辛七杂的父亲辛开溜时，“他青年时代参加过东北抗日联军，这本该是辉煌的一笔，于他却是一抹伴随一生的阴云。”在写到单四嫂时，“好在煎饼用纱布裹着，没怎么脏，可是新摊的煎饼香酥脆，经不起摔打，没一张完整的了。”在写单尔冬时，“白的磨盘在转，磨身漫溢着玉米金黄的汁液，好像磨盘流出的泪；蒙着黑面罩的黑驴也在转，它把院子里的泥地踏出一圈深深的凹痕，远远一望，像只愤怒的眼瞪着单尔冬。”

小说写风景，也许属于必然。小说要写人，人与自然无法分开。风景在美学、甚至在哲学上被得到了非常丰富而深刻的理解。“松山山脉平均海拔六百米，它像一条舞动着的彩练，春夏时节被暖风吹拂得绿意盈盈，秋季让霜染得五彩斑斓，冬天则被一场连着一场的雪，装扮得通体洁白。它绵亘数百里，一路向北，起起伏伏的，初始南北走向，到了青山县，它似乎厌倦了一个姿势向前，调皮起来，这条彩练忽然打了个结，山脉呈东西走向了。它这浪漫的转笔，给这一带的山峦，带来了不一样的气象，峰峦峻拔，林木茂盛，溪流纵横。”这里的风景是投射到作家心灵的，有一种真实感，使读者也感到一种满足。我最喜欢小说中关于风景的描写，它让读者在一定的时间内，从忙碌中起一份闲心，暂时中断一种节奏，而进入一种悠闲的、放松的心态。

二

21 世纪的文学叙事已日益严密复杂和玄妙精致，众所周知，主人公、叙事和小说家完全不是一回事。当代文学这种叙事模式是需要被反思和突破的。显然迟子建的这个长篇在叙事上是下了一番功夫的。著名评论家潘凯雄用“链式环形”来定义《群山之巅》的结构。几十年时空的转换，几十个人物，在龙盏镇上的生活和活动，处理得非常巧妙。小说采用倒叙的方式，如辛开溜身上的那件衣裳“补丁是衣裳的花瓣，每个花瓣都有故事。”每个章节都有回忆，既方便作者讲故事，也便于读者阅读。倒叙中的倒叙，回忆中的回忆，使得故事在推进时能悄然回溯。把历史的纵深感与当下生活有机地结合起来，把所有的人物置于倒叙之中，互相勾连，又让他们并肩前进。

生活正变得越来越疲沓、琐碎、庸碌和公式化，作者在写作过程中洋溢着一股充沛的激情。“绣娘快八十了，却还像年轻时一样，喜欢骑马出行。她做好婚服，会择个好天气，给人骑马送去。”在阅读迟子建的很多作品时，我通常会揣摩，试图分辨出，哪些人物来自作家的直接经验，哪些是间接经验和合理虚构，什么样的人物是来自她自己，什么人物是小说家的化身或者特意塑造出来的角色。很多时候，读者往往不注意整体结构的有效性，而只注意各部分的布局。他们把激情隶属于伦理观，更是隶属于不容讨论的标签。这种束缚已经广泛流传，使得本来意义上的读者没有了，而都成了潜在的评论家了。我几乎总是不自觉地沉浸在小说故事里，借小说家的形象来想象这些人物的表情。“在群山之巅的龙盏镇，爱与痛的命运交响曲，罪恶与赎罪的灵魂独白，还有与我度过每个写作日的黑暗和黎明。对我来说，这既是一种无言的幸福，也是一种身心的摧残。”《群山之巅》是调动作家多年积累下来的生活经历，点点滴滴挤出来的。“有点呕心沥血的味道。这里面每个字如果是雪花的话，读者面对它们的时候，会立刻化成水。”除了小说的艺术感觉外，我们还能感受到小说家付出的艰辛。

三

寂寞的文字打动人，完全赖于作家的执着和朴素。迟子建是一个将“日常性美感”奉为创作观的作家。美感是一种肉体的感觉，一种我们全身感受到的东西。据说，写作中的迟子建是一个安静的人，写长篇小说的迟子建尤其安静。从《伪满洲国》到《额尔古纳河右岸》，到《白雪乌鸦》，再到新近的《群山之巅》，她始终保持着一种静观默察的状态。小人物就是文学的珍珠。即便是写到大人物，同样也会用小人物的思维去写。迟子建从未改变她对东北黑土地的书写，对大时代下小人物的书写。文学评论家孟繁华说，“我们今天对地域性可能存在担忧，认为在全球化时代一味强调地域性，可能引起文化保守主义。”所谓地域性是说作者的童年记忆和文化经验始终是作品中不可置换的主题，它让作品充满温度。“迟子建的每部作品都有自己的大世界观，同时，《群山之巅》关注了小人物的尊严。”这部长篇的人物，以一种平均笔墨，勾勒的是小人物的群像。你拎起任何一个人物，都可以走进这部小说。比如拎起辛欣来，你会看到辛开溜、辛七杂、安雪儿、陈金谷等人物；拎起烟婆，你会看到林大花、安大营、安玉顺、绣娘等；哪怕是拎起卖豆腐的老魏，你也可以顺着他的行迹，找到唐汉成、单四嫂、辛七杂等人物。小人物单个出现时，也许并不惹眼，但一群有个性的小人物站在一起，情景就不一样了，他们形成了长轴的图画。小说家所需要的经验是实在的、具体的、连贯的。它几乎是看得见摸得着的。小说要让人看到场景，看到活生生的人物，小说家的记忆之中，就必须有大量的材料。

没有自己特殊风格的作品不是好作品。迟子建在多年的阅读和写作中，无疑从无数优秀的作家身上汲取过营养，但最终形成自己的风格。屠格涅夫有一种苍白的唯美，川端康成的东方精神，以及文气十足的郁达夫是对她影响最大的三位作家。她喜欢福克纳小说里人物精神的光辉，以及爱伦·坡、杜拉斯，迟子建对屈原、苏东坡、辛弃疾的诗词尤其喜爱。

四

教授谢有顺评说迟子建是“忧伤而不绝望的写作”。迟子建的作品有一种诚恳的力量，总是让人感到温暖、看到希望。安雪儿不长身体时，即使被众人奉为神灵，但她在众生中依然非常孤独，她能洞知世事，但没有人真正爱惜她。这样一个孤独的精灵在大地之上，内心的凄楚可想而知。她被强暴后怀孕，身体从侏儒的状态开始意外生长，这让安雪儿身上的母性焕发了出来，她本能地融入世俗生活。其实她本来就在世俗之中，只是过去没有人把她当正常人看待，来看她的人都带着目的，治病、刻墓碑，这一切都阴气沉沉的，她身上承载着连接死亡通道的负荷，做凡间的“神灵”，对于一个孩子来说，是多么的沉重！她其实是一个没有童年的孩子。而毛边的出生，等于还给安雪儿一个童年。迟子建在写她时，显然意在于让一个母亲体会滚滚红尘中的各种美好，但是夜深人静时，昔日的“小仙”又会怀念从前那种具有神性的日子。心里那种难言的喜悦之情，仍然令安雪儿怀想，所以这个人物就是一个复杂的人性与神性交织的角色。在我们眼前，世界的偶然性，甚至比世界的必然性更为显然。我们对这个世界深表困惑，我们难以操守某些原则，我们容易跌落宿命论，皆是因为偶然性不时地闯入我们的视野甚至闯入我们自身。小说结尾，在群山之巅的土地祠前，单夏拥吻安雪儿，显然安雪儿已经“回”到人间，所以本能地发出绝望地呼救。所以读者容易按照我们的思维定式，去揣测安雪儿的结局。其实这是一个开放的结局，我并没有完全指向她会再遭受一次欺辱，只是有这种可能性而已。

迟子建有着清醒的创作态度，因为她的理性和节制，作品葆有一种蓄而不发的力量。因为阅读者自身对文本的细读及感性认识是很重要的。李素贞对于废人丈夫悉心照顾，她与安平的感情，也情到深处。却因为在安平处过夜，意外让丈夫中毒身亡，从此活在悔罪之中。这个结局让人感到一种“彻骨的悲凉”。李素贞常年伺候自己瘫痪的丈夫，却因为在一个风雪之夜里，和情人安平的幽会，无意间铸成了丈夫的死亡。虽然她对丈夫无怨无悔了一辈子，但这种死亡意外使得她内心难以承受，她认定自己有罪。当她得知法院宣判自己无罪时，她从良心上是无法接受的。她一定要上诉，请求为自己量罪。关于这个问题，迟子建还咨询过法律专家：被判无罪的人能否上诉？写李素贞，作家的内心有疼的感觉，但结局还是温暖的，因为李素贞拥有安平的爱情。爱情总会唤醒女人的。

迟子建认为生活中真正诗意的是浸润在朴素的生活中的，所以她信奉用朴素的文字来表达传神的生活这一原则。“一世界的鹅毛大雪，谁又能听见谁的呼唤！”这是《群山之巅》的最后一句话，李敬泽表示感同身受并感叹道：“在滚滚红尘中，谁又能听见谁的呼唤？我们发明了无数技术手段，都是为了听见别人的声音，但我们又很可怜，内心很不愿意承认一件事——我们听不到别人的呼唤，自己的呼唤发出去，其实也没人听见。”《群山之巅》中的每个人，骨子里都是孤独、沉默的人，都是心里有事，不知道怎么说，也不知道说给谁听的人。“但幸亏这个世界上还有作家，让这些沉默的生灵，发出声音。”

五

很长一段时期来，文学批评是大文化批评的天下。一种颇具深刻感与气势感的批评，在因多年拒绝世界、拒绝思考而最终导致平庸苍白、浅薄简陋的状况。用具体的、温和的、审美的文学批评来收拾天下，显然是软弱无力的，而用强劲的、富有感召力的大文化批评来加以冲击，却是干脆有力和行之有效的。

以当前文艺的热点和前沿问题为中心，从现实的社会经验与文艺经验出发，《群山之巅》提出新的问题，提醒我深化、更新认识，探寻文艺发展的新思路，重建一种具有中国精神和中国美学特色的新型文艺评论。从事当代的文艺批评要注意对知识来源的反省，要注意批评目标、任务、方法等的历史性。进行文艺批评要注意从大的时代背景中去理解作品，其中对当代资本主义的理解就是一个大问题。今天的文化消费或者建立在当代规模宏大工业基础上的文化，比科学技术更重要，更是当代资本主义的一个合法性、合理性的物质基础。这样一个宏观的文化研究，对于具体文艺作品的分析将起到重要的作用。

迟子建在后记中说道：“与其他长篇不同，写完《群山之巅》，我没有如释重负之感，而是愁肠百结，仍想倾诉。这种倾诉似乎不是针对作品中的某个人物……”作者的心是颤抖的，读完小说，我反思其中重要的叙事话题，反思女性作家写女性的故事，表达女性的自我意识，也思考迟子建作为一个地域色彩很浓的作家，但她的作品如此广阔，很大程度上是因为她的作品并不是靠风光说话，最重要的还是人物的精神光辉起了作用，我看到了人性的温情之光。

纯真

斌是我的中学同学。因为个子矮，“矮子”的外号便成了他的标签和代名词。他固执地将满腹的才情变成了雕虫小技。据说斌和我们成为同学之前，在学校的一年时间里，修炼的功力已经相当深厚。他在课堂上睡觉的时候几乎没有破绽，上身挺得笔直，像支摘了帽子的钢笔一样戳在座位上，只有头微微下垂，不仔细看也看不出他眼睛闭着，旁人还以为他在认真看课本。那年，班主任刚从师范院校毕业，给我们上历史课，她希望能用拳拳的爱心感化斌，润物细无声地转化他。斌在课堂上睡醒后，自然是大错误不犯，小错误不断，门门功课红灯高照。

刚开学的几天，担任副班长的斌倒是兢兢业业，每天负责点名，从不旷课。可惜好景不长，一个星期后，斌又表演起他睡觉的绝技，正在上课的英语老师非常生气，厉声呵斥。谁也没有想到，斌在课堂上站着竟然也能睡着。英语老师开始用国语爆豆子般对斌发起新一轮的攻击，斌从睡梦中“醒”来，打了个哈欠，伸了伸懒腰，嬉皮笑脸地在英语老师延绵不绝的话语中间插了一句:“您要是用英语表示你的苦口婆心，我就服你。”

几天后，我和几个同学因为学校调整班级，被分到了斌所在的班级，才认识了斌。英语课上“精彩”的一幕在后来的很多场合里被同学们一遍一遍地说起，并在多年后一直成为我们对往事回忆的最好的引子。

教室外的杨柳俯着腰肢，对面的河岸上织绣着青草，河里弥漫着幽幽的清新爽朗的气息。斌在“英语课事件”后，有了很大的改变。有人说，我们几个女同学好似有什么魔力，加入到他们中间，班级里充满了鲜明的积极的主旋律。

初中毕业后，我们各奔东西。一个周五下午，我们到斌就读的中专学校玩。树叶已经转黄，狡猾的阳光吸干了它们的水分后又假惺惺地赋予它们脆弱而漂泊的外壳。回望过去，我很希望用“少年不识愁滋味”来做一个注解，却总觉得不是太准确。斌在信上说，学校位于九龙江畔，绿皮火车像蜗牛一样缓慢地从山谷里穿过，充满诗意。学校虽然很破旧，但是可以看见长势很好的柑橘树，享受收获的喜悦；还说希望我们几个老同学能到江边去看九龙壁……敲打这些文字的时候，我感觉自己是从那些久远的故事中跋涉而来。

细细的雨丝像一根根银色的绣针，彩虹走了，天空纯净得像一湾清水。我调皮地把赤裸的脚蹬在一块大石头上，我们在哗哗的河水声中，谈论幸福，也谈论恐惧，回忆过去也憧憬未来。斌跨越石头与石头之间的动作优美得难以形容。十多年前，华安的九龙壁还没有名满天下，河水清澈，石头大小不一、形态各异。我们在水里淌水，沿着江岸漫步，人往往就是这样，一个人的时候是一种样子，投入大自然的怀抱时又是另一种样子，我们尽情享受着。令人遗憾的是：多年后我坐火车再次路过九龙壁，头脑里只有四个字“物非人非”，我们的青春一去不复返，一去不返的还有青山、绿水和不可再生的被过度开发的九龙壁。

四周秋意渐浓，万籁俱寂。游完九龙壁后，我们回到校园的角落里，花香草香徘徊不去。记得那个星期日下午，我们计划乘坐下午三点的火车离开，可是几个人围着桌子打牌，忘了时间。那列老旧的绿皮火车，野蛮地驶出了车站，长长的汽笛声响过后，我下意识地看了一下挂在墙上的时钟，“哎呀”地叫了一声，泪水涌出了我的眼眶。我担心第二天的升旗仪式赶不上，斌用快捷的语调说话，把茶水喝得很响的样子，安慰我可以坐第二天的大巴车回学校，当务之急是给老师打个电话请假。20 世纪 90 年代，通信没有今天发达。我只能把电话打给学校的小卖部，请宿舍里的同桌接，让她替我向老师请假。几经周折后，才算把焦急的情绪缓下来。落日悬挂在西天，拖泥带水地不肯下去，我们坐在斌学校的小卖部里看电视剧。我当时的心情一定是不放松的，多年后自己才明白：有些时候只能既来之则安之。电视剧上演的是一个温文尔雅的男人，被众多女人包围。沉重的暮色里，斌说，“希望有一天，自己能成为那样的人，出手大方，花钱如同流水，被众多的美女包围，走起路来，像一头斑斓多彩的豹子，隐秘而华丽。”他千方百计希望我宽心。往事历历在目，我竟然清晰记得他当日故作轻松地说出来的哗众取宠的一席话。

后来，我结婚了，然后渐渐习惯了伴着岁月安然地守着自己宁静的心事。一次同学聚会上，斌听见我和闺蜜窃窃私语，得知我居住的地方时常停水，自来水的质量远没有老家的好。斌的手里握着扑克牌，眼睛眨来眨去眨个不休，他是个算牌的高手，同学中间他的牌技无人能敌。“胖子”和“母鸡”正在讨论体育彩票，说万一中了大奖，怎么怎么花钱。斌把一对 2 啪地摔到桌子上，豪迈地说：“我晚上要是中了 500 万，我第一件事就是从老家拉一条自来水管到你家去。”像两只又蠢又笨的候鸟，怀着误判春天来临的感觉，我和斌相互看了一眼。闺蜜一手揪着辫子，一手揉着肚子，直叫嚷着要笑断了肠子。我们不得不承认，婚姻像一道道紧箍咒，扳住了生活，绷紧了人们之间的关系。只是，斌脱口而出的一个空头支票，我并不把它看成是一次无厘头的信口开河！

平日闲来无事时喜欢阅读，“假如没有纯真，就没有童年，假如没有童年，就不会有成熟丰满的今天。”当这一行文字映入我眼帘时，我的意识中蓦然闪出一点亮色，斌的身影出现在我的脑海里，往事一股脑地扑面而来，让我在这个温暖的冬日里感觉到很多的暖。

一壶清香煮白茶

那年，刚刚装修完房子，按照闽南的习俗，要在新家睡满四天才能出门走动。可是教育局下了通知：全市108名第一学历非本科专业不对口的老师需到漳州师范学院（现已更名为闽南师大）进行“转专业”培训，为期一年。我在名单之内。之前，我所在的学校已给我们吹过风，工资照领，学院安排住宿，伙食费和往返车费自理。但是成人教育学院的点名制度会很严格，请大家务必做好克服困难的思想准备。我一百个不愿意，三十大好几了，还学习，这老公、孩子怎么办？记忆力严重退化怎么记得住老师说的内容？这么没意思的事情，我怎么就摊上了呢？

我也顾不上老人家的交代，打包好行李，拖到最后一分钟才出门。抵达学院时，接待处正准备收摊了，教育局负责联络的老师正准备给我打电话。我被安排在最后一个宿舍里，一看舍友的名字，我乐了。玲儿是我念师范时候的舍友兼好朋友！真是“天公惜憨仔”，傻人有傻福，其他学员都是6个人住一屋。

把行李搬到宿舍时，没看见玲儿的影子，给她打电话，她说和好朋友正在街上吃手抓面。玲儿问我吃过了没，我说吃过了。她在电话里说，烧好开水，等她回来泡茶。

回想当年念书的时候，我们其实挺小资，虽然20世纪90年代末物质还没有那么丰富，可是十七八岁花一样的年纪，我们除了对付老师派发给我们的种种任务外，偶尔也寻点乐子。当时的室友有10个，满满当当挤了一屋子，母校的住宿条件又十分有限，每天洗脸、刷牙，都要乒乒乓乓，时不时还会屁股顶着屁股。倘若集体讨论什么问题，为某个问题争得面红耳赤，谁谁谁要发表什么高见时，睡在上铺的同学明显占有优势，呼啦一下从上铺下来，站在桌子上振臂一呼，谁都不能不把自己的目光对准她。玲儿就是最典型的分子之一。她的父亲是某建筑公司的老总，属于宿舍里家境最好的一个。有时候我们周末不回家，玲儿会从她的箱子里取出茶具，有模有样地给我们泡上一壶好茶。

“笃笃”的敲门声把我从往事里拉了回来，玲儿和她的闺蜜阿萍回来了。我们热情地拥抱在一起。玲儿叽叽咕咕地问我宝贝长高了没有，新家装修好了心情好多了吧。我把随手泡的开水拿来，准备泡茶。玲儿婀娜多姿地翻飞着兰花指，说且慢且慢。她从那个金光闪闪的推拉箱里取出了一堆茶具。

我静静坐在一旁看着玲儿摆弄她的那些茶具，一招一式，一板一眼，我说你不去茶学院当老师，真是太可惜了。玲儿又笑了，声音依然铃声一样清脆。

她取少量茶叶投入大肚紫砂壶，我发现玲儿这次泡的茶叶有点奇特，问是什么茶。玲儿说，这种茶最主要的特点是毫色银白，加工工艺自然而特异，不炒不揉，保留了丰富的活性物质，具有出色的药理功能和保健功效。玲儿又说，此时水温差不多90度，先洗茶、闻香、冲泡，就可饮用。她刚泡好，我和阿萍就迫不及待各自端了一杯，美美地品着。

玲儿告诉我们：福鼎白茶具有地域唯一、工艺天然和功效独特等特性，是最原始、最自然、最健康的茶类珍品。《太姥山全志》记载：“（白茶）性寒凉，功同犀角，为麻疹圣药。”据考证，此论断出于《本草纲目》。在福鼎民间，自古就流传白茶水退烧，治牙疼、瘟疫等。玲儿见我的嘴渐渐成了“0”型，知道我显然是因为她的口若悬河而吃惊。玲儿补充道：其实我和同学们大可不必为她的婚姻大事担心！她的白马王子老家在福鼎，他每天种茶树，他说要为玲儿种出一片绿色的茶森林，然后在茶园里盖几间屋子，生一堆孩子。玲儿说到这里，脸上飘着丝丝红晕。

接下来的日子，没课的日子里，我们总在宿舍里，品福鼎白茶。我发现玲儿变了，变得安静了，变得深沉了，也变得只喜欢一种茶。

后来，在喝茶的过程中，玲儿还是发现了我的秘密，她几次把餐卡塞在我的书里，每个周末我回家之前，她都让我给宝贝带一堆好吃的。那段捉襟见肘的日子里，玲儿只是默默地为我做着一切，并极尽全力地安静着，我们俩就像两张紧连着的书页，留在一本大书里。

“转专业”的学习很快结束了，玲儿的婚期在即。我和女儿花了几天时间，折了一罐子星星邮寄给玲儿。过了几天，我们收到了玲儿寄来的一个大包裹。包裹里有一张卡片，上面写着：

我们会像两枚连体的树叶，
待在一棵繁茂的巨树中。
生活并不能总是旺盛和鲜美，
但只要你执着寻找，
总有一块心一样的钻石或珍宝，
让你怦然心动。

和卡片一起寄来的，是几大包包装简约的福鼎白茶。

练习飞翔

市区水仙大街，到了一定的时间，两旁的行道树上总是开满了花。这种花我叫不出名字，有的淡紫，有的颜色深一些，有的紫得灿烂而且热烈，先是三两朵不经意地绽放于枝头，接着就热热闹闹一股脑儿全开了。这种花的花期挺长，从初秋一直开到冬天来临，让住在这座城市里的人心生喜悦。曾经有一位友人在电话里说，他心情不好的时候，喜欢把车开出来，在水仙大街缓慢行驶。朋友说他总是在如此情形下舍不得踩油门，他认为水仙大道是漳州最美的一条街，在鲜花盛开的街上慢慢开着车，是为自己疗伤的最好的方式，因此便又多了一份对这座城市的依恋。朋友说些这话的那段年月我居县城，日日为生计疲于奔波，并不经常到市区，关于他的感慨我将信将疑，也曾很较真地专门请教过生物老师，市区水仙大街大量种植的会开紫色花的叫什么树。我确定我当时是得到过答案的。只是多年后的某个初秋的日子里，我却怎么也想不起那千姿百态烂漫于枝头的花的名字。久远的记忆却在脑子里像葫芦一样浮浮沉沉。

自己无可奈何地一天天衰老。很近的事情想不起来，记住的大多是很遥远的情节。套用目前很流行的一种说法是，头脑时常会出现短路的现象，在某个瞬间，头脑一片空白，什么也想不起来了。

天天路过那开些得烂漫的花，我记起自己曾经写过一首小诗，因为我认为那些花瓣像极了舞蹈家的手。

又一个清晨，天下着小雨，我坐班车去单位，车过迎宾大道时，那种开紫花的树再次蹿入我的眼帘，哦，我突然想起它的名字——“紫荆花”！对，紫荆花是香港的市花！我急急地拿出手机百度图片，果然不错。

明明该记住的东西记不住，明明是几天前刚读过的资料，别人问起来，记不全了。面对别人的提问，如果急急地开口，时常会漏洞百出。不得不回答时，总是很小心的加上一句：“如果我没记错的话”。是的，如果我没记错的话，就是我说的这样；当然，如果我答的不对，那就是我记错了。我不知道是否有人会在后面讪笑，做什么学问，一点儿也不严谨。只是，谁都想练就一身过目不忘的本事，关键在于，根本就做不到，越努力想记住，就越是记不住。

如今的信息量这么大、网络如此发达，人们遇到什么不懂的，上网百度什么资料查不到？人们普遍认为根本无须去记住太多的知识，只要你有学习知识的能力，研究和解决问题的办法。记不记得住一些知识并不重要。只是，那些记性好的人还是很值得羡慕，我们羡慕他们博学，羡慕他们过目不忘。

就好比那些盛开的花朵，从水仙大街的这头开到那头，艳羡的目光，记录生命的过程，漂泊或者零落，短暂的绚烂可以带来沉默的温暖。

有时候我也会想，如果不写作，我是不是就可以开心一点。有空闲的时候和三五好友喝茶、聊天、侃大山，岂不轻松自在。阅读和写作，在坚持的过程中有太多的辛苦，并不像人们以为的那样，充满鲜花和掌声。

如今，读书成了一种常态，每天手不释卷。有朋友表扬说这是很好的习惯。可是我总担心自己每天形式大于内容。日日苦读，真正记住的东西有多少，真正有用的东西又有多少？

很多人在谈论阅读和写作的关系时，无不强调阅读的重要性。我想，每天可以练习飞翔，是一件值得开心的事。待来年，水仙大街上紫荆花开的时节，我一定记得去看看那植物的光泽，并拍下几张照片。

布鞋

一年当中，我有三个季度是穿着布鞋的。在我居住的小县城里，有一条老街的尽头，开了一家“北京布鞋”店，我算是那里的常客，老板娘认得我，每次去挑鞋子，她都会按标签上的价格把零头抹去。有一回，我看上一双黑色的鞋子，按照惯例，心里仍觉得价格还是有点高，于是和老板娘商量把价格再往下调一点点。那天，我包里揣着我写的文章《老北京布鞋》的复印件，那是发在本地报纸上的一篇文章。那时我刚刚学习写作不久，偶有“豆腐块”问世时，总是急急地找人分享。最后，我没有把那张打印稿拿出来，因为在某一个瞬间，我认为她不会因为我的那些文字而在价格上做出让步。

那时的父亲腿脚还没有现在这么糟，我每年仍需为他添置三两双布鞋。父亲脾气暴躁，天生的大嗓门，他这一辈子似乎都在索取，对待家人的态度又总是欠佳。父亲越发老了，如今，他已无法行走，我买的布鞋也派不上用场了。

大约十多年前吧，暑假的两个月时间里，我在鹭岛给几个孩子补课，每天需要倒好几趟的公交车。那段时间常常为了能省下换乘公交车的一两元钱，两三站路的距离我就一路小跑，脚上蹬着一双老旧的布鞋。如今想来，我那时真是很死心眼，恨不能把一分钱掰成两半来花。多年以后才发现：当年近乎苛刻的勤俭，并不能让自己从困窘的状态中挣脱出来。

也不记得自己什么时候就不再喜欢穿高跟鞋了。大约是几年前，我似乎是在某一天突然明白：我只能比别人更勤勉，先把自己的日子过好，把自己照顾好，然后，我才能有更多的时间和精力去照顾父亲。父亲那么孱弱，他再也无法给我庇护，而成为我胸口永远的痛。爱上文字，也许因为某种因缘，但大量的阅读让我懂得——唯有自己变得坚强，才能给父亲更多的帮助。平日里，忙工作、学习和生活，脚踏一双轻便的布鞋，遇上着急的情况，就可以健步如飞，迅速地把一大串的事情做好。“爱美之心，人皆有之”。身边的人常常会提醒我：要适当地注意衣着搭配，特别是穿裙子的日子里，配上一双高跟鞋，能使婀娜的女子显得精气神十足。道理我是懂的，只是每每出门之前，总在犹豫再三之后，蹬上自己的平底布鞋出门。

一直很喜欢刘庆邦的小说，印象颇为深刻的是他早期创作的小说《鞋》，清新自然而又韵味绵长。小说的后记这样写道：“我在农村老家时，人家给我介绍了一个对象。那个姑娘很精心地给我做了一双鞋。参加工作后，我把那双鞋带进了城里，先是舍不得穿，想留作美好的纪念。后来买了运动鞋、皮鞋之后，觉得那双鞋太土，想穿也穿不出去了。第一次回家探亲，我把那双鞋退给了那位姑娘。那姑娘接过鞋后，眼里一直泪汪汪的。后来我想到，我一定伤害了那位农村姑娘的心，我辜负了她，一辈子都对不起她。”作家对布鞋有清晰的记忆，姑娘在油灯下赶做布鞋的情形十分感人，几年前，在福州八闽书院，“短篇小说王”刘庆邦老师给我们讲课，不多久后，我读到一些资料，透过文字，渐渐梳理出关于布鞋的些微感受，很庆幸自己能在阅读和写作中变得成熟，内心坚实而笃定。

一双布鞋，有时候承载的，远比想象的要多得多。

山茶花

同事递给我一朵粉色的山茶花时，笑着说：“来，写首诗！”平日里喜欢无病呻吟，写些煽情文字，分享至朋友圈。一张或几张图片，配上几行文字，美其名曰“看图写诗”。曾经很长的一段日子里，固执地做这样的事，前后写了一年多，因此文件夹里便积累了不少长长短短、参差不齐的诗。不记得是哪一天，一些微信平台开始流行推送诗歌，于是便又偏执般地一个个公众号投送过去，均能在很短的时间里发布出来，在朋友圈里晒出来，又一次次受到鼓舞，也就一回回编辑、投稿，乐此不疲。有了可以以“诗人”的名号自诩的理由，心里便乐滋滋的，吃了蜜一般。

诗是一种从真到理，从理返真的语言运动。对着山茶花，诗意没有泛出，我知道自己并不能写出好的章节，但往事却如潮水般汹涌而至。

朋友惠是极喜欢山茶花的。几年前，她突然告别了“校园生活”，回老家做了“山寨王”。她已到直逼知天命的年龄，所谓的“校园生活”指的是惠三十年前勇敢地和自己的老师相爱，并使一段师生恋成了一段美谈后，长期把家安在校园里。我认识惠的时候，她的夫君是我任教学校的校长。校长是个平易近人的人，惠和我们一群女教师天天柴米油盐，日日家长里短处成了“姊妹群”。我认为在这里，“姊妹群”是闽南中十分微妙的一种创造性贡献，这样的关系最是令人琢磨不透，三五朋友相处融洽，近似姐妹，又有了麦芽糖般如胶似漆的感觉，有点一日不见就难受的感觉。我和几位女老师，时常带着小朋友去惠的家，喝茶或者聊天。惠是做糕点的高手，隔三岔五给我们做各种吃食，绵软的白馒头，甜而不腻的“麻花”、“蛋煎发粿”……那味道——如今想来竟能勾出许多的口水，可以想见惠的手艺是何等的高超。小朋友们一个个欢呼雀跃，自然是叽叽喳喳说个不停。有一回，我正在把最后一口麻花往嘴里送，校长从卧室里出来，直把我惊得个目瞪口呆。我们一群人嘻嘻哈哈半天，还一直以为校长大人不在家呢！都说“现官不如现管”，面对眼前“现管”着我们的校长，直是恨不能有一条地缝钻进去。校长从卧室出来后，很快出门去了，我们狠狠地把惠从头到脚责备了一番，惠却一笑置之。

不多久后，惠的儿子成了我的学生。当校长告诉我他家的公子要转到我们班上时，我的嘴巴成了大大的“O”形。惠成了学生家长，她依然一副悠然自得的做派，我却觉得肩上的担子有千斤重。一年后，我为了评职称转了科目教语文。惠在电话里说，我不够仗义。

一年后，惠开始了另一段“校园生活”，我也离开了那所我待了十年的学校。惠的儿子去上大学后，她时常在微信朋友圈里晒她的山茶花。惠的老家有几十亩山地，大多种杨梅，所以惠每年春节过后就要开始忙碌，一直到6月份左右杨梅全部卖完。剩下的半年时间，惠的生活很清闲，养花弄草，无比惬意。她种得最多的就是山茶花。

我们有过约定：如果互相不打电话，就说明彼此过得不错。当一朵散发淡淡清香的山茶花，摆放在我面前时，所有的往事，一股脑儿全回来了。

我突然很想给惠打个电话。

“我一分钟也待不下去了！”某个夜晚，对着先生斩钉截铁河东狮吼，多年后我仍清晰记得当年离开那所我和惠曾经有过无数交集的学校时，是多么的义无反顾！回首往事，发现当年自己真是太缺少对心灵进行反思！

惠怀着“一箪食、一瓢饮，不以物喜，不以己悲”的情怀，把生活过得简单而美好。有那么一天，惠在我的诗歌下面发表评论，大抵是让我“悬崖勒马”的意思，她说：如果她写诗，肯定可以写得比我好。我相信惠的话。因为那么多的时光，让我知道即使你感觉时代冷酷，也要心怀温暖。

点亮患者心中的灯

姚亦娟是福建省龙海市第一医院急诊科的护士。作为一名党员，多年的工作历练，使姚亦娟从一个年轻的小护士成长为一名“不畏艰难、敢于挑战”的护理骨干。姚亦娟熟练掌握急诊急救的各项操作技能，并应用于临床实践及抢救病人的关键时刻，成为一位名副其实的医护工作者。她曾获得“女职工标兵”、“实习基地优秀带教教师”、“护理工作先进工作者”等称号，她所在的急诊科也多次获得“漳州市青年文明号”、“漳州市 110 社会服务联动工作先进单位”等荣誉。

在这十年多的光阴里，长长的病房走廊、宁静的病室，到处都留下了姚亦娟的汗水和足迹。姚亦娟有一张俊秀的脸，眉宇之间典藏着书卷气，她总是带着如花的笑颜，感染每一位患者。去年夏天，有一个年轻人突然跑进急诊科，声嘶力竭地喊：“我要杀人！我不相信！我想杀人！”情绪异常激动的小伙子，听不进去别人的劝告，姚亦娟临危不惧，她从这个男孩的衣着打扮和言行，判断他一定是受了什么刺激。姚亦娟和风细雨地和他进行交流，后来男孩终于解开心扉，同意拨通他母亲的电话，让家属到医院来。原来是男孩在参加征兵体检时，被告知患有某种严重的疾病，一时情绪失控。姚亦娟急中生智，把男孩拉到一边，拿出手机，点了 QQ 音乐。舒缓的乐曲让男孩的情绪渐渐平复下来，也感受到爱的力量，像炽热的阳光和凉爽的目光，音乐成了那个冬日壁炉里的火焰，温暖着一个瞬间坠入深渊的人。正是姚亦娟的亲和力感染了男孩，“知心姐姐”般的安抚，使他平静下来，也使问题得到圆满的解决。

几天后，男孩又跑到医院来，一进急诊科，就冲着姚亦娟笑：“护士姐姐，你还记得我吗？”

游老伯的家离医院30多公里，十年前的一个晚上，这个聋哑人第一次来医院看病。他用手指着腹部，不停地比画，姚亦娟和当天值班的张医生判断他是腹痛。在排除其他器质性病变之后，医生给他开了三天的药。姚亦娟见游老伯无依无靠，驼着背，行动不方便，就主动帮他取药。虽没有家属的陪护，但是老伯却得到了家人般的温暖与关爱。姚亦娟一如既往地坚持做了十年，这位聋哑老人成了龙海市第一医院急诊科的“老熟人”。他每次到医院来，都会先到急诊科找姚护士。姚亦娟总是不胜其烦地帮助游老伯。她不胜其烦地为病人做好服务，赢得了病人及家属的认可与尊重。“你们只要跨进我们医院的大门，我就有责任负责到底。”这就是作为一个护士的朴实言语。当别人问她究竟做了多少好事时，她说：“我记不清了，我也没想过把自己做的这些平凡事记在心中，我只是认为我所做的事都是我该做的。”她总是严以律己，把细心和耐心奉献给病人，无论白天黑夜、酷暑严寒，只要病人有需要，她总是随叫随到，从不例外。

急救是急诊护理工作的重中之重。对急危重症病人迅速接诊，实施准确快捷的急诊抢救，开通生命绿色通道并保证畅通无阻，是对病人生命的保障。急诊科的工作特点是突发事件多。每次突发事件，姚亦娟都冲锋在前、积极应对。在数次抢救中反应迅速，救治及时，急情会诊，及时上报。为病人开通绿色通道，使病人在较短时间内得到及时的救治。多年来，姚亦娟与医生们紧密配合，多次圆满完成抢救任务，保证每位急危重症病人都能先抢救、先治疗、先住院，后挂号、后交款、后办理住院手续，护士全程陪护。“其实每个做急诊的医护人员都很辛苦！”作为一名党员，她葆有阳光的心态，不怕脏、不怕累，对工作倾注了极大的热情，用自己的一言一行点亮了患者心中的灯。

现代医学模式，对护理工作提出了更高的要求，为了适应临床工作的需要，姚亦娟利用一切时机如饥似渴地汲取新的护理知识。作为一名科护士，在护理管理中力求创造一种积极向上的和谐的工作氛围。将护理工作重点放在提高护理技能、消除护理隐患、杜绝护理纠纷上。姚亦娟意识到，要想不断提高急诊急救护理质量，提高病人救治率，就要不断探索前沿领域开拓创新，以更高的标准完善医疗护理工作。积极配合护理部实施护士分层次培养的规范化培训的新举措，为科室的护理人员梯队建设夯实基础。她还积极开展教学科研，作为护理部护理技术操作培训小组成员，承担着传、帮、带任务。利用业余时间刻苦钻研，精益求精。定期为全院护士呈现高质量的护理操作技术的演示，并对护士进行严格的考核。使全院年轻护士对基础护理操作技能的掌握不断提升，并尽快成长起来。姚亦娟说自己当初义无反顾地选择护理学这个专业，就是因为能为患者解除病痛。“只要病人和家属满意，我们再苦再累也值得！”姚亦娟用实际行动诠释了“天使”之美，点亮患者心中的灯，以“南丁格尔”精神诠释着最美护士的光辉形象！

挑担子的老太太

有一天，为了赶到市区和文友们一起前往几十公里外去参加一个笔会，我起了个大早，去搭乘县城开往市区的早班车。天，下着小雨，我却忘了带伞。心里正担心着要是雨越下越大就麻烦了。我刚穿过马路走到站台，车就来了。自从下载了“掌上公交”后，我就不必在站台等很长时间了，心里又不禁感叹现代科技的好处。

天还只是蒙蒙亮，温度有点低。我用围巾裹住半张脸，想再眯瞪一会儿。可能是要去参加活动心里太激动了，夜里没睡好，我五点多起床，收拾停当，也就到了早班车出发的时间。车上只有五六位乘客，其中一位妇女坐在我的左前方，中间的通道上放着她的担子。我的左边是一位正在吃早餐的中年妇女，她的行李很多，大包小包的。车又开了两站，在站台停靠，上来两位老太太，她们各挑了一副担子。我睁开眼看了一下，这两位头发发白的老太太，身体真是硬朗，那蛇皮袋子很大，满满当当装着的是本地用来祭拜的“寿金”，临近春节，正是“寿金”热销的当口。那位长得胖些的老太太坐在我左前方的“老弱”专座上，她把扁担立起来，和正在吃早餐的女人聊了起来。我听出来，她们不是第一次同乘一辆车。吃早餐的妇女说：“孩子还在吃奶，可是没办法，还要上班。”老太太说：“再大一点就好了！”车子继续前行，天已大亮，我看见另一位挑担子的老太太，依然把竹扁担横在两个大蛇皮袋之间。袋子的两条挑绳是红色的绸布做成的，一看就知道是什么广告公司做的节日宣传广告条幅裁成的。车工很精细，看起来颇为牢固。我正思忖着，车子在下庄路口停靠，靠下车门的老太太挑着担子下车了。

我们继续往市区方向前进。我看了看手机，时间还早，七点半不到。下车的老太太刚才说，她通常九点多就乘车返回，生意有时候好，有时候不好，就当是出来锻炼身体，家里其实也不差这些钱。我看清了那水果担子的主人，她长得有点黑，很瘦。满头白发的老太太，弯腰把绸布绳子在竹扁担的两头绕了绕，对卖水果的女人说，出门的时候没下雨，天气预报也说不下雨，没想到市区下这么大的雨。卖水果的女人站起来，把地上一个长方形的塑料箱子，放在大竹筐的上面，也把扁担穿在两个箩筐中间。老太太说："你这样一担就能挑下车。"老太太一边说，一边弯下腰，把担子挑了起来，她一手拉着扶手，看起来并不吃力，步子稳稳的。卖水果的女人说："还没到呢，还要前面拐个弯才到。"老太太嘿嘿笑了，放下担子。"老罗摸了"，她说的是闽南语，意思是："老了，不中用了。"一副自我解嘲的样子。时间过了还不到一分钟，车子在红绿灯路口前拐弯，老太太又一次弯腰稳稳地挑起那副担子。公共汽车停好后，卖水果的女人已经戴好斗笠，挑着担子先下了车，我把目光对着下车门，老太太挑着担子下车了，站台前有一汪积水，跟在她后面下车的一位姑娘帮老太太拖着后面的一个蛇皮袋子。老太太看见积水，踮起脚尖，一个大跨步，往站台上一迈，有半个担子就躲进了站台的遮雨棚里。旁边有一个学生模样的姑娘打着伞，她急急地把伞遮在老太太的头上。

车子涉过水洼，继续往前开。我回过头去，鼻子有些发酸。我心里很羡慕那个老太太，想她白发苍苍了，依然健步如飞。也许她还必须为了生计日夜奔走。花开花谢，潮起潮落，不经意间我们正走向人生的暮年。从呱呱坠地到两鬓染霜，岁月的行囊里装满了酸甜苦辣。

大街上纷乱如麻，只有冬雨下得格外认真，它们一丝不苟。

处处见生机

同事送我一盆“金钱草”，另一位同事马上纠正说这种植物应该叫“铜钱草”。瞧，叶子圆嘟嘟的，绿得发亮，真是讨人喜欢。据说它的繁殖能力很强，只需一点点水或者不多的泥土，就能汪汪洋洋长出一大盆。第一次见到这种草是在福州的八闽书院，三年前的那个春天，我们以文学的名义聚集在那座充满诗意的院子里，听课、做笔记，课余时间谈天说地。时光荏苒，冬去春来，某个玲珑的午后，无意听人说起这种长得圆嘟嘟的水草，便心生涟漪，讨要了一些。

同事带来的铜钱草放在一个透明的一次性碗里，稀稀落落的很不成气候，我细心数了一下，大大小小的叶子有 12 片。过了两天，我找了个大一点的玻璃碗，把水加到 7 分满，让那一小丛铜钱草浮在那个透明的碗里，然后把它放在电梯出口不远处的凸窗上。凸窗很大，常有阳光照在上面。同事说这种植物的生长最需要的是阳光。

过了两天，我再细看它时，发现的确新长出了一些叶片，数了一下，多出了一半还多，叶片仍然是细小而碧绿，一片片使劲地往上长。叶子和叶子中间连着柔韧的枝条，有一些细小的类似果实的东西长出来，像“缩小版”的桑葚果实，洁白而细嫩，惹人怜爱。

二楼大厅的女保安也喜欢侍弄花草，同事告诉我，她在桌子上也种了几盆铜钱草，长势很好。我去吃午饭的时候顺道前去看了一下，三盆铜钱草种在三个形态各异的盆子里，干净细碎的沙子里挨挨挤挤地长出葱葱茏茏的绿，它们像齐刷刷等待检阅的士兵，精气神十足。我把鼻子凑近了去闻，有淡淡的青草的味道。

天气还不太热的时候，这个大院里的人吃完午饭喜欢到池塘旁边去散步。一块块石条铺就的曲曲弯弯的小路从“共青团植树园”的大石头旁一直延伸到大院的围墙边上。小路两旁种了许多柳树和芒果树，不知道是谁在大石头的后面种了几株“南非叶”。似乎在一夜之间这种绿色植物长满了许多人家房前屋后或者阳台上的大小花盆。“南非叶”摘下后洗净，直接可以放到嘴里嚼，或者泡开水喝，据说是降血压的良药，我们散完步后，常常随手摘一片回来泡水喝。

这个午后的雨把所有的空间全下空了，整个大院里布满雨的声音。窗外是密密匝匝的雨帘，空间积满了茫然与空蒙。书桌上种着的绿色植物和瓷器在午后的雨中恪守安宁，同时散发出了一种稳固的忧郁。不久前读过一段文字，是关于“如果那时年轻”的话题，有几位画家的话语深深印在我的脑海里：“变老的优势在于，你会越来越快地认识到自己的错误。”“生命只是一个播种的季节，收获不在这里。”“真实指的并不是我们身边那些唾手可得的模糊与简单的东西。”我固执地坚守着，每天阅读和敲键盘，闲暇之余也尝试着养花种草，时光一点点流淌，内心一点点安宁。因为，我相信：灵感，是顽强劳动而获得的奖赏，生活中处处有生机。

读小说

一天，和文友吃饭，聊到“读小说”的话题。文友微笑:“有人读字。有人读句。我读气。”接着，他侃侃道出理由:“写小说的人，无非是将胸襟之气注入文章。气随意行，有气则有神采。读小说务必要捕捉文气，顺气而下。气断，必然不是好小说。一页书猛一看无非是一片黑字，字如黑蚁，文气流畅，读者便能体会书写者运笔那一刻的真趣。否则就枉费精神，只取皮毛，读小说便也全无快乐可言。”

漳州“盛产”小说家，本地作家充满闽南元素的小说，不管长篇、中篇、短篇，我都收罗来看，孜孜不倦、乐此不疲，但我常常是“学而不思则罔”，所以没有如文友如此这般的真知灼见。但我坚信：读小说是有很多好处的。小说里有悲哀、疼痛、伤感、英勇和卑琐，一切私人和隐秘的，一切巨大和世界性的力量直接参与事件，字里行间有喘息、眼泪和欢笑，有对心灵的拷问，小说家深知人性的弱点、人生的泥泞，但不愿意因此而贬低对方、贬低自己。作家对作品深怀痛苦，深切地体会着泥泞，敏锐地辨析人类经验的复杂性，但是同时作家执着地怀着希望，怀着人们将在泥泞中骄傲站立的期盼。

李敬泽在《为小说申辩》的讲演中阐述了读小说的理由，“小说提供的不是对世界的一般正解，而是个别的理解和看法。小说提供了理解他人的真理”；小说“在死亡的终极视野中考验和追究生命”。小说家走在时代的前边，不管是有意和无意，作家都很早地、有力地表达了人们内心那时还无以名状的焦虑和渴望。我们生活的城市漳州，不仅有华丽的物质、宏伟的建筑，更展现着丰盛深邃的人性内容。在读小说的过程中，你能悄悄地扩张自己的经验，体验你真正感兴趣的可能的生活。

刚刚过去的这个周末，气温依然很高。我窝在沙发里读小说，电风扇开到最强档，风呼呼地吹，并不觉得热。文学为我打开了一扇门，而写作是离不开阅读的，关于阅读写作的人自然也就会多一些思考。读书需要积累。需要有选择地进行消化和吸收。我读书有做笔记的习惯，而且每隔一段时间，还喜欢“回头看”，灵感往往在这样的时候悄然而至。“尽管如此，爱依然是可能的。这几乎是证明我们之‘在’的唯一希望，或者说，她在证明‘情’之在，想象以‘情’自救的可能。在这种情况下，求证爱情的存在，这种爱情如同诅咒，又隐含祝福。”一位小说家能把这个时代的爱情表现得如此痛切、生动、敏感和纠结，这么雄辩又这么脆弱，让人折服。

读小说为我积蓄力量。一个从事文字工作的人，高声大气、发空洞的议论，大概不是什么难事，难的是写出那种看似说来平常琐事，却淡而有味、言之有物的东西。读小说不是吃饭，不是任务，是一种活跃的、充满好奇和热情的心智活动，是一种精神的探索。书卷多情似故人，那么，就让小说成为我们不离不弃的生活方式，陪伴终生。

留住时光

晴朗的日子美丽明净，雨天则灰暗阴郁。稀稀拉拉的雨声把白天和夜晚连成一片，令人昏沉，整个城市像被雨声掏空了，沦为一个废墟般的荒凉地方。但雨缓缓消歇的那段时间却很美，阴暗会慢慢收敛去某个地方，比晴朗更纯净的光线会释放出来，让街道、植物都透出一种重生般的光泽。这是雨天特有的光芒，也是我特别喜欢这座城市的原因。

某个清晨坐车上班，车在红绿灯路口停下，窗明几净，我的目光跟着停住：人民广场北边的空地上有一对老头老太太在打羽毛球，没有球网，两个人站的位置不远，球在空中飞来飞去，不急不缓，很有节奏地一来一回。我猜想这两位老人应该是一对夫妻。男的穿一件红色T恤，土黄色短裤，胸前一排黄色的小字，应该是什么活动的纪念衫，半新不旧的样子；女的穿一件红色碎花上衣，黑色短裤。我注视着他们，心里竟然生出丝丝的羡慕。

曾经在和朋友聊天的时候说起，我对漳州这座城市有很深的认同感。此时此刻，我的脑子里突然冒出来一个念头：也许我所谓的认同感来自某个刻入脑海里的画面。一对老夫妻，也许没有太优渥的生活，但是可以起个大早，在公园的某个角落，不紧不慢地打羽毛球。他们很散淡的样子，球在空中飞的速度也不快，我看见那个羽毛球掉在地上又轻轻地弹起来，老大爷几个步子走过去，用球拍直接把羽毛球一勾，球又轻盈地飞了出去。老太太也不计较，轻轻把球一拨，球又回到了老大爷跟前，如此这般，一幅安详和谐的画面。我赶紧从包里掏出手机，极速地摁了几下快门。

我不知道两位老人的姓名，但是，车子重新开动后，我忍不住又回头看了他们一眼，那个球继续在空中飞舞，一来一回不胜其烦。清晨的“这场对弈”无须太多的技术含量，他们要的是把筋骨舒展开和呼吸新鲜的空气。

过了几天，我又坐车经过那个路口。还是有两个老人在打羽毛球。我调整了一下姿势，想要看清楚他们俩是不是我上次看到的那一对老人。我不敢确定，想掏出手机，查看相册里的照片，这时车子往前移动，在人民广场的花坛的另一侧，我看见另外还有两位老人也在打羽毛球，我一下子认出了他们——就是我几天前拍下的那一对老人家。那男的还是穿那件红色的上衣，女的穿的也还是那件碎花的上衣。

我们终日忙碌如向日葵般跟着太阳转，从山川风景到政治生态，从风情逸致到婚外欲求，却又总是不自觉地费尽心思去挽留时光。有人说，照片是一种向后的回忆，文学是一种向前的回忆。我时常坐在自己黑暗的心里，聆听世界，写下一些文字。字词不再是象形的图画，而是一个个音节，叮叮咚咚的，宛如夜雨敲窗。

我在台灯下翻看照片，享受一个人的孤独。“孤独是一种激情，孤独是一种勇气，孤独是对着种种诱惑时与上苍进行诚挚的交流，孤独是想象力最丰沛的泉眼。”此时此刻，我想要留住时光，我心里多么羡慕那一对默契的老头老太太！

那些任性的日子

终于把假期过完。其实前后不到十天的时间。我用这短短的假期追了四部电视剧。也不知道算不算有所收获，我发现最近这段时间国产电视剧还是有很大进步的。前几年，韩剧铺天盖地，中国大妈们疯狂追剧。很多人都想不明白，为什么那么多中国人愿意把大把的时间交给韩国电视剧。毋庸置疑的是，那些演员都有一张长得不错的脸。据说韩国人兴整容，所以长得好看，应该是不奇怪的。在那段日子里，我偶尔也看几集韩剧，却觉得剧情很是拖沓。上百集、几百集的剧情，实在耗不起那个时间。

我也不知道，为什么会突然变得“颓废”，把大把的时间耗在追电视剧上。手机上下载了“爱奇艺”，追剧成了很容易的一件事。春节假期，我本无太多事情可以忙。卫生在小年之前请钟点工打扫完毕，这几年围炉都回乡下老家和妯娌家搭伙，于是有了做“甩手掌柜”的可能。孩子放寒假后，也不必担心影响她的学习，所以就变本加厉让自己任性起来。《一起同过窗》《最好的我们》《如果蜗牛有爱情》据说都是挺老的剧，别人已在数月前看过，等我看的时候，所有的节目都已更新完毕。所以说，我又不算完全意义上的追剧。朋友说，追剧的关键是“追”，是放不下的一种心心念念，她在表达此观点的时候一脸的笃定，让我不禁对自己又产生了怀疑。

最起码要有期待的煎熬，而我没有。

我的眼睛一向不太好，所以，我读书、写字必须隔一段时间强制自己休息一阵子。在看电视剧的过程中，我还是很注意保护自己的眼睛的。每集结束都会有75秒的广告，我就起身走动走动，或者吃水果，或者给自己续杯茶，又或者直接眯上眼睛休息。几个日子持续一种“追”的状态，大门不出二门不迈，因此被贴上“顽固不化”的标签。两到三天时间我就能把一部40多集的电视剧看完。家人难免看不下去，先是因势利导，后是软硬兼施，然而他们终究要败下阵来，摇头叹息“朽木不可雕也”。我就像是顽固的石头狠狠地宅在家里，也不出去散步，也不走亲访友，整日捧着手机，看电视剧。

时间从捧着手机的指缝里流逝，我听到“哗啦哗啦”的声音。最后，假期结束了，又该上班了。家人问我，你这样看不累吗？真是自甘堕落，看书多好，最少还对写作有那么一点点帮助。那些肥皂剧看过了就忘，对生活能有什么帮助？一番话把我说得哑口无言。于是，夜深人静的时候，我开始陷入思考，为那长长的电视剧找理由。抛掉严重植入广告等一些缺点，我发现国产电视剧还是有进步的。首先，我几次抑制不住自己的情绪泪流满面。虽然我是个动不动爱哭鼻子泪点极低的人，但是，一些剧情的确有感人之处。其次，我发现电视剧在慢慢回归一些本质的东西。比如，叙述一些故事情节真实而感人，区别于曾经的古装、宫廷和政治色彩太浓的题材。还有就是电视剧中一些“善”念时时凸显，结局都是善良的人有一个好的结果，让人们愿意相信信仰的力量。

而人们总要有一些日子是需要率性而为的，哪怕存在你身上的任性就只有那么一点点。

世界是自己的

朋友即将远行，想他年过半百了，却突然放下所有，决定北漂，我们心中竟然担心多过期望。说实话我心里挺佩服他的。朋友是画家，之前在我数年前任职过的学校当校长，我几次回那个山清水秀的学校里去给学生开讲座，均得到了他的大力支持。他临出发前，在我新单位附近搞了个小型的笔会。晚餐时见到一群画家朋友，其中有一位是我的中学老师。大家谈论近况，谈艺术，气氛融洽、热烈。

饭后，坐朋友的车回家，一路上我都没有说话，几位画家继续刚才的话题，有一搭没一搭地聊着。我眯缝着眼睛，昏昏欲睡。车子很快到了我家楼下，朋友说，他还需把另外几位画家送回家，就不掉头再拐进我的小区了。我在离家两百米的马路对面下了车，关上车门时，我冲着车子喊了一句："到了北京，给我来电话！"秋风起，站在路旁的我，突然觉得有些落寞。

黑夜能阻隔嘈杂和注视，但黑夜同时也会阻隔人们自己注视自己。也许每一个义无反顾为了专业付出的人，都要默默承受许多。

这个暖浓浓的午后，我坐在电脑前，想要写一些文字，脑子里跳出来一些想法："整齐地吊在屋檐上的一朵朵南瓜花，像一排排风铃。""朋友很多年不曾联系了，渐渐失去了彼此的消息。"我想把它们连成一个篇章，但是又觉得有难度，我想要表达什么？我问自己。

二十多年前，母亲也会在房前屋后种些葫芦和南瓜。春天的风一吹，那瓜果就疯了一样地长了起来。一根根春天的藤一片片春天的叶，一蓬蓬春天的气息，就顺着势爬上屋檐屋顶，开满了迎春的花。母亲总是忙碌，我很少看见她去照顾那些她种下的植物。可是，每每到了收获的季节，我们总能收获一大箩筐的葫芦和南瓜。我的奶奶煮南瓜时常常连同南瓜皮一起下去煮。许是自家种的南瓜嫩，当我和朋友聊天时说起我奶奶煮南瓜的方法，朋友表示了怀疑，硬邦邦的南瓜皮如何下咽？奶奶煮南瓜时要加入姜片的，光阴匆匆飞逝，一切仿佛发生在昨天，很旧，也很哀伤。

很多事物已经改变了原来的模样。

正月初九那天，正好是情人节，我去了镇上。二十多年前，我在那个小镇子上，度过了一段青涩的时光，那里有许多的同学。二十多年后的春天，我很想回去看看，并且为自己找了个说走就走的理由。

那个镇子的下叶村，每年正月初九，会有一个“抛张飞”的民俗活动。我在百度上仔仔细细阅读过关于这一习俗的所有文字，也搞清楚了活动的来龙去脉，出发前我仍然那么心虚，然后我在心里一遍一遍地说：对于写作者而言，现场感是很重要的，不是都说“百闻不如一见”嘛。

车到镇子上。我先去了一个开店的同学家，同学在店里忙。大过年的，生意还挺不错，三三两两的客人来店里买东西，同学见缝插针，把水烧开，从冰箱里取出我爱喝的熟茶，泡开了。同学的父亲也在店里，得知我要看“抛张飞”，也就指点起来。说时间还早，抬神明的队伍会先在庙门前把队伍集结完毕，然后沿着大路出巡，等到各条路、各个工厂都巡游完毕，接近中午了。估计开始“抛张飞”要一点多了。

那一位说可以带路的同学还在被窝里睡。我决定自己先去探个究竟。同学的父亲给我指了路，从镇政府前的大路走五分钟就到了。我就一个人迈着散淡的步子出发了。

镇上的一切，熟悉而又陌生。先路过一座桥，那座桥的不远处是一座庙。庙是新修的。我当然记得庙原来的样子，还记得庙门前曾经搁放过一条长长的石凳。我们曾经坐过的石凳前有一堆碎瓦。那年，他拾起瓦片，打过无数漂亮的水漂。瓦的前生是泥。当瓦一块一块地爬上房梁盖在屋顶时，瓦又变成了一行行诗歌和一句句民谣。长草的屋檐和屋顶，有地老天荒的意味……

母亲种南瓜和葫芦的地方如今长满了荒草，那些老房子早已坍塌，碎瓦埋进泥里，再也寻不见往日的痕迹。文字就是这么奇怪，你把它们码在一起的时候，你不会去想你要表达什么。可是，当往事成了电脑里一行行的文字时，又不禁怀疑起它的真实性，问题到底出在哪里？

我渴望诚实地写作。这么多年，我一直不敢懈怠，每天坚持阅读。一听说什么书好，我就赶紧找来读。是的，写作者总有一天要问自己，你为什么写作？虽说没有远大的理想，但时常都处在一种怀疑自己的境地里。我深知自己底子浅，所以需要付出比别人更多的努力。我在图书馆办了两张借书卡，频繁地往返于图书馆和家之间。很多朋友都不相信我是一个可以静下心来的人，我一遍遍告诉自己，就是要坐得住冷板凳。几年的时间里，我拒绝了朋友们无数次的邀约。安安静静、老老实实地读书、做笔记。有人说，写作者最后要面对的是自己的内心，我想是很有道理的。有些人之所以不断成长，就是有一种坚持下去的力量。人要成长，必有原因，背后的努力与积累一定数倍于普通人。所以关键还在于自己。

人生最曼妙的风景，是内心的淡定与从容。我们曾经如此期望外界的认可，到最后才知道，世界是自己的，与他人毫无关系。所以，我们要试着学会，在孤独的时候给自己安慰，在寂寞的时候给自己温暖。写到这里，突然觉得释怀了，这么些年来，坚持阅读和写作，内心坚实而笃定，不就是最大的收获吗？

笑头笑脸

前几天，在位于古城老街的一家古香古色的书店里，参加了一场读书会。朋友在朋友圈里看见别人发的“现场直播”，在微信里留言，评说我一副安静于角落的样子，一脸的落寞是如何的可怜。第二天是周一，上班后不久，又有同事说也在微信朋友圈看到了那天的照片，她一脸认真地说：“从照片里并不太能认出是你，因为你那天的发型不一样”。我心里有些忐忑，问是不是因为我的表情难看。朋友连忙说：“不是，不是。”她说是因为我把头发放下来，并且穿了一套浅颜色的连衣裙，不太像我平日里的风格。

闲下来的时候，我打开微信，又去看那些照片，才发现自己脸上的表情真不怎样，绷着个脸，用手托着下巴，一副沉思状，还真不能只用“落寞”一词来形容，简直是板着一张脸。

有一句话叫“笑一笑，十年少”。我当然知道笑的好处，“伸手还不打笑脸人”呢，为何不微笑呢？不记得自己从什么时候已经变得不爱笑了。是这生活太沉重了？人到中年，累。上有老，下有小。有不少朋友听见我发表这样的观点时总是提醒我，说我的年龄还未到达“中年”的范畴。只是，我时常觉得累，总是把“好累呀，真是累”挂在嘴边，成了口头禅。大约十年前，有一回，我们去先生的姐姐家做客，随口又吐出“真累啊”，大姑子的婆婆笑眯眯地对我说：“囡啊人，（闽南语指小孩子）怎么整天都喊累？”七十多岁的老婆婆，认为我年纪不大，不应该整天叫苦连天。记得当时女儿才出生不久，过的是捉襟见肘的日子。

时光飞速前行，生活已告别往日的拮据，却总还是觉得累。父亲腿脚不灵便，每个周末要奔走几十公里去看他，做洗洗刷刷的工作；孩子上了初中，进入“不讲理的青春期”，小心谨慎照顾她的饮食起居，生怕不小心就得罪了；自己的工作、生活，又是日复一日的繁杂琐碎，“两眼一睁，忙到熄灯”。如果不是别人的提醒，我是不会意识到自己总是苦着一张脸，总是一副落寞的样子对人。

有一次，卡夫卡的未婚妻问他，他写作的时候能否坐在他身边。卡夫卡回答说：“听着，那样我根本就写不了。因为写作意味着大量的自我暴露，写作是极端的自我暴露，是卸下自我防备。在这种情况下，如果这个人跟他人卷在一起，他就会感到迷失了自己。因此，只有他的神志还能保持正常，他就会一直退缩到这种自我暴露之中。这就是为什么当一个人写作的时候，再怎么孤独也是不够的，夜晚再如何黑暗、寂静，也是不够的。”我渴望自己能享受孤独，但更希望自己过得快乐。

“夜间这些清籁摇着你如梦，清早你也从这些清籁的怀抱里苏醒。我的心轻松起来，坦然地在潮湿的石路上走。”沉浸在文字，我总是会有很神奇的感觉。“两只船从柳树下划出去，像一把利剪剪开了水中的天幕。桨打下去，水面立刻现出波纹，水在流动，同时发出单调的低微的笑声。桨不住地在水面划纹路，笑声一个一个地浮上来，又接连地落下去碎了。岸边树上送出清脆的鸟声，几种鸟竞赛似的唱着它们最美丽的歌曲。”在翻看读书笔记的时候，看到不知何时抄写了一句话：“做学问的人一般不爱笑，他们神情紧张、有些落寞，在外人看来也许是一种木然。”

终日板着一张脸总是不好的。闽南有句俗语“笑头笑脸加（吃）有剩”，意思是开开心心的人不愁吃穿。那就姑且当自己是个做学问的人吧。但是，也学着不那么落寞，把日子过得轻松一点，不是很好吗？

阅读的美好

从银行出来，已经下午四点多，当我把最后一笔款子打进姐姐的账户后，我长长地吐出来一口气。为了买房子，我们四处举债，过着捉襟见肘、节衣缩食的日子。我下意识地从坤包里拿出钱包，又一次清点了大大小小的钞票，没错，还剩下 330 元，这些钱还要坚持到 12 天以后发工资。念中学的时候，流行一首歌“我的口袋，有 33 块，这些钱不够你明天买菜。也许是上天故意安排，也许是手气实在太坏……”我在小声地哼着曲子。同事芬打电话邀我去喝茶，沿着一条碎石路迈开步子，小路闪着石子特有的光泽，延伸向不远处芬的家。湛蓝湛蓝的天空飘着大朵大朵的云，像极了酣睡的婴孩。老街的拐角有个旧书摊，我曾多次光顾。摊主是个男人，脖子上皱纹累累，一头稀疏的白发，他的二手书满满当当摆在几个大书架里，旧的《读者》他一本卖一元。我踱着步子靠近那堆高高低低的书，从钱包里取出三元零票，选了三本《读者》，因为这三本出版时间离今天最近，而且封面看起来干净。我把三本八成新的书装进包里时，午后的阳光偏了一个角度，书摊后面那泛黄的墙，时钟在“嘀嗒嘀嗒”地走着……

读到一段文字:“青春，是与七个自己相遇。一个明媚、一个忧伤、一个华丽、一个冒险、一个倔强、一个柔软，最后那个正在成长。”我想，看见这段文字的人一定不少，但真正和我一样内心排山倒海，并落笔写一段文字的人，一定不多。青春是美好的，明媚的阳光，忧伤的你，华丽的转身，想要进行一次惊心动魄的冒险，倔强的你不再坚持己见，也许很快变得柔软，我知道自己才疏学浅，绞尽脑汁写不出什么可以令人感动涕零的故事，那就讲一个真实的故事吧。那是黄昏日落时分，说好一起回家的先生还有事情抽不开身，让在街上闲逛的我自己坐三轮车回家。在我居住的小县城里，从街上到家坐三轮车需要四元钱，我迎着暖暖的风，看着路旁黄灿灿的小花，宛若羞涩的少女低着腼腆的脸，有些不知所措的样子。一边踽踽独行一边感受着自己的人生与这个璀璨城市的关联，想起近在咫尺的紫云公园里的老者“铁观音”，数十年如一日，义务为人们烧开水。想他古稀之年了，还天天爬山锻炼身体，我穿着老北京布鞋履着平地，“一、二、一”也就半小时之内的工夫吧。我在街头的报刊亭买了一本崭新的《读者》，大步流星地走回家。灯下，我用铅笔在《读者》的扉页上写下“我走路回家，用坐三轮车省下的四元买了这本《读者》。某年某月某日，加油！”接下来的日子，我每天坚持阅读，写读书笔记，然后把自己的点滴记录敲打下来。对于一个具有挑战性的问题，想到怎么做和行动并不是一回事，我在心里默默告诉自己，用自己的稿费，定一年的《读者》，给自己买一台笔记本电脑，给自己做一面书墙……

我的文字真的变成铅字！一小块一小块的豆腐“制作”出来——我的拙作《想起那些赶圩的日子》发表后，有读者写信给编辑部，编辑把信转寄给我，看到读者情真意切的赞扬，心里美滋滋的;《碗事知多少》一文发表后的周一早晨，同学玲打电话来说了一箩筐的话，把我感动得一塌糊涂。不曾想，我由一位读者，见缝插针孜孜不倦地读着，不经意间变成作者，也有读者了。老舍说过：“心是一棵树，爱与希望的根须扎在土里，智慧与情感的枝叶招展在蓝天下。无论岁月的风雨扑面而来，还是滚滚尘埃遮蔽了翠叶青枝，它总是静静地矗立在那里等待，并接受一切来临，既不倨傲，也不卑微。”享受属于自己的阅读时光，永远那么快乐！

岁月是一杯酒

气温降下来了。我在微信朋友圈里看见一句话:“霜降表示秋已结束，冬天来了。”终日忙于工作，一有闲暇便手不释卷“两耳不闻窗外事”，今年的秋竟然短暂得使我几乎没有觉察到它的存在。人生就是这样，会突然地想到被忽略的极熟的东西。美学家朱光潜说:“我坚信情感比理智重要，要洗涤人心，一定要从怡情养性做起，一定要于饱食暖衣之外，另有较高尚、较纯洁的追求。”

父亲生日的前两天，大中午睡觉时，我做了一个梦。梦里奶奶在厨房里煮菜，她一边忙活，一边嘟着嘴，看起来有点不高兴。我凑过去问，为什么不开心？奶奶说，就那么一点点店租，各种花销那么多，你妈妈进货钱不够，也来问我要……我看见母亲时，母亲也是一脸的不高兴。后来，我对奶奶说，你钱不够就告诉我。接着我转过身，对母亲说，你没有钱也告诉我。不许不开心！

然后我就醒了。

母亲去世有 16 个年头了，奶奶是在母亲走后的不久离开人世的。在这 16 年里，我自己偷偷哭过无数回。都说“没妈妈孩子像棵草”，一点不假。我总感觉自己像一叶浮萍，这是我第一次在梦中同时见到母亲和奶奶。母亲突然离世的那年冬天，病重的奶奶一直拖到我结婚的第 12 天才去世。小的时候，奶奶最疼我，这么多年，我一直把病床上已经气若游丝的奶奶的坚持，看作是奶奶对我生活最后的鼓励和支持。我出嫁的那个日子，本已看好时辰，天亮后 8 点到 10 点之间，迎亲的人来接新娘。奶奶在我出门前的那个晚上，把红包递到我手里时，只说了一句话：“好好地过日子。”那天的半夜里，奶奶的病情急转直下，家里的大人都慌了，让我赶紧通知先生把接新娘的时间提前四个小时。一时间，家里忙乱成一团，我看见大人用红纸蒙住了家里的神明，我知道这是乡下的一种习俗。

我是哭着离开家的。

时光如白驹过隙，转眼快二十年的时间过去了。至今我仍然觉得那段往事不堪回首。那是生命中很黑暗的一段日子。不到三个月的时间，母亲和奶奶先后离世。“世界上最大的痛苦莫过于失去亲人和朋友”。到如今，从心里涌出的字句仍然是：“树欲静而风不止，子欲养而亲不待。”读书写作这么多年，在某一个瞬间我才突然发现，在我所有的文字中，最能感动别人的，是那些写父亲的文字。而有一个朋友曾经对我说，我写父亲时，总是会写到母亲。我当然知道，无论我如何无法于怀，都无法改变事实。

做完白日梦后的我口干舌燥，先生驱车带着我，我们回老家看望父亲。父亲依然孱弱。我没有提生日的事，而是拿了钱寄放在嫂子家，让嫂子在父亲生日这天，给他煮一碗鸡蛋线面。

小的时候，每逢我过生日，奶奶都会给我煮鸡蛋和线面。鸡蛋是两个，线面里放了好多瘦肉，瘦肉是加了地瓜粉拌过的，爽滑可口。奶奶会在碗上放一双筷子，并说希望我每次考试都能得 100 分。

岁月是一杯酒，不管滋味如何，你终将一个人将它饮下。“妩媚的紫薇花，在啾啾的鸟鸣声里，着魔似的，放纵而浪漫地开了一树。微风一吹，浸在春意里的花，便大梦初醒地徐徐掉落，纷纷扬扬，好似淡紫色的雪。”这是我在春天里写在读书笔记本上的一段文字。我在冬天开始的时候重新读到它，它牵扯出我对过去的无限回忆。

文学需要费力寻求

最近，常听朋友说，有好多灵感，如果写下来，一定是一篇好文章。说这些话的人，大多都会在此之前，先说一下自己工作如何如何繁忙，等哪一天退休了，有空了，一定能写出一些好作品。每每听见这样的话，我都一笑而过。我在心里保留了自己的看法，而不愿意为这样的说法而多费口舌。也许随着年龄的增长，渐渐觉得有些争论没有意义。生活中许多的事情自然是“仁者见仁，智者见智”，正所谓“文章本天成，妙手偶得之。”

写作到底是需要灵感的。这一点毋庸置疑。只是，有了灵感就能写出好东西了吗?

文学需要费力寻求。我想，大多数写作的人都有过这样的经历：常常感到心里有话说不出来，偶尔有一些感触，觉得大有“诗意”，或者有一段经历或某种经验，仿佛是写作的好材料。只是，当你要把它写成作品时，又发现力不从心。所谓“有话说不出”、“词不达意”是因为还没有想清楚。我们看一部文学作品，尽管每个字你都认得，可是真要我们去写，又无法做到心里想的那样。其实，我们每个人缺乏的不是语言文字的能力，而是运用语文的思想。在我们心中飘忽来去的一些未成形的混乱的意象和概念，被虚荣心放大后就相信它们是“诗意”或者“一部分未写的文章”。真实的情况是，我们必须努力使那些模糊的意象和概念确定化和具体化，所谓的确定化和具体化就是“语文化”，“诗意”才能成诗，像小说的材料才能写成小说，心里所能想到的往往是纷扰的，文学的思想不在飘忽迷离的幻想，杂乱无章的情绪，而在使情感思想凝定成语言文字，在这种凝定的过程中完成一种表达。

很多时候，我都觉得自己就要坚持不下去了，对着电脑，有了灵感，噼里啪啦敲了一阵键盘后，又觉得需要把一切都推翻重来。每天苦苦坚持阅读和写作，丝毫不敢松懈，自己几乎是掉进一个深井里，对自己写出来的东西充满了怀疑。忙得团团转，体力透支的时候，就想放弃，就想着能和别人一样，过优雅、闲适、散漫的生活。这样的想法在脑子里萦绕不去时，那些所谓的写作的灵感早就跑得不见踪影。

汪曾祺说："我觉得作家要不断地拿出自己对生活的看法，拿出自己的思想、感情。作家是感情的生产者。"写作者所追求的往往不只是深刻，而是和谐。这是由一个作家的个人气质所决定的，不能勉强。一阵飘忽的情感、一条条理不甚分明的思想、一副未加剪裁安排的情境，这些往往是触动我们动笔的原因，也往往能成为作品的胚胎，是生糙的内容。我们从这个起点出发，灵感生发开来，意念跟着语文，时常在变动。作品未完成时，思想常是一种动态、一种倾向、一种摸索。这时需要的就是技巧，当然，有人认为写作是不需要技巧的。写作时，写作者的整个心灵活动打成一片，思想是实体，语文是投影，语文有了完整的形式，思想就不凌乱，文字精妙，思想就不会粗陋。

"文章千古事，得失寸心知。"写作需要灵感，更需要不断历练，多一些诚意，多一些敬畏心态，多一些情趣，面对真实，挖掘自己内心深处所涌动的现场感。写作之乐，本是苦中作乐，好的作家当然不能只讲技巧，拥有真诚的人品和宽广的胸怀同样重要。

怀念

有一篇旧作发表出来，拿到样刊时，我在电脑的文件夹和邮箱里找电子稿，无果。文章的题目被编辑改为《有一种怀念地久天长》，是一段写母亲的文字。应该是有些年头了，估计是我初学写作时，积聚在心中的情绪汩汩流出，写过之后我自己也忘了，电脑里竟然搜索不到那段关于怀念母亲的文字。

怀念其实是一个很好的话题。特别适合在乍暖还寒的日子里，就一壶热茶，三两知己，消费掉一段长长的闲散的午后时光。敲打下这段文字的时候，我无疑已经开始怀念。怀念一段曾经美好的午后时光，关键词是茶；怀念一个让我很是想念的朋友，他爱用闽南话说自己是“散仙”；怀念几乎被幸福攫住的感觉，在已经平庸的日子里沉沉浮浮之后，阴差阳错地被一种叫文字的东西救赎；我怀念慢慢吃一碗馄饨却不知道它是什么滋味的早晨，怀念急急阅读一个中篇小说的午休时间，怀念目光从书页上滑过却一个字也读不进去的夜晚，怀念心情柔和似水的那个下雪前的黄昏……

“人生若只如初见”，亘古不变的凄美与迷离，抒写了漫无边际的遗憾。一息比历史更久远，比时间更永恒的记忆，卸下了昨日错过的遗憾，留给未来难解难分的情缘。年少时，我们一直以为自己是快乐的孩子，却忽然明白其实不是。我们的思想里有一种美丽的忧伤。因为美丽，也因为忧伤，年少轻狂的生活方式，是将真实变成虚拟的存在，而后驻足期间，再不遗余力地将虚拟的变成另一种真实，又是那么地义无反顾。

纷纷扰扰的故事像手心仍残留着的余温，抓紧了，却什么都已不在。冰冷的液体，划过脸颊，滑落嘴角的，是咸咸的味道。

最近，我每天上下班需要在公交车上花去不算长也不太短的一段时间。很多朋友都问我为什么不自己开车，倘若是开车上下班至少可以省出一半的通勤时间。“节能、环保、节约开支呀……”除了通常用来应对朋友们提问的答案外，我想很重要一点是因为，坐在公共汽车上的那一段时间，很适合做一件事情，那就是怀念。

怀念是很自由的。想怎么想就怎么想，想想些什么就想什么，怀念使我获得自由。你可能要问，有什么是我一直深深怀念的？

我们日益繁忙，并且实用，怕吃亏的思想使我们和人交往浅尝辄止，自我的扩张对身外一切漠不关心。我们几乎失去所有的建设一个怀念对象的机会，怀念变成一件奢侈品，在很多人的生活中不见踪影。而我却不然。多年以前，我的一个朋友说过，我是一个靠回忆过日子的人。

怀念让我感到快乐，怀念甚至是我的财富，因而我倍加珍惜。人的一生中，到底有多少是可以和值得怀念的呢？亲密的爱人，真挚的友情，一去不复返的青春，怀念是一种多么好的活动！它可以让我放松心情，可以使我放弃欲念，享受超然物质的激动和喜悦。有些时候，我的感官处在梦幻的状态，而灵魂清醒地行动；也有些时候，我陡然地觉出了身心的疲惫和苍老。可以怀念的灵魂正在进行的是一场歌舞，怀念具有想象和创造的能力。

没有人可以限制你的怀念。信马由缰的怀念就像屋檐下燕子的小声呢喃，像水底鱼儿吐起的泡泡。生活里所有感动人心的小细节，并不是都可以用文字、用语言可以堆积和表达出来的。年纪越来越大，渐渐地才发现，有些东西，平凡的才是好的，就像翻看以前的日记，那些记录最纯真的才让人最为怀念。怀念是一种幸福，是一种不求回报、不计名利的纯粹的精神活动。

有些人和事，注定令你永生难忘。所以，我已经开始怀念。